구중천 8

임영기 新무협 판타지 소설

초판 1쇄 찍은 날 § 2007년 4월 25일
초판 1쇄 펴낸 날 § 2007년 5월 4일

지은이 § 임영기
펴낸이 § 서경석

편집장 § 문혜영
편집 § 서지현 · 심재영 · 유혜림

펴낸곳 § 도서출판 청어람
등록번호 § 제1081-1-89호
등록일자 § 1999. 5. 31
어람번호 § 제2-1184호

주소 § 경기도 부천시 원미구 심곡1동 350-1 남성B/D 3F (우) 420-011
전화 § 032-656-4452 팩스 § 032-656-4453
http://www.chungeoram.com
E-mail § eoram99@chollian.net

ISBN 978-89-251-0675-5 04810
ISBN 89-251-0293-5 (세트)

九重天

구중천

8

영세불멸(永世不滅)

임영기 신무협 판타지 소설

Fantastic Oriental Heroes

도서출판 청어람

목차

第八十二章

가족(家族)

구중천
九重天

설영을 안은 채 경공을 전개하고 있는 화무린은 수많은 바위들이 난립해 있는 돌산 지대로 빠르게 하강하다가 하나의 커다란 바위 옆에 가볍게 내려섰다.

"윽!"

그 순간 그는 고꾸라질 듯이 크게 휘청거리면서 묵직한 신음을 흘렸다.

막 땅에 내려선 설영이 때맞춰서 급히 잡아주지 않았으면 쓰러지고 말았을 것이다.

"저는 괜찮습니다."

화무린은 겸연쩍은 표정을 지으며 설영의 부축에서 벗어

났다. 그러나 그가 또다시 왼발로 땅을 딛지 못하고 절룩거리다가 몸이 기우뚱하며 쓰러지려고 하자 설영이 즉시 팔을 잡아 부축했다.

"혈옥녀의 장력에 맞았니?"

설영이 염려스러운 얼굴로 물었다.

그녀는 화여옥이 자신의 조카지만 이름 대신 꼬박꼬박 '혈옥녀'라고 불렀다. 그녀는 혈옥녀를 눈곱만큼도 조카라고 생각하지 않았다.

"잘 모르겠습니다."

화무린은 혈옥녀의 장력에 맞은 기억이 없었다. 그는 중얼거리면서 자신의 몸을 이리저리 살펴보았다.

그러다가 그와 설영의 시선이 똑같이 그의 왼발 무릎 아래 부위에서 멈추었다.

언제 그랬는지 무릎 아랫부분의 옷이 깡그리 타서 사라졌으며, 드러난 정강이 부위는 핏물에 담갔다가 뺀 것처럼 시뻘겋게 변해 있었다.

문득 화무린은 아까 혈옥녀가 최초의 공격을 가할 때 허공으로 솟구쳐 피하던 중에 왼발 무릎 아래가 약간 무감각해졌었던 것을 기억해 냈다.

당했다면 아마 그때였을 것이다.

"천마혈옥강에 적중됐구나."

설영은 공력을 끌어올려 주위를 둘러보면서 근처 이십여

리 이내에는 인기척이 없는 것을 확인한 후 화무린을 부축하고 옆에 있는 바위 뒤쪽으로 돌아갔다.

"앉아라. 내가 치료해 주마."

설영은 화무린을 조심스럽게 앉히며 말했다.

화무린은 얼마 전에 치료해 준 적이 있는 창천제의 어깨 상처와 자신의 다리가 중세가 겉으로 보기에는 같다는 것을 깨달았다.

그때 창천제는 혈옥녀에게 당했다고 말했었다.

그렇다면 이 상처도 화무린 자신이 스스로 치료할 수 있을 것이다.

그러나 그는 그렇게 하지 않고 설영에게 다리를 맡긴 채 가만히 있었다.

왜 그랬는지 이유는 명확하게 알 순 없지만, 그저 어머니의 친동생인 이모의 손길을 느껴보고 싶다는 아련한 마음에서였을 것이다.

설영은 화무린이 창천제에게 했던 것과 비슷한 방법으로 치료를 했다.

다른 점이 있다면, 화무린은 천마혈옥강이 적중된 부위에 장심을 밀착시킨 채 운공하여 극양지기를 빨아내는 방법을 썼었는데, 설영은 상처 부위를 손바닥으로 부드럽게 문지르듯 마찰하면서 극양지기를 빨아내는 것과 동시에 허공중으로 연소(燃燒)시켜 없애 버리는 방법을 사용했다.

등을 바위에 기댄 화무린은 치료에 열중하고 있는 설영을 물끄러미 바라보았다.

그녀는 열과 성을 다하여 치료를 하느라 얼굴이 붉게 상기되었으며 땀이 비 오듯이 흘러내리고 있었다.

일부러 애써 일치시키지 않으려고 해도 화무린은 설영에게서 자연스럽게 어머니의 모습을 느꼈다.

설영은 용모와 체구뿐만 아니라 손길마저도 어머니의 그것과 너무도 흡사했다.

화무린은 실로 오랜만에 맛보는 편안한 느낌 덕분에 스르르 눈을 감았다.

지금쯤 혈옥녀와 천외무적군이 자신들을 찾고 있으리라는 것을 짐작하면서도, 이 시간만큼은 조금 느긋한 마음으로 설영의 손길을, 아니, 어머니의 손길을 느껴보고 싶은 심정이었다.

화무린은 봉선에게서도 어머니를 느꼈었다. 그러나 두 사람은 각기 달랐다.

봉선이 영혼과 정(情)의 어머니라면, 설영은 육신과 정성의 어머니였다.

얼마나 시간이 흘렀을까. 화무린이 어린 시절의 기억으로 돌아가서 어머니와 누나, 아버지와 함께 몹시 행복했던 과거의 한때에 깊이 심취해 있을 때 설영의 나직한 한숨 소리가 들렸다.

"하아… 정말 이상한 일이야. 혈옥녀의 천마혈옥강에 적중됐으면서도 어째서 네 몸에 극양지기, 즉 혈옥강기가 없는지 모르겠구나."

"그렇습니까?"

"그래. 이상하게도 네 몸속에는 혈옥강기가 한 움큼도 없어. 그런데 그 이유를 모르겠구나."

화무린이 자신의 발을 쳐다보았다. 조금 전까지만 해도 붉던 정강이 아래쪽이 원래대로 돌아와 있었다.

설영은 고개를 갸웃거리다가 말을 이었다.

"하아… 무린아, 어쨌든 이제 내가 불러주는 구결에 따라서 운공하여 혈마심기(血魔深氣)를 제거하도록 해라."

화무린은 의아한 표정을 지으면서 물었다.

"혈마심기가 무엇입니까?"

설영은 지친 듯한 모습으로 호흡을 가라앉히고 소매로 얼굴의 땀을 닦으며 설명했다.

"혈옥녀의 천마혈옥강에 적중되면, 아니, 스치기만 해도 그 부위부터 몸이 녹기 시작한단다. 다행히 공력으로 혈옥강기를 배출시켰다고 해도 체내에는 여전히 혈마심기가 남아 있지. 네 경우에는 혈옥강기가 체내에 남아 있지 않아서 이상하기는 하다만, 그렇다고 혈마심기까지 없다고 단정할 수는 없시 않겠니?"

그녀는 한차례 숨을 돌린 후 말을 이었다.

"천마혈옥강에는 혈옥강기와 혈마심기 두 가지가 실려 있는데, 혈옥강기는 육신을 녹이는 반면에 혈마심기는 뇌(腦)를 녹인단다."

"뇌를 말입니까?"

화무린은 해연히 놀랐다. 처음 듣는 말이지만 충격적인 사실이었다.

"그렇단다. 혈옥강기에 당하면 몸이 한 줌의 혈수로 녹아서 죽고 말지만, 혈마심기에 뇌를 제압당하면 무혼혈시(無魂血屍)가 되고 만단다."

"무혼혈시……."

그것이 무엇인지는 자세히 모르겠지만 무혼혈시라는 말만으로도 섬뜩한 느낌이 들었다.

"무혼혈시가 되면 몸은 살았어도 영혼은 죽은 상태로 혈옥녀의 노예가 된단다. 무혼혈시는 혈옥녀가 시키는 것이라면 무엇이라도 가리지 않지. 아마 불구덩이 속에 뛰어들라고 해도 망설이지 않고 뛰어들 거야."

"어떻게 그런……."

"그러나 아직까지는 무혼혈시가 된 사람은 없단다. 혈옥강기가 워낙 가공해서 웬만한 공력으로는 그것을 배출시키지 못하기 때문이야. 어쨌든 천마혈옥강에 적중된 후에 혈옥강기와 혈마심기를 제거하지 않으면 죽거나 무혼혈시가 될 수밖에 없단다."

문득 화무린은 창천제가 생각났다. 그는 혈옥녀의 천마혈
옥강에 적중되어 거의 죽어가다가 화무린이 치료를 해주어서
겨우 소생했었다.

그러나 설영의 말대로라면 그는 소생한 것이 아니라 혈마
심기에 뇌가 제압당해 무혼혈시가 되고 말 것이다. 화무린은
절반만 그를 치료해 준 것이다.

"천마혈옥강에 적중당하고 얼마나 시간이 흘러야 무혼혈
시가 됩니까?"

"혈옥강기를 배출시킨 후 길어야 보름 안에 무혼혈시가 된
단다. 하지만 겉으로 봐서는 보통 때의 모습과 조금도 다르지
않기 때문에 누구도 분간해 낼 수가 없어. 겉모습만 그런 것
이 아니라 평소와 다름없이 행동하기 때문에 측근이라고 해
도 이상한 점을 발견하지 못한단다."

화무린은 의아한 표정을 지었다. 겉모습도, 행동하는 것도
평소와 다르지 않다면 굳이 무혼혈시가 됐다고 할 수가 없지
않겠는가.

화무린의 그런 의혹을 짐작한다는 듯 설영이 조용한 어조
로 보충 설명을 했다.

"무혼혈시가 된 사람의 눈을 자세히 들여다보면 동공 한복
판에 좁쌀만 한 크기의 혈점(血點)이 있단다."

무혼혈시라는 것이 존재한다는 사실을 뻔히 알고서도 사
람들의 눈을 일일이 들여다봐야 가려낼 수 있을 정도인데, 아

예 무혼혈시가 무언지도 모르는 사람들은 무혼혈시의 눈을 백날 들여다봐도 아무것도 모를 것이다.

동공에 혈점이 있는 것을 발견했다손 치더라도 그저 피곤해서 눈이 충혈된 것이라고만 여길 테지 무혼혈시 같은 것이라고는 추호도 생각하지 않을 터이다.

화무린은 설영의 다음 말에 더욱 충격을 받았다.

"무혼혈시가 된 사람은 자신이 무혼혈시가 됐다는 사실을 추호도 모른단다. 그러다가 혈옥녀의 눈에 띄어 그녀가 말을 하는 순간 진짜 무혼혈시가 되는 거야."

"어떻게 그럴 수가 있는 것입니까?"

"천마혈옥강은 극마공(極魔功)이란다. 혈옥녀는 그것을 발출할 때 공력뿐만 아니라 악마가 된 심기, 즉 혈마심기를 동시에 발출하지."

친누나인 혈옥녀가 악마가 됐다는 말에 화무린의 마음이 착잡해졌다.

"천마혈옥강에 적중된 사람의 뇌에 잠복해 있던 혈마심기는 혈옥녀의 음성을 듣는 순간 깨어나서 작동을 시작하고, 그때부터 그 사람은 무혼혈시, 즉 인성을 잃고 혈옥녀의 노예가되는 것이란다."

그렇다면 창천제는 '자하악전'이 끝난 후 백학서원에 머무는 동안에 이미 무혼혈시가 됐다는 얘기다.

주위 사람은 물론이고 그 자신조차도 깨닫지 못하는 사이에 말이다.

어쩌면 지금쯤 창천제는 구중천주를 만났을 것이다. 그는 구중천주의 최측근이다.

그런 그에게 혈옥녀가 구중천주를 죽이라고 명령한다면 과연 어떻게 되겠는가.

"조금 전에 혈마심기를 제거하는 구결이 있다고 말씀하셨습니까?"

"그렇단다. 그것은 나와 천녀황 둘밖에 모르지."

"그 구결을 제게 가르쳐 주실 수 있습니까?"

"오냐. 구결을 외워줄 테니 우선 너의 뇌 속에 있을지도 모르는 혈마심기부터 제거하거라."

화무린은 즉시 가부좌의 자세를 취했고, 설영은 조용한 음성으로 구결을 읊기 시작했다.

구결은 꽤나 난해하고 길었으며, 그것을 운공하는 데에도 무척 까다로웠다.

그렇지만 화무린은 한 번의 설명만으로도 막힘없이 운공했다. 구결이 어려운 반면에 운공 시간은 일각 남짓이 소요됐을 뿐이다.

설영이 불러준 구결대로 운공을 하긴 했지만 혈마심기가 제거됐는지 어떤지는 알 수도, 느낄 수도 없었다. 아니면 처음부터 그의 뇌에는 혈미심기가 없었을지도 모른다.

"이제 됐다."

화무린이 눈을 뜨자 설영이 자상한 미소를 지어 보였다.

"혈마심기가 제거된 것입니까?"

설영은 온화한 미소를 지었다.

"만약 혈마심기가 있었다면 제거됐을 게다. 이제 구결을 몇 차례 더 읊어줄 테니 외우도록 해라."

화무린은 엷은 미소를 지으며 고개를 가로저었다.

"조금 전에 말씀해주신 구결 외에 다른 구결이 없다면 굳이 그러실 필요가 없습니다, 이모님."

설영은 의아한 표정을 지었다가 잠시 후 적이 놀라는 표정으로 변했다.

"모두 외웠다는 말이냐?"

"네."

설영은 환한 얼굴로 감탄했다.

"과연 부모님을 닮아 총명하구나."

설영에게서 '부모' 라는 말을 듣자 화무린은 가슴이 잔물결처럼 설레는 것을 느꼈다. 그녀는 부모님에 대해서 잘 알고 있는 것 같았다.

그는 설영에게 부모에 대해서 묻고 싶은 것, 듣고 싶은 것들이 너무 많았다.

하지만 지금 두 사람이 있는 이곳은 최초에 혈옥녀와 마주쳤던 곳에서 오십여 리밖에 떨어지지 않은 곳이라서 안전하다고 할 수가 없었다.

화무린은 설영을 바라보았다.

그녀는 아까부터 화무린을 쳐다보고 있었기 때문에 두 사람의 시선이 마주쳤다.

화무린은 부드러운 눈빛을 띠고, 설영은 자상한 표정을 짓고 있었다.

"이모님은 어떻게 하실 생각입니까?"

그는 천외신계에서의 설영의 신분이나 혈옥녀와의 관계 등에 대해서 자세한 것을 알지 못했다.

그렇지만 그녀가 화무린을 구하기 위해서 혈옥녀를 공격한 일이나, 그와 함께 도주한 것은 아무리 좋게 봐주려고 해도 천외신계에 대한 이적 행위가 분명하다.

그렇기 때문에 설영이 이대로 돌아간다면 천녀황에게 추궁을 당하거나 심할 경우 징계를 면치 못할 것이라는 사실을 화무린은 예상할 수 있었다.

설영은 설영대로, 화무린이 부모나 혈옥녀, 그리고 천녀황에 대해서 궁금한 것이 많을 텐데도 그런 것들을 제쳐 두고, 설영 자신의 안위를 염려해 주는 것을 보고 가슴이 저려올 정도로 마음이 짠해졌다.

"돌아가야지."

설영은 착잡한 중에서도 화무린 덕분에 가슴이 따스해져서 미소를 잃지 않으며 대답했다.

"가지 마세요."

화무린이 조용한 목소리로 말했다. 표정은 담담했지만, 설영은 그의 목소리가 산실아나른 섯과 질긴 끈이 되어 자신을 칭칭 옥죄는 것을 느꼈다.

"가야지."

설영은 다시 한 번 가야 한다고 말했다.

"이모님은 천녀황하고는 전혀 다른 분인 것 같은데 왜 그런 사람 곁으로 가려고 하십니까?"

"너는 어머니의 본명을 아느냐?"

문득 설영은 뜬금없이 물었다.

화무린은 죄스러운 표정을 지었다.

"모릅니다."

그는 어머니의 이름을 소월(素月)이라 알고 있었다. 그러나 어머니가 천녀황의 동생이라는 사실을 알고 나서는 그것이 본명이 아닐 것이라고 생각했었다.

왜 자식들에게까지 본명을 밝히지 않았는지 이제는 이해할 수가 있었다.

"네가 어머니의 본명을 모른다고 죄스러워할 필요는 없다. 만약 네 부모님이 본명을 밝히고 생활했었다면 천녀황의 명령을 받은 자들이 더 쉽게 찾아냈을 것이다."

그랬었다면 화무린과 화여옥 남매는 태어나지도 못했을지 모르는 일이다.

"그랬겠지요."

"네 어머니의 본명은 설란이고 나는 설영이다. 너는 이제부터 나를 영 이모라고 부르거라."

"영 이모……."

화무린은 낯설지만 정겨운 그 호칭을 입속으로 작게 되뇌어 보았다. 마치 처음 불러보는 그 호칭에 익숙해지려고 애쓰는 것처럼.

단지 작은 중얼거림이었을 뿐인데도 그 호칭을 듣자 설영의 얼굴이 환하게 밝아졌으며 가녀린 어깨가 감동으로 잔물결을 쳤다.

"고맙구나, 무린아. 나를 이모로 대접해 주어서……."

화무린 가족의 모든 비극은 천녀황 때문에 벌어졌다. 비극의 시작과 끝에는 천녀황이 도사리고 있었다.

그러므로 화무린은 천녀황뿐만 아니라 천녀황과 조금이라도 연관이 있는 사람이라면 무조건 증오를 해야 하고, 천외신계 전체에 대하여 원한을 품는 것이 마땅했다.

설영은 천녀황의 친동생이며 천신녀라는 신분이다. 그녀가 화무린 가족의 혈채(血債)에 관여를 했었는지의 유무를 떠나서, 천녀황과 한통속으로 싸잡아 원한을 품을 만한 충분한 여건을 갖춘 사람이다.

그런데도 화무린은 그러지 않았다. 그는 죄를 보지 않고 사람을 보기 때문이다.

설영은 화무린의 그런 점이 너무도 고마운 것이다.

"한 번만 더 날 불러주겠니?"

그녀는 조금 더 욕심을 내보았다.

화무린의 목젖이 꿈틀거렸다. 조금 전에는 그저 의미없이 중얼거렸지만, 막상 설영을 부르려니 흥분이 되어 가슴이 마구 뛰었다.

그는 감히 앉아서 부를 수가 없어서 일어섰다. 설영은 부모와 같은 항렬의 사람이 아닌가.

설영도 이끌리듯 따라 일어섰다.

설영보다 머리 하나는 더 큰 화무린이 그녀를 굽어보면서 메마른 입술을 떼었다.

"영 이모."

설영의 작은 어깨가 후드득 떨렸다.

"무린아……."

그녀는 차 오르는 격동을 참지 못하고 두 팔로 화무린의 등을 와락 끌어안았다.

"으흐흑!"

그녀는 조카의 가슴에 뺨을 묻고 온몸을 떨면서 그동안 참고 참았던 울음을 기어코 터뜨리고 말았다.

화무린은 철탑처럼 우두커니 서서 멀뚱한 표정으로 그녀를 굽어보고 있었다.

그에게 이런 상황은 매우 어색했다. 그래서 어떻게 해야 할지를 몰랐다.

설영의 울음은 쉽사리 그쳐지지 않았다. 설움이 크고, 그 세월이 길었던 만큼 한 번 터진 눈물은 그치기는커녕 걷잡을 수 없는 오열로 번졌다.

그녀의 눈물이 화무린의 가슴으로 스며들어 감정에 전달되기까지는 약간의 시간이 필요했다.

설영의 눈물로 앞섶이 축축하게 젖을 무렵, 화무린은 가슴 저 밑바닥에서 알 수 없는 무언가가 울컥 하고 치미는 것을 느꼈다.

설영의 눈물은 무쇠보다 더 단단하고 높은 화무린의 감정의 벽을 단숨에 허물어뜨리고 있었다.

화무린의 한(恨)의 강은 오랜 세월 동안 매서운 겨울만 계속되어 꽁꽁 얼어붙어 있었다.

그 한은 설영의 한보다 훨씬 더 컸고, 어디에서 어떻게, 누구에게 풀어야 하는지 지금껏 방법을 몰라서 그저 얼어붙은 채 두께를 더해가고만 있었다.

그것이 조금 녹아 물이 되고, 그 물이 느닷없이 화무린의 눈시울을 뜨겁게 만들었다.

그의 어깨가 가늘게 들썩이더니 목구멍에서 헐떡거리는 소리가 새어 나왔다.

"여, 영 이모……."

그는 자신이 눈물을 흘리게 될 것이라고는 꿈에서도 상상하지 못했다.

아니, 자신에게 눈물이라는 것이 있는지조차도 몰랐다. 그러나 그 사실이 놀랍다거나 이질적이지는 않았다.

그는 자신의 몸에 비해서 반도 채 되지 않을 듯한 체구의 설영을 힘주어 끌어안은 채 작게 몸부림치며 흐느꼈다.

"크흐흑! 영 이모… 이모……."

"무린아! 흑흑! 무린아……!"

두 사람은 아무 생각도, 아무 행동도 하지 않고 그저 서로의 몸을 끌어안은 채 그러다가 죽기라도 할 것처럼 결사적으로 울기만 했다.

대부분의 눈물은 진실하다. 그래서 함께 운 사람들은 수많은 대화를 나눈 것보다 더 친밀한 사이가 되게 마련이다. 특히 같은 한을 품고 있는 경우에는 친밀감이 배가된다. 화무린과 설영이 그랬다.

화무린은 설영이 만난 지 한 시진 남짓밖에 되지 않은 생면부지의 이모지만, 부둥켜안고 우는 동안 어릴 때부터 잘 알고 있었던 이모 같다는 느낌이 들었다.

갑자기 설영이 울음을 뚝 그쳤다. 넋을 놓고 울다가 어떤 사실 때문에 정신이 번쩍 든 것이다.

그녀는 화무린의 가슴에서 떼어낸 눈물 범벅의 얼굴로 그를 올려다보며 염려스런 표정으로 말했다.

"무린아, 여량산에는 가지 마라. 그곳은 천녀황이 파놓은 함정이란다."

화무린의 추측이 사실로 확인되는 순간이다. 그는 주먹으로 눈물을 훔쳤다.

"아까 그들 천외무적군을 보는 순간 짐작했습니다. 천녀황은 구중천주를 놓친 것이 아니라 미끼로 삼은 것이었군요, 천상성계와 천중인계를 한꺼번에 몰살시키려는."

"그렇단다. 현재 여량산 일대에는 십오만에 달하는 천외무적군이 포진해 있단다."

"십오만!"

웬만한 나라의 전체 군대와 맞먹는 숫자였다. 더구나 천외무적군 십오만 명은 일개 군사가 아니라 각자가 무림의 일류 고수를 능가하는 정예 고수들이다.

"구중천과 천중인계를 다 합쳐봐야 이삼만을 넘지 못할 게야. 설사 기적이 일어난다고 해도 그들은 절대 천외신계를 이기지 못해."

설영은 단호하게 잘라서 말했다.

그러나 굳이 그녀의 말이 아니더라도 이삼만과 십오만의 싸움은 처음부터 말이 되지 않는다. 그 싸움은 시작하기도 전에 이미 결론이 난 것이다.

"나도 천외신계가 삼천계를 일통하는 것을 반대하는 입장이야. 삼천계 각각은 본질적으로 다른 세계이기 때문에 융화가 불가능해. 하지만 지금의 내 능력으로는 천녀황의 삼천계 일통의 야망을 어찌해 볼 도리가 없단다."

천외신계에 설영처럼 의로운 사람이 한 명이라도 존재한다는 사실이 놀라운 일이다.

"어차피 그들은 몰살당할 수밖에 없단다. 열흘 이내에 여량산중에 구중천과 천중인계의 전 세력이 운집할 것이고, 그때가 되면 천녀황은 총공격 명령을 내릴 게야."

화무린은 아무 말도 할 수가 없었다. 가슴속에 커다란 납덩이가 들어앉은 것 같았다.

"그로써 천중인계는 일패도지(一敗塗地)하여 영원히 재기하지 못하고 천외신계의 노예가 되고 말 것이다."

화무린이 힘없이 중얼거렸다.

"구중천이 전멸당하면 천상성계도 끝장이에요. 구중천이 바로 천상성계니까요."

그러자 설영은 화무린을 똑바로 주시하며 뜻밖이라는 표정을 지어 보였다.

"너는… 모르고 있는 것이니?"

"무엇을 말입니까? 구중천이 천상성계가 아닙니까?"

설영의 얼굴에 커다란 놀라움이 떠올랐다.

"맙소사! 너는 정말 모르고 있었구나!"

화무린은 어리둥절한 표정을 지었다.

"무슨 말씀이신지……."

설영은 호흡을 가다듬으면서 손으로 지그시 가슴을 눌렀다.

그 모습을 보며 화무린은 그녀가 매우 중요한 말을 하려 한다는 것을 직감했다.

설영은 화무린을 똑바로 보며 입을 열었다.

"무린아, 너는 네 아버님의 신분을 알고 있느냐?"

"북경 천화장주셨고 대성학이라고 불리셨습니다. 혹시…아버님께서 다른 신분이셨습니까?"

화무린은 문득 부모가 무척 생소하게 느껴지는 마음을 떨쳐 버리기 어려웠다.

예전에 그가 알고 있던 부모는 그저 마냥 자상하고 온화하기만 했다.

"그렇단다. 하지만 대성학이라는 것은 네 아버님이 천외신계로부터 숨기 위해서 만든 가짜 신분이란다."

"가짜라니……."

"너는 천녀황이 왜 너희 부모를 죽이고 가문을 풍비박산냈는지 이유를 아느냐?"

"천중인계 사람인 아버님께서 천녀황의 동생인 어머니와 혼인을 하셨기 때문이 아닙니까?"

화무린이 그렇게나마 대답할 수 있는 것도 얼마 전에야 비로소 어머니 설란과 천녀황의 감춰졌던 관계를 알아냈기 때문이었다.

그전에는 왜 무쌍신과 육천군이라는 자들이 부모를 죽이고 누나를 납치해 간 것인지에 대해서 그 어떤 추측조차 할 수가 없었다.

"너는 알고 있는 것이 별로 없구나."

설영은 한숨을 내쉰 뒤 엄숙한 표정으로 말을 이었다.

"네 아버님은 천상성계 성제의 둘째 아들이셨단다."

"……."

화무린은 그저 덤덤한 표정이었다. 너무도 엄청난 사실이라서 조금도 실감이 나지 않았기 때문이다. 마치 남의 얘기를 하는 것 같았다.

"오십여 년 전 천외신계가 삼천쟁을 일으켰을 때, 천녀황과의 일 대 일 대결에서 그녀를 꺾은 천상성계의 성존이 바로 네 아버님이시란다."

화무린은 머릿속에서 뇌만 빠져나와 허공에 둥둥 떠다니는 것 같은 몽롱함을 느꼈다.

설영은 그의 표정을 살펴보고 충격받은 것을 알았지만 지금이 아니면 이런 얘기를 다시 해줄 기회가 없다고 여겨 내처 설명을 계속했다.

"삼천계 일통은 천외신계의 오랜 숙원이란다. 천녀황은 자신의 대에서 그것을 이루려고 오십 년 전에 천중인계를 침공했었고, 거의 장악한 상태에서 성존에게 패해 그 꿈을 접어야만 했었지."

머리를 떠났던 뇌가 다시 제자리를 찾기까지는 약간의 시간이 걸렸다.

방금 설영이 해준 전대의 일은 화무린도 익히 알고 있는 사실이다.

그러나 화무린 자신의 부친이 연관됐다는 점에서 사뭇 처음 듣는 얘기처럼 생경하게 들렸다.

예전에는 성존이 타인이었지만, 지금은 자신에게 생명을 준 친부(親父)이기 때문이었다.

"성존은 천녀황과 일 대 일 대결을 하기 전에 한 여자와 사랑에 빠졌었는데, 그녀가 바로 천녀황의 동생인 설란, 너의 어머니시다. 그러나 그 당시에 성존과 란 언니는 서로의 신분에 대해서 전혀 모르고 있었지."

화무린으로서는 처음 듣는 고사, 아니, 비사(秘事)였다, 반드시 알아야 하고 이해해야만 하는.

"성존은 천녀황과의 일 대 일 대결에서 승리한 후에야 비로소 란 언니의 신분을 알게 됐지. 그래서 그도 란 언니에게 자신의 신분을 털어놓았어. 두 사람은 자신들이 천적 관계인 천상성계와 천외신계의 왕족이면서도 사랑에 빠진 사실 때문에 무척 괴로워했단다."

화무린은 그 당시에 부모님이 얼마나 괴로워했을지 조금쯤은 짐작할 수 있을 것 같았다.

그 역시 현재 소군과 열렬한 사랑에 빠진 상태였으며, 그녀가 납치되는 바람에 비통한 심정으로 헤어져 있기 때문에 사랑하면서도 함께하지 못하는 고통이 어떤 것인지 뼈저리게 실감하고 있는 중이었다.

그는 그 당시의 부모님이 실로 기구한 운명이었으며, 사면초가에 빠져 있었음을 이해할 수 있었다.

"란 언니는 내게 모든 사실을 고백했단다. 나는 몹시 놀랐고 또 란 언니의 용기에 감탄했었지. 그리고 란 언니가 성존을 진심으로 사랑한다는 사실을 깨달았다. 그래서 나는 란 언니에게 진심으로 충고했단다. 성존을 목숨보다 더 사랑한다면 그가 하자는 대로 무조건 따르라고."

화무린은 만약 자신이 그 당시의 부친의 입장이었다 해도 어머니를 데리고 영원히 아무도 찾지 못하는 곳으로 숨었을 것이라 생각했다.

그리고 소군 역시 어머니의 입장이었다면 두말하지 않고 화무린을 따라나섰을 것이다.

사랑의 이름으로 기꺼이.

설영은 그 당시를 회상하는지 눈을 가늘게 뜨고 비스듬히 허공을 바라보았다.

그녀의 나이가 몇 살쯤 됐는지는 모르겠지만, 화무린은 그제야 그녀가 몹시 청순하면서도 짝을 찾기 어려울 정도의 미인이라는 사실을 알게 되었다.

그녀는 한 떨기 수선화처럼 가녀리고 순수했다. 어떤 남자라도 그녀를 보면 품에 꼭 안고 보호해 주고 싶은 감정이 일어날 것만 같았다.

"그날 밤 모든 사람이 잠들었을 때 란 언니는 홀연히 떠났었지. 란 언니는 몰랐겠지만 나는 먼발치에서 따라가며 란 언니를 멀리까지 배웅했단다. 그것이 란 언니를 마지막으로 보는 것이라고 생각했기 때문에 조금이라도 더 그녀의 모습을 보고 싶었어. 그런데 다시는 못 볼 줄 알았던 란 언니를 사십여 년이 흐른 후에 다시 만났었는데……."

설영의 말끝이 갑자기 흐려지며 축축이 물기를 머금었다.

불현듯 중조산 혈주봉에서 설란이 친딸에게 참혹한 죽임을 당하던 모습이 생각났기 때문이다.

설영은 급히 두 손으로 입을 틀어막았다. 언니 설란이 머리가 박살 나서 죽어가던 모습을 떠올려 슬퍼하면 정작 아들인 그는 어쩌란 말인가.

그래서 화무린 앞에서 만큼은 그가 어머니의 죽음을 떠올릴 수도 있는 어떠한 행동이나 말도 자제하려고 애썼는데, 자신도 모르게 말끝에 느닷없이 그때 그 상황이 생각나 버린 것이다.

하지만 두 손 따위로는 거센 급류처럼 치밀어 오르는 슬픔을 도저히 막을 수가 없었다.

"으흐흐흑!"

한순간 정말 걷잡을 수 없이 울음이 터져 나왔다. 설영은 그 자리에 쓰러져서 온몸을 떨며 오열했다.

아니, 그것은 차라리 발작이었다. 그대로 내버려 두면 그녀는 슬픔이 극에 달해서 죽어버릴 것만 같았다.

화무린은 그녀가 어머니의 죽음을 떠올리고 슬퍼하는 것을 짐작할 수 있었다.

그는 어머니의 죽음을 당쾌의 입을 통해서 전해 들었지만, 설영은 바로 눈앞에서 그 상황을 생생하게 목격했다. 그러니 충격도 더 크지 않겠는가.

화무린은 어금니를 악물면서 설영을 굽어보았다. 그는 어머니의 죽음을 자신보다 더 슬퍼하는 사람이 이 땅 위에 존재하고 있다는 사실에 신선한 충격을 받았다.

그때 그의 눈이 잔뜩 커졌다. 설영이 경련을 일으키고 있었기 때문이다. 그 경련이 오열하느라 일으키는 경련이 아니라는 것을 한눈에 알 수 있었다.

땅바닥에 쓰러져서 새우처럼 구부린 채 온몸을 파들파들 격렬하게 떨고 있는데, 눈에 초점이 없고 악다문 입에서는 검붉은 피가 흘러나오고 있었다.

'주화입마!'

주화입마는 운공을 하거나 새로운 신공을 연마할 때만 걸리는 것이 아니다.

지금처럼 슬픔이나 절망이 극에 달했을 때에도 격앙된 감정 때문에 주화입마에 들 수 있다.

그러나 그것은 극히 드문 경우였다. 지금 설영이 그 드문 경우에 처한 것이다.

명천신기서에는 주화입마에 대한 처치법이 기록되어 있었다.

화무린은 즉시 처치법에 따라 설영의 혈도 스물네 군데를 봉하고 열여덟 군데를 열었다.

이어서 그녀를 바닥에 앉힌 후 명문혈에 쌍장을 붙이고 음유한 진기를 불어넣어 주화입마로 발생한 악기(惡氣)를 몰아내기 위해 전력을 다했다.

"커억!"

약 반 각이 지났을 때 설영이 시커멓고 커다란 핏덩이를 토해냈다.

주화입마로 생겨난 응혈(凝血)이었다. 잠깐 사이였는데도 주화입마의 악기는 주먹 한 개 크기의 피를 죽여 사혈(死血)로 만들었다.

조금만 더 지체해서 악기가 주먹 두 개 정도 크기의 사혈을 만들었다면 그것은 삽시간에 설영의 전신에 퍼져서 숨골을 막아 죽음으로 몰아갔을 것이다.

"왜 그러셨습니까?"

화무린은 작게 헐떡이고 있는 설영에게 책망하듯 물었다.

그는 그녀가 슬픔이 극에 달한 상태에서 삶을 포기하려 했던 사실을 알고 있었다.

그녀 정도의 절정고수라면 주화입마에 드는 순간에 즉시

운공을 하여 위험을 미연에 방지할 수도 있었다.

그런데 그녀는 그렇게 하지 않았다. 슬픔이 극에 달했던 그 순간에 삶을 포기했기 때문이다.

둘째 언니를 보호하지 못했다는 자책감과 화무린에 대한 미안함 때문이었을 것이다.

"미안하다, 무린아. 나는 너에게 아무런 도움도 주지 못하고 짐만 되는 것 같구나."

슬픔에서 헤어난 그녀는 자신이 어리석었다는 사실을 깨닫고 또 다른 자책에 빠졌다.

화무린은 엄한 표정으로 설영을 꾸짖었다.

"앞으로는 절대 그러지 마세요. 다시는 제 혈육을 잃고 싶지 않습니다."

"……."

설영은 지난 칠십여 년 동안 한 번도 느껴보지 못했던 진한 가족애를 화무린에게서 느꼈다.

예전 같았으면, 아니, 화무린을 만나기 전까지는 그녀에게 무슨 일이 생긴다고 해도 걱정해 줄 사람이 아무도 없었지만 지금은 아니다.

설영은 자신에게 진짜 가족이 생겼다는 사실을 실감했다.

第八十三章

초마녀(超魔女) 금오(金烏)

구중천
九重天

"혈옥녀님, 더 늦기 전에 지금이라도 당장 수색을 철회하
셔야 합니다. 이러시면 여황께서 계획하시는 대계(大計)에 큰
차질이 빚어질 것입니다."

숲 속을 바람처럼 쏘아가는 혈옥녀를 곁에서 바짝 따르고
있던 벽력군이 그녀의 옆얼굴을 쳐다보면서 초조한 표정으로
종용했다.

혈옥녀는 그의 말에 아무런 반응도 보이지 않은 채 계속 달
리면서 주변을 두리번거렸다. 화무린과 설영을 찾고 있는 것
이었다.

만약 혈옥녀가 두리번거리면서 천천히 달리지 않았다면

벽력군은 사력을 다한다고 해도 결코 그녀와 나란히 달릴 수 없었을 것이다.

벽력군은 초조함이 극에 달했다. 지금 혈옥녀는 화무린과 설영 단 두 명을 찾아내기 위해서 일만여 천외무적군을 총동원한 상황이었다.

"넷째 풍사군과 이십사존 여섯 명에게 그 두 명을 찾아내서 끌고 오라고 명령하겠습니다. 그러니 혈옥녀님께선 제삼투번과 사투번을 이끌고 여량산으로 가서야 합니다. 속하가 모시겠습니다."

벽력군은 다시 한 번 말했다. 방금 전보다 언성을 조금 더 높였으며 방법까지 제시했다.

그러나 이번에도 혈옥녀가 벽력군에게 무관심한 것은 마찬가지였다.

그녀는 아예 옆에 벽력군이 있다는 사실마저도 모르는 것처럼 보였다.

그녀는 핏발이 곤두선 눈으로 전방과 좌우를 샅샅이 살폈으며, 청력을 돋우어 삼십여 리 이내의 모든 소리를 감지하느라 여념이 없었다.

벽력군은 피가 마르는 것 같은 초조함을 느꼈다. 그는 이 작전이 얼마나 중요한지 잘 알고 있었다.

이번 작전의 성패에 따라서 천외신계가 삼천계를 일통하느냐 못하느냐가 걸려 있다고 해도 과언이 아니었다.

더구나 천녀황이 이끌고 있는 만여 명과 혈옥녀가 이끄는 만여 명은 전체 천외무적군 십오만 명 중에서 최정예 고수들인 일투번에서 사투번까지의 네 개 투번이었다.

그들 이만 명으로 다른 십삼만 명을 상대하고도 남음이 있을 정도로 막강했다.

천녀황의 일만과 혈옥녀의 일만이 선봉에 서고, 십삼만 명이 이, 삼, 사, 오선(五線)의 포위망을 형성한 채 총공격을 감행하여 구중천과 무림 군웅을 씨도 남기지 않고 쓸어버린다는 것이 천녀황의 계획이었다.

그러므로 혈옥녀가 이끄는 만여 명이 정확한 시기에 본대에 합류하지 못한다면 전체 계획에 큰 차질이 빚어질 것이 분명했다.

그러니 벽력군이 피가 마를 정도로 초조해서 어쩔 줄 몰라 하는 것은 당연했다.

그렇지만 이것으로 인해서 나중에 천녀황에게 문책을 당할까 봐 두려워하는 것이 아니었다. 삼천계 일통에 영향을 끼칠까 봐 그러는 것이었다.

천외신계는 제일 꼭대기에 있는 천녀황에서부터 밑바닥 투번고수 한 명 한 명까지도 정신 무장이 상상하는 것 이상으로 투철하다.

천외족 모두는 자신들이 반드시 삼천계를 일통해야 한다고 굳게 믿고 있었다.

그러나 그것은 강압에서가 아니라 목숨이 다하는 날까지 달성해야 할 천외족 모두의 사명으로 여기고 있었다.

여북하면 삼천계를 일통하는 과정에서 죽는 것을 무상의 영광으로 여기겠는가.

일개 투번고수의 정신 무장이 그럴 정도인데 천외신계 서열 삼위인 벽력군이야 두말할 필요가 있겠는가.

벽력군의 반백의 눈썹이 꿈틀 꺾였다.

그가 육천군의 둘째라는 높은 신분이면서도 혈옥녀 곁에 머물러 있는 이유는 사실 단순하게 그녀를 수행, 보필하려는 것이 아니었다.

심지가 제압된 혈옥녀는 천녀황의 명령대로만 움직인다. 그렇다고 혈옥녀에게 일일이 이래라저래라 명령을 내리기 위해서 천녀황이 그녀 곁에 한사코 붙어 있을 수도 없는 노릇이었다.

그래서 천녀황은 벽력군을 혈옥녀에게 딸려 보낸 것이다, 유사시에는 그가 혈옥녀를 통제할 수 있도록.

그리고 지금이 바로 그 시기였다.

휘익!

결심을 굳힌 벽력군은 공력을 극한으로 끌어올려 혈옥녀 앞쪽으로 삼 장쯤 치고 나간 직후에 즉시 몸을 돌려 그녀를 향해 우뚝 서서 우렁차게 외쳤다.

"혈옥녀님께선 당장 멈춰서 지엄하신 여황신령(女皇神鈴)

의 명을 받으십시오!"

딸랑딸랑!

오른팔을 앞으로 쭉 내민 벽력군의 손바닥 안에서 영롱한 방울 소리가 흘러나왔다.

벽력군의 손안에 있는 것은 하나의 초록색 짧은 막대 양쪽에 매달려서 금빛과 핏빛의 광채를 은은하게 흘러내는 두 개의 방울이었다.

그것이 바로 여황신령인데, 천녀황은 혈옥녀를 떠나보내기 전에 그녀의 얼굴 앞에서 방울을 한차례 흔들어 보이면서 특수한 주문을 걸어 이후 방울을 흔드는 사람의 명령에 무조건 따르도록 금제를 가해두었다.

세상에 도대체 그 어떤 사부가 자신의 제자의 인성을 마비시키고 주문 따위를 걸어 수하에게 통제권을 잠시라도 넘기겠는가.

그걸 보면 천녀황은 혈옥녀를 제자로 인정하지 않거나 추호도 애정이 없는 것이 분명했다.

그녀가 그 지경인데 수하들 중 어느 누가 혈옥녀를 천녀황의 제자로서 깍듯하게 대접하겠는가.

그러나 벽력군은 천녀황의 제자인 혈옥녀를 존중하는 뜻에서 끝까지 여황신령은 사용하지 않으려고 했는데 일이 이렇게까지 되자 어쩔 도리가 없었다.

벽력군은 방울 소리가 들린 이상 혈옥녀가 즉시 멈춰서 자신의 말을, 즉 여황신령의 명령을 받들 것이라는 사실을 추호도 의심하지 않았다.

그러나 그것이야말로 그가 살아생전에 마지막으로 내린 오판이었다.

휴르르—

혈옥녀는 달리는 것을 멈추지 않았을 뿐만 아니라 자신의 앞을 가로막고 서 있는 벽력군을 향해 곧장 부딪쳐 가면서 왼손을 쭉 뻗었다.

혈옥녀의 무위는 천녀황에게 최대 오 초식을 견딜 수 있고, 혈도신을 이십 초식 이내에 죽일 수 있는 수준이다. 그러니 벽력군 정도는 삼 초 안에 제압할 수 있었다.

그런 그녀가 지척에 무방비 상태로 서 있는 벽력군을 요리하는 것은 여반장일 터.

혈옥녀의 손이 벽력군의 가슴 앞에 이르러 쭉 퍼지면서 수도(手刀)의 형태로 바뀌었다.

벽력군은 경악했지만 혈옥녀의 솜씨가 너무 빨라서 얼굴에 표정을 떠올릴 사이도 없었다.

푹!

"끅!"

다음 순간 혈옥녀의 왼손이 그대로 벽력군의 앙가슴 한복판을 꿰뚫고 들어갔다.

벽력군의 두 눈이 경악과 불신으로 찢어질 듯이 한껏 부릅떠졌다. 이런 상황은 손톱만큼도 예상하지 못한 그였다.

그는 입에서 꾸역꾸역 피를 흘리면서 더듬거렸다.

"끄으으… 여황신령의 명령을 거역하다니… 대체 어떻게… 그럴 수가……."

혈옥녀는 달리는 것을 멈추지 않았다. 그녀는 왼팔에 벽력군의 몸을 꽂은 채 계속 달리고 있었다.

그녀의 손은 피범벅이 되어 벽력군의 등 뒤로 손목까지 튀어나온 상태였다.

순간, 아직 숨이 끊어지지 않은 벽력군의 부릅떠진 눈이 더욱 커지며 얼굴 가득 경악지색이 떠올랐다.

두 가지 사실 때문이었다.

하나는 혈옥녀의 얼굴이었다. 그녀의 눈이, 그리고 입술이 묘하게 뒤틀려 있었다.

그것은 틀림없는 웃음이었다.

절대 있을 수가 없는 일이었다. 혈옥녀는 감정이 완벽하게 배제된 상태가 아닌가.

즉, 오욕칠정을 추호도 느끼지 못한다. 그러므로 당연히 웃거나 울 수 없었다.

그런 그녀가 지금 웃고 있는 것이다.

쳐다보는 것만으로도 온몸의 피가 깡그리 말라 버릴 것 같은 사악하기 이를 데 없는 마녀지소(魔女之笑)를 눈과 입술 끝에 매단 채.

벽력군을 놀라게 만든 다른 한 가지는, 자신의 공력이 급속도로 빠져나가고 있는 것을 느꼈기 때문이다.

마치 몸속에 있는 모든 수분이 콸콸 소리를 내며 빠져나가는 것 같은 느낌이었다.

가슴 한복판에 꽂혀 있는 혈옥녀의 손을 통해서.

그때 혈옥녀가 사악하게 웃는 것에서 한걸음 더 나아가 새빨간 입술을 떼어 말을 했다.

"호호홋! 이까짓 여황신령 따위로 나를 다스릴 수 있다고 여겼느냐? 멍청한 놈!"

"너, 너……?"

너무도 놀란 나머지 벽력군의 눈 가장자리가 후두둑 찢어지며 눈알이 튀어나왔다.

심지를 제압당한 혈옥녀는 방금 같은 식의 자의적인 말을 할 수가 없어야 하는 것이다. 생각을 할 수 없는데 어떻게 말을 하겠는가.

더구나 그녀는 지금 벽력군의 이백이십 년을 상회하는 공력을 고스란히 빨아들이고 있었다.

사파의 일각에서는 빠른 시일에 공력을 증진시키기 위해서 다른 고수의 공력을 흡수하여 자신의 것으로 만드는 사악한 수법들이 더러 존재한다.

그 경우에 상대에게서 흡수한 공력이 일 갑자, 육십 년이라고 해도 순수하게 자신의 공력이 되는 것은 불과 이삼 년, 많아야 오 년을 넘지 못한다.

그러므로 일 갑자의 공력을 증진시키려면 수없이 많은 고수들의 목숨이 필요한 것이다.

물론 그런 방법은 사파 내에서도 손가락질을 받을 만큼 추악한 것이었으며, 그런 짓을 할 경우 정파는 물론 사파에서도 그자를 죽이려고 든다. 일벌백계(一罰百戒)의 경종을 울리려는 차원에서다.

"끄아아!"

스으으—

한순간 벽력군은 처절한 비명을 질렀지만, 비명성은 급속하게 작아지다가 결국 사라져 버렸다.

믿을 수 없게도 그의 몸이 급속히 수축되더니 순식간에 빈 자루처럼 껍데기만 남았다.

파아—

아니, 그 껍데기마저도 꽃망울이 터지듯 가벼운 음향과 함께 미세한 가루가 되어 허공중에 흩어졌다.

쏴아아!

다음 순간, 뒤따르고 있던 일곱 명이 순식간에 혈옥녀를 엄밀하게 에워쌌다.

그들은 육천군의 넷째 풍사군과 서열 오위 이십사존의 여섯 녕, 즉 칠존부터 십이존까지였다.

그들은 혈옥녀 뒤를 따르다가 그녀가 순식간에 벽력군을

죽이고 또 그의 몸이 먼지처럼 흩어지는 것을 발견하자 크게 놀라서 즉시 공격을 전개하는 것이었다.

지위로는 벽력군보다 혈옥녀가 위지만, 이들 일곱 명은 심지가 제압된 마녀보다 수십 년 동안 동고동락한 벽력군을 더 가깝게 여겼다.

더구나 이 무리의 실질적인 지휘자는 혈옥녀가 아닌 벽력군이었다.

천녀황의 제자라는 것은 단지 실권없이 허울뿐인 명예직 같은 것이었다.

풍사군과 육존의 공격에는 말이 필요없었고 경고도 무의미했다.

쐐애액!

우르릉!

일곱 명의 공격, 일곱 줄기의 경기가 전후좌우, 그리고 상하에서 혈옥녀를 향해 번갯불처럼 뿜어졌다.

풍사군이 포함된 일곱 명의 공격이라면 가히 산악을 쪼갤 만한 위력을 발휘한다.

혈도신조차도 이들의 합공을 당해내지 못할 터이다.

퍼퍼펑! 쩌르릉!

그때 허공을 떨어 울리는 굉렬한 폭음이 터졌다.

일곱 줄기의 공격이 목표물을 잃고 자기들끼리 부딪쳤기 때문이다.

"호호홋! 그따위 어린아이 장난 같은 실력으로 날 죽이겠다는 것이냐?"

자신들의 합공이 무위로 그친 것을 깨닫고 일곱 명이 움찔 놀랄 때 그들의 머리 위에서 쇠종을 두드리는 것 같은 혈옥녀의 교소가 터졌다.

위기감을 느낀 일곱 명은 순식간에 뒤로 사오 장씩 물러나면서 공격 자세를 취하며 위를 올려다보았다.

그 순간 일곱 명, 아니, 여섯 명의 얼굴에 똑같이 놀라움이 떠올랐다.

그들의 머리 위 허공 삼 장 높이에 당당한 자세로 우뚝 정지해 있는 혈옥녀의 왼손 손아귀에 풍사군의 머리가 움켜 잡혀 있었다.

일곱 명의 합공을 피한 것만으로도 놀라운 일인데, 도대체 어느 사이에 일곱 명 중에서 가장 고강한 풍사군을 제압까지 했단 말인가.

혈옥녀는 아무렇지도 않게 풍사군의 머리를 잡고 있는 것처럼 보였지만 기실 그녀의 왼손 다섯 손가락은 풍사군의 머릿속으로 한 치가량 파고든 상태였다.

그렇다고 손가락으로 머리뼈를 뚫은 것이 아니라 뼈를 압박하여 움푹 함몰하게 만든 것이다.

육존은 풍사군이 혈옥녀의 수중에 있어서 함부로 공격을 할 수가 없었다.

혈옥녀에 의해서 머리 윗부분이 뚜껑이 씌워지듯 잡힌 풍사군의 얼굴은 잔뜩 일그러져 있었다. 고통도 고통이지만 치욕이 더 막심했다.

풍사군은 제압된 상태인지 손가락 하나조차 마음대로 할 수가 없는 상태였다.

"당장 풍사군님을 놓아주시오!"

육존 중에 우두머리인 칠존이 혈옥녀를 향해 우렁찬 노성을 터뜨렸다.

"풍사군님을 죽인다면 당신을 절대 용서하지 않겠소!"

이십사존의 여섯 명은 수중의 무기를 움켜쥔 채 당장이라도 공격할 것처럼 을러댔다.

혈옥녀는 허공중에서 천천히 육존을 쓸어 보았다.

마치 하찮은 벌레들을 보듯이.

"용서라고 했느냐?"

언제부터인가 혈옥녀의 두 눈에서 그녀의 상징 같았던 혈광이 사라져 있었다.

그리고 늘 무표정하던 얼굴에 희로애락의 표정이 덧씌워지기 시작했다.

"용서는 강한 자만이 할 수 있는 것이다."

혈옥녀는 차분한 표정으로 육존을 천천히 쓸어 보았다. 그런 표정은 예전의 그녀라면 지을 수 없는 것이었다.

"그리고 지금은 내가 강자다."

육존은 아무 말도 할 수 없었다.

그녀의 말은 옳았다.

언제인지도 모르는 사이에 풍사군의 머리를 움켜쥐면서 일곱 명의 합공을 피한 그녀가 아닌가.

혈옥녀는 얼마 전보다 훨씬 더 아름다워진 모습이었다. 인성을 되찾았기 때문이고, 얼굴에서 은은한 광채가 뿜어지고 있기 때문이었다.

그녀의 장미 꽃잎처럼 요염한 입술이 떼어지며 목소리가 흘러나왔다.

"너희에게 살 수 있는 길을 열어주겠다. 내 수하가 돼라. 그럼 살 수 있다."

그녀의 목소리마저도 구슬이 옥쟁반 위를 구르는 것처럼 영롱했다.

육존은 어이없는 표정을 지었다. 칠존이 혈옥녀를 일깨워 주려는 듯 외쳤다.

"우리는 원래부터 당신의 수하들입니다! 지금이라도 풍사군님을 놓아주고 계획대로 본대와 합류하여 여황 폐하께 이 사실을 고한다면, 우리가 당신의 수하라는 사실은 변함이 없을 것입니다!"

혈옥녀는 조용히 말했다.

"내 수하가 되라는 것이다, 천녀황의 수하가 아닌."

"……!"

그 순간 풍사군과 육존은 동시에 깨달았다.

어떻게 된 연유인지는 모르지만 혈옥녀는 천녀황의 금제를 완전히 벗어난 것이다.

"어… 쩌려는 것이오?"

혈옥녀의 입가에 한줄기 옅은 미소가 피어올랐다.

"삼천계 일통은 천녀황이 아닌 내가 이룬다."

육존의 얼굴에 경악지색이 떠올랐다. 혈옥녀는 비단 천녀황의 금제에서 벗어났을 뿐만 아니라 오히려 천녀황에게 대적하려는 것이었다.

"그러기 위해서는 너희들 중 몇 명이 필요하다."

말이 끝나기 무섭게 풍사군의 머리를 잡고 있는 그녀의 왼손에서 은은한 혈광이 풍사군의 머리로 주입됐다.

그것은 천마혈옥강이 함유하고 있는 두 가지 기운 중에서 혈마심기였다.

상대의 뇌를 제압해서 노예로 만든다는 바로 그 혈마심기인 것이다.

스으으.

"흐윽!"

그러자 풍사군이 눈을 까뒤집으며 쥐어짜는 듯한 신음을 흘렸다.

동시에 그의 몸이 벼락을 맞은 듯 한차례 격렬하게 부르르 떨렸다.

이윽고 혈옥녀는 잡고 있던 풍사군의 머리를 놓아주었다.

풍사군은 깃털처럼 천천히 지상으로 하강했다.

그 광경을 보면서도 육존은 대체 무슨 일이 벌어지고 있는지 갈피를 잡지 못했다.

척!

풍사군은 지상에 내려선 뒤 그 자리에 우뚝 선 채 미동도 하지 않았다.

다만 그는 평소와 다름없는 얼굴로 허공의 한곳을 뚫어지게 주시하고 있을 뿐이었다.

이제 혈옥녀가 그에게 한마디 말을 걸기만 하면 그는 그녀의 노예가 될 것이다.

얼마 전까지만 해도 혈옥녀가 천마혈옥강을 발출하면 그 속에 혈옥강기와 혈마심기가 동시에 들어 있었다. 두 기운을 따로 분리해서 전개하지 못했기 때문이다. 그런데 지금은 어찌 된 영문인지 그것이 가능해졌다.

"풍사군님, 괜찮으십니까?"

칠존이 조심스럽게 물었지만 풍사군은 듣지 못한 듯 여전히 허공의 한곳만을 응시하고 있었다.

뭔가 심상치 않음을 감지한 칠존은 혈옥녀를 보며 외치듯이 물었다.

"대체 풍사군님께 무슨 짓을 한 것이오!"

혈옥녀는 대답 대신 다른 말을 했다.

"이제 너희에게 선택은 없다. 내가 직접 너희 중에서 쓸 만한 놈을 고르겠다."

순간 혈옥녀는 어깨를 슬쩍 가볍게 흔들었다.

스으웃!

단지 그 동작뿐이었지만 그녀는 어느새 칠존 앞에 우뚝 서 있었다.

그녀가 허공 삼 장 높이에서 칠존 앞으로 날아 내리는 것을 본 사람은 아무도 없었다.

너무도 창졸간에 벌어진 일이라서 마치 그녀가 처음부터 칠존 앞에 서 있었던 것 같은 착각마저 들었다.

인간에게는 넘지 못하는 벽, 즉 한계라는 것이 있다. 그러므로 사물이 그 한계를 초월하는 행위를 취하면 인간은 감지하지 못한다.

방금 혈옥녀가 허공에서 칠존 앞으로 순식간에 내려선 것이 그랬다.

인간의 육안으로는 도저히 확인할 수 없을 정도로 빨랐기 때문이다.

"물러서랏!"

키이잇!

칠존은 나직한 호통을 터뜨렸다. 그리고 그보다 더 빠르게 수중의 한 자루 쾌도가 허공을 가르며 혈옥녀의 정수리로 내리꽂혔다.

두 손으로 잡은 채 전력을 다해서 휘둘렀기 때문에 지독하게 빠르고도 엄청난 위력이 담긴 일도였다.

캉!

"으악!"

순간 도로 있는 힘을 다해서 바위를 내려쳤을 때와 같은 날카로운 마찰음이 터지는 것과 동시에 칠존이 처절한 비명을 질렀다.

그런데 그의 양어깨에 붙어 있어야 할 두 팔이 보이지 않았다. 방금 전까지 도를 잡고 휘두르던 두 팔이 어느새 양어깨에서 떨어져 나간 것이다.

그냥 떨어져 나간 것이 아니라 폭발하여 아예 흔적조차 찾을 수가 없었다.

그가 내려쳤던 도는 혈옥녀의 미간을 찍은 것처럼 보였다. 그러나 미간에서 한 뼘의 거리를 남겨둔 채 허공중에 딱 정지해 있었다.

그것은 무림의 절정고수들이나 전개할 수 있는 호신막이나 호신강기의 차원을 넘어선 것으로서 호령강(護靈罡)이라는 것이었다.

전혀 눈에 보이지도 않았으며, 호신강기보다 훨씬 몸에 가깝게 있었다.

그래서 호령강은 마치 온몸을 감싸고 있는 한 벌의 보이지 않는 외투 같았다. 또한 그것의 강도(剛度)는 호신강기의 서

너 배에 달했다.

칠존이 전력으로 그어 내린 도가 호령강에 부딪치는 순간 엄청난 반탄지기가 뿜어져 그의 두 팔을 갈가리 찢어 흔적조차 남기지 않은 것이다.

'엄청나게 강해졌다!'

칠존은 자신의 두 팔을 잃은 고통보다 혈옥녀가 얼마 전에 비해서 두 배 가깝게 강해졌다는 사실 때문에 더 거센 충격을 받았다.

그 순간 그는 조금 전에 혈옥녀가 죽인 벽력군의 몸뚱이가 말라비틀어지다가 먼지처럼 흩어졌던 광경을 떠올리고는 속으로 경악성을 터뜨렸다.

'서, 설마… 흡성마극(吸成魔極)!'

원래 천외신계에는 대대로 다섯 종류의 단절신공(斷絶神功)이 전해져 내려왔다.

아무도 연공하지 않은 채 대가 끊어져 있었다고 해서 단절신공인 것이다.

이름하여 오금마극(五禁魔極).

이름 중에 금할 '금(禁)' 자가 들어 있는 이유는 누구도 그 무공을 연공할 수 없으며, 해서도 안 된다는 뜻이다.

천녀황 전대의 여러 여황들이 '천상성계 척멸'과 '삼천계 일통'을 목표로 세우고 장장 수백 년에 걸쳐서 탄생시킨 신공들이 있었다.

바로 천외오신극(天外五神極)이라고 불리는 극강절학이었다.

그것을 탄생시킨 여황들은 감히 확신했다. 하늘 아래 천외오신극보다 더 강한 무공은 존재하지 않는다고.

그러나 여황들의 확신은 그저 확신으로만 끝났을 뿐 현실로는 이루어지지 못했다.

천외오신극의 연공을 시도한 사람들은 많았지만 완성시킨 사람은 한 명도 없었던 것이다.

이유는 두 가지였다.

첫째, 여황들의 호언장담처럼 천외오신극이 너무도 극강했기 때문이다.

둘째, 여황들은 경천동지의 극강한 무공을 만드는 데에만 심혈을 쏟은 나머지 그로 인한 부작용까지는 미처 고려하지 못했다.

바로 마성(魔性)이었다.

천외오신극은 너무도 극강한 데다 소름 끼치는 마성까지 깃들어 있어서 그것을 익히는 사람들은 기초 단계를 연공하는 과정에서 인성을 잃어 마인이 되는 것은 물론이고, 주화입마에 들어 익히는 사람들은 한 명도 남김없이 끔찍한 죽음을 당하고 말았다.

보통의 경우 주화입마에 들면 폐인이 되거나 심할 경우에는 죽는 것이 일반적인 상식인 데 반해서, 천외오신극을 연공하다가 주화입마에 들면 어김없이 온몸이 녹아 한 줌의 혈수로 변하여 죽고 만다.

결국 천외신계 전대의 여황들은 수많은 시행착오를 거듭하고 희생을 치른 끝에 마침내 한 가지 뼈아픈 결론을 내려야만 했다.

천외오신극은 오직 선천적으로 천무골(天武骨)의 신체를 타고난 사람이어야만 연공을 하고 또 완성시킬 수 있으며, 설혹 천무골이라고 해도 일단 연공하게 되면 인성을 잃고 만다는 사실이었다.

그래서 어느 대의 여황이 천무골이 아닌 사람이 천외오신극을 연공하는 것을 일절 금하고, 그것을 여황의 가전무공(家傳武功)으로 귀속시켜 버리기에 이르렀다.

그리고 불행인지 다행인지 천외신계 수천 년의 역사 동안 천무골은 한 명도 나타나지 않았다.

그 이후 천외오신극은 누구도 연공하지 못한다는 뜻의 오금마극으로 불리게 됐다.

그렇게 수천 년 동안 잠들어 있던 것이 마침내 혈옥녀에 의해서 부활하기에 이른 것이다.

그녀가 익힌 천마혈옥강은 천외오신극 중에서 두 번째로 강한 사신극(四神極)이고, 그 위에 최강의 절학인 오신극(五神極)이 있다.

천외오신극의 '신극(神極)'이라는 이름은 이 최강의 절학 때문에 붙여진 것이다.

천녀황은 십삼 년 전에 화여옥이 설란과 함께 붙잡혀 왔을 때 그녀가 천무골이라는 사실을 한눈에 알아보았고, 결국 천외오신극의 두 번째 절학인 천마혈옥강을 전수했다.

제일, 이, 삼신극(三神極)을 뛰어넘어 곧바로 사신극을 가르친 것이다. 즉, 천녀황은 혈옥녀에게 일, 이, 삼신극을 가르친 적이 없다.

그런데도 지금의 혈옥녀는 일, 이, 삼신극을 너무도 완벽하게 알고 있는 상태였다.

그것은 천녀황이 아주 중요한 한 가지 사실을 간과하거나 미처 알지 못했기 때문이다.

사실 천외오신극은 전체가 하나로 이루어져 있다. 다시 말해 다섯 개의 신극이 모두 하나의 고리로 연결되어 있다는 뜻이다.

그 말은 사신극을 배우면 그 아래 단계인 세 개의 신극을, 오신극을 배우면 나머지 네 개의 신극을 저절로 알 수 있다는 뜻이기도 하다.

그것이 천외오신극의 오묘하면서도 무서운 점 중에 하나였다.

예를 들자면 계단을 오르는 것과 같다. 단번에 네 계단을 뛰어오를 수 있는 사람이 있다면 굳이 첫 계단과 두 번째, 세 번째 계단을 밟지 않아도 될 것이다.

네 번째 계단에 올라서면 그 아래가 한눈에 내려다보이고, 그것을 밟고 올라온 것이나 다름없는 결과를 얻는다.

언덕을 거치지 않고 산 정상에 올랐다고 해서 정상에서 언덕이 내려다보이지 않겠는가.

혈옥녀는 하나로 연결된 계단을 갖고 있는 오층 건물의 사층에 올라 있는 것이다. 그리고 오층으로 오르는 계단에 한쪽 발을 올려놓은 상태다. 놀랍게도 그녀는 스스로 학습을 하고 있는 것이다.

그녀가 천마혈옥강을 연공함으로써 인성을 잃은 것은 분명한 사실이다.

만약 인성을 상실하지 않았다면 천녀황이 혈옥녀를 통제하는 것이 불가능했을 것이다.

그 부분에서 천녀황은 또 한 가지 결정적인 실책을 범했다.

천외오신극을 연공하면 마성이 생성된다는 사실을 알고 있으면서도 마성을 대수롭지 않게 여겨 별다른 금제를 가하지 않은 채 방치해 버린 것이다.

인성(人性)을 사람의 성품이라고 한다면, 마성은 마인(魔人)의 성품이다.

또한 인성이 사람다운 생각을 하는 것이라면 마성은 마인다운 생각, 즉 보고 들으며 생각하는 모든 것을 마성으로 깨닫고 결정하게 만든다.

사람이 경지에 이르면 득도를 하듯이, 마인이 하나의 경지에 이르면 득마지경(得魔之境)에 이르는데, 그것을 이른바 마령(魔靈), 혹은 초마지경(超魔之境)이라고 한다.

놀랍게도 지금의 혈옥녀는 초마지경의 경지에 도달해 있었다.

천녀황의 바람과는 달리 현재의 그녀는 스스로 모든 것을 깨우치고 결정하는 초마지체(超魔之體)가 되어버린 것이다.

그리고 스스로 학습하여 천외오신극의 최후의 절학 오신극을 터득하려 하고 있었다.

불세파천극(不滅破天極).

그것이 바로 하늘을 부수고 대지를 뒤엎는다는 천외오신극의 최고 절학인 오신극이다.

쓰우우―

"으헉!"

칠존은 괴이쩍은 느낌에 다급한 헛바람을 들이켰다.

그것은 무언가 어마어마한 압력이 그의 온몸을 옥죄며 육신의 기름을 짜내는 듯한 느낌이었다.

그는 불룩불룩 튀어나오고 있는 두 눈으로 황급히 혈옥녀를 쳐다보았다.

그러나 그녀는 일곱 자 앞에서 뒷짐을 진 채 악마 같은 미소를 지으며 우뚝 서 있었다.

그녀가 아무 행동도 취하지 않는데도 칠존의 옥죄임은 더욱 극심해졌다.

그 순간 그의 몸에서 무언가 푸르스름하게 빛나는 아지랑이 같은 기운이 빠져나와 한 무더기를 이루며 혈옥녀를 향해 떠가고 있었다.

순간 칠존은 깨달았다, 자신의 몸에서 공력이 빠져나가고 있다는 사실을.

쓰우우―

그리고 그 공력은 모조리 혈옥녀의 옷을 투과하여 그녀의 몸속으로 스며들고 있었다.

그녀는 조금 전에 벽력군의 공력을 흡수할 때까지만 해도 직접 손을 썼었다.

그런데 지금은 상대의 몸에 손을 대지 않고서도 공력을 흡수하는 경지에 이르러 있었다.

사파의 비루하기 짝이 없는 수법은 흡수한 상대의 공력을 채 십분의 일에도 못 미치는 수준만을 자기 것으로 만든다.

그것은 그 수법이 채음(採陰) 혹은 채양(採陽)이라는 하급의 방법을 사용하기 때문에, 음기와 양기 속에 함유되어 있는 정순한 공력을 걸러내지 못하기 때문이다.

그래서 고수 한 명을 죽인다고 해도 기껏 공력에 좋은 보약한 첩을 먹은 보신(保身)에 그칠 뿐이다.

하지만 혈옥녀가 발휘하는 천외오신극 중 이신극인 흡성마극은 그런 것들과는 근본적으로 달라서 일단 전개하면 상대의 정순한 공력을 한 움큼도 낭비하지 않고 모조리 자신의 것으로 만들어 버린다.

와자작!

"끄아—악!"

종이를 손안에 쥐고 힘껏 구기듯 칠존의 몸이 수박 한 덩이의 크기로 오그라들었다.

그러면서도 허공에 뜬 채 마지막 한 방울까지 공력을 혈옥녀에게 제공하고 있었다.

"마녀! 당장 멈춰랏!"

"저 요망한 년을 죽여랏!"

순간 칠존이 오그라든 것을 본 다섯 명 오존이 이성을 잃고 핏발이 곤두서서 일제히 혈옥녀를 덮쳐 갔다.

그러자 그때까지도 혈옥녀의 미간 앞 허공에 딱 붙은 듯이 정지해 있던 칠존의 도가 그녀의 머리 위 이 장 높이로 쑥 상승했다.

쩡!

쐐애액!

허공에서 뚝 멈춘 도가 갑자기 세 조각으로 쪼개지더니 세 방향으로 빛처럼 빠르게 쏘아갔다.

혈옥녀는 여전히 뒷짐을 진 채 아무런 동작도 취하지 않고 있었다.

그런데도 도가 떠올라 세 조각으로 쪼개져서 날아가 공격해 오는 오존 중에 세 명의 미간에 박혀 버렸다.

파파팍!

공력으로서 사물을 마음대로 조종하는 격공비탄(隔空飛彈)이라는 최상승의 수법이었다.

동료 세 명이 거꾸러지는 것을 본 나머지 이존의 안색이 급변했다.

그때 혈옥녀가 느릿한 동작으로 양손을 들어 올려 그들 두 명을 가리키자 두 줄기 흐릿하고 가느다란 핏빛 기류가 뿜어져 나갔다.

동작은 느렸지만 핏빛 기류의 빠르기는 섬광과 같았다.

팍! 팍!

아주 가벼운 음향과 함께 핏빛 기류는 두 명의 미간에 적중됐다.

그러나 그들의 미간에는 아무런 상처도 없었다. 다만 자세히 살펴보지 않으면 발견하지 못할 아주 흐릿한 혈흔이 어른거리듯이 새겨져 있을 뿐이었다.

핏빛 기류, 즉 천마혈옥강 혈마심기에 적중된 두 명은 그 자리에 뻣뻣하게 선 채 움직임을 멈추었다.

숫—

혈옥녀가 다시 한차례 왼손을 가볍게 휘두르자 칼 조각에 맞아 쓰러져 있던 세 명의 몸이 줄에 묶인 것처럼 스르르 일으켜 세워졌다.

파아아—

순간 세 명의 몸에서 한 무더기씩의 뿌연 색색의 운무덩어리가 뽑혀 나와서 곧장 혈옥녀에게 쏘아와 흔적조차 없이 그녀의 몸속으로 스며들었다.

그와 동시에 몸에서 운무덩어리가 뽑혀 나간 세 명의 몸이 픽픽! 하는 작은 소리를 내면서 터지는가 싶더니 곧 먼지가 되어 허공중에 흩어졌다.

세 개의 운무덩어리는 그들 세 명의 공력이었다.

혈옥녀는 또다시 세 명의 공력을 흡수한 것이다.

처음에 그녀는 벽력군의 가슴에 손을 꽂아서 공력을 흡수했다.

그런데 그다음에는 칠존의 일곱 자 앞에 선 채 허공을 격한 상태로 그의 공력을 뽑아냈는가 하면, 방금 전에는 삼, 사 장 거리를 격하여 동시에 세 명에게서 공력을 뽑아내 흡수하기에 이르렀다.

그것은 혈옥녀의 공력이 점점 무서운 속도로 증진되고 있음을 나타내고 있는 것이었다.

현재 그녀의 공력을 굳이 숫자로 따지자면 구백 년에서 천 년 사이쯤 될 것이다.

그러나 공력이 육 갑자, 즉 삼백육십 년을 넘어가면 공력이라는 의미가 무색해진다.

무림에서는 육 갑자 공력이면 반로환동(返老還童), 즉 입신지경(入神之境)에 이르렀다고 말한다.

그때부터는 구태여 공력이라는 말을 쓰지 않는다.

대신 정령신(精靈神)이라고 한다. 그리고 그때부터의 세계를 정령신계(精靈神界)라고 부른다.

정령신은 공력처럼 십 년, 이십 년, 혹은 갑자(甲子)로 따지지 않고 령(靈)으로 메긴다.

정령신계에 들어서면 천지자연 삼라만상에 떠도는 음과 양, 오행(五行), 정령기운(精靈氣運) 등을 골라서 차곡차곡 자신의 정령신으로 융화, 축적시키는 것과 동시에 끝없는 수양을 쌓아야 위의 단계로 증진할 수가 있다.

하지만 정령신계에서는 무공계에서 몇 년 만에 공력이 쑥쑥 증진되는 것과 같은 빠른 발전은 기대하지 못한다.

한 단계를 오르는 데 아무리 빨라야 몇십 년이 걸리는데, 그것은 운이 좋은 경우이고 평생 동안 노력해도 다음 단계로 오르지 못하는 경우가 대부분이다.

정령신계. 즉, '신계(神界)'로 약칭되는 그 세계에서는 일령(一靈)이 음양쌍신경(陰陽雙神境)이다. 약칭하여 '음양경(陰陽境)'이라 하고, 이령(二靈)이 '오행생사경(五行生死境)' 줄여서 '오행경(五行境)'이며, 삼령(三靈)은 '입화출신경(入化出神境)' 줄여서 '입신경(入神境)', 마지막 사령(四靈)이 '정신경(頂神境)'이라 하며 비로소 신(神)의 반열에 들어서는 것이다.

정신경을 도가에서는 인간의 육신을 지닌 채 승천한다는

우화등선(羽化登仙)이라고도 표현한다.

현재 혈옥녀는 순전히 공력만으로 도달할 수 있는 최고 경지인 정령신계의 일령 음양쌍신경, 즉 음양경의 문턱을 막 넘은 상태라고 말할 수 있었다.

"너희 셋은 이리 오너라."

혈옥녀가 조용히, 그리고 우아한 목소리로 입을 열었다.

그녀의 모습은 벽력군에게서 공력을 강탈하기 전에 비해서 몰라볼 정도로 변해 있었다.

겉으로 봐서는 그녀에게서 추호의 마기도, 마성도 찾을 수가 없었다.

그저 더없이 아름답고 우아해서 오히려 성스럽게까지 보이는 터라 그 앞에 서면 저절로 옷깃을 여며야 할 정도였다.

그러나 그녀는 여전히 마녀였다.

그녀가 아무리 정령신계의 일령인 음양경이라고 해도, 그 근본 바탕은 천외오신극이라는 마공에 두고 있으며, 마성의 영역을 넘어서 초마성(超魔性)에 이르러 있었다.

삼라만상의 모든 사물이란 극에 달하면 반드시 반대 현상이 일어난다.

그것을 물극필반(物極必反)이라고 한다.

그 상태가 되면 극과 극끼리는 서로 상통하는데 그것을 양극상통(兩極相通)이라 한다.

현재 혈옥녀는 마의 극에 도달한 상태다. 그래서 물극필반과 양극상통의 현상이 일어나 지상에서 가장 아름다운 미녀나 선녀처럼 보이고, 마치 부처의 배후에 떠 있는 후광(後光) 같은 은은한 광휘를 띠고 있는 것이다.

그러나 거듭 말하지만 그녀는 발끝부터 머리끝까지 마녀이고, 처음부터 끝까지 마녀일 수밖에 없다.

절대로 선(仙)이 마(魔)가 될 수 없듯이, 마 역시 선이 될 수 없는 것이다.

혈옥녀의 말이 떨어지자 풍사군과 두 명, 즉 팔존과 십존은 그녀에게 쏜살같이 쏘아와 앞쪽에 나란히 시립했다.

그들 세 사람은 혈마심기에 뇌를 제압당하여 대기 상태에 있다가 혈옥녀가 자신들을 부르는 음성을 듣는 순간 그녀의 노예가 돼버렸다.

이제 혈옥녀가 풀어주지 않는 한 그들 세 명은 죽을 때까지 그녀의 노예로 지내야 할 것이다.

혈옥녀는 미풍에 옷자락을 나부끼면서 자신 앞에 서 있는 세 명을 찬찬히 살펴본 후 말문을 열었다.

"당신들은 내게 무엇인가요?"

느닷없는 존대.

놀라운 변신이다. 눈을 한 번 깜빡이고 나면 그녀는 또 다른 모습으로 변해 있었다.

아니, 그것은 끊임없는 학습이고 발전이었다. 지금 이 순간에도 그녀는 스스로 학습하고 발전하고 있는 중이다.

"저희는 주인님의 종입니다."

혈옥녀는 미소를 지으면서 살래살래 고개를 가로저었다. 동작 하나하나, 말 한마디 한마디가 방금 천상에서 하강한 선녀에 다름 아니었다.

"그렇지 않아요. 우린 친구예요. 당신들은 앞으로 나를 금오(金烏) 소저라고 부르도록 하세요."

"분부 받들겠습니다, 금오 소저."

금오는 태양을 일컫는다. 그녀는 태양, 아니, 진정 신이 되려는 것인가?

혈옥녀, 아니, 금오가 봄날의 따스한 햇살처럼 부드러운 미소를 지으면서 그보다 더 온화한 목소리를 흘려냈다.

"나는 당신들을 삼족선(三足仙)이라고 부르겠어요."

그녀는 풍사군과 팔존, 십존을 차례로 가리키며 눈이 부신 듯한 미소를 지었다.

"당신은 태선(太仙), 당신은 양선(陽仙), 당신은 준선(踆仙)이에요."

금오는 태양이고, 삼족오(三足烏)는 태양에 살면서 매일 태양을 동쪽에서 서쪽으로 운반하는 전설의 새다.

혈옥녀는 스스로 금오가 되더니 풍사군과 팔존, 십존을 삼족오로 둔갑시켜 버렸다.

태선의 '태'나 양선의 '양'은 태양을 말하고, 준선의 '준'은 삼족오의 또 다른 이름 준오(踆烏)에서 따온 것이다.

금오가 자신의 이름을 바꾼 것에는 나름대로의 깊은 의미가 있었다.

자신은 더 이상 천녀황의 제자, 아니, 노예가 아니라는 것이다. 그녀는 멍에를 벗어던져 버리는 대신 스스로 새로운 신분을 창조해 냈다.

그녀는 금오가 된 이후 첫 번째 명령을 내렸다.

"당신들 삼족선은 이제부터 수하들을 이끌고 아까 내가 놓쳤던 두 사람을 찾도록 하세요."

"금오 소저의 명을 받듭니다."

삼족선은 깊숙이 허리를 굽히면서 합창을 한 후 번쩍 신형을 날렸다.

금오는 완전히 변했지만, 혈옥녀 때 놓쳤던 화무린과 설영을 잊지는 않았다.

겨울 숲에서 금오와 삼족선이 사라지고 나서 약 세 호흡쯤 지났을 때 그들이 머물러 있던 곳에서 채 칠팔 장도 떨어지지 않은 곳의 한 그루 구불구불한 거목의 아래쪽 모습이 변하기 시작했다.

스으으.

지상 석 자 높이에서 거의 직각으로 구부러졌다가 다시 위로 한 자쯤 뻗었고, 그곳에서 아래와는 반대 방향으로 구부러진 어른 두 아름 이상 되는 굵은 거목이었다.

그 칙칙한 갈색 거목의 목피(木皮)가 갑자기 흐릿해지는가 싶더니 툭 불거지면서 돌출됐다. 마치 껍질이 벗겨지는 듯한 광경이었다.

돌출된 흐릿한 갈색의 물체는 거목의 아랫부분과 똑같이 좌우로 굽은 형태를 하고 있었다.

스으으.

그 흐릿한 물체가 꼿꼿하게 펴지면서 점차 선명한 모습을 드러냈다.

놀랍게도 그것은 겨울 숲과 비슷한 색인 갈색 옷을 입은 한 사람이었다.

함도. 바로 그였다.

그는 예전과 변함없이 키가 크면서도 꼿꼿하며 무표정하고 또 칙칙한 모습이었다.

거목 옆에 마치 한 그루 나무처럼 표홀히 서서 금오와 삼족선이 사라진 방향을 묵묵히 주시하는 그의 동공 깊숙한 곳에서 흐릿한 빛이 반짝였다.

'찾았다!'

그는 북경에서 화무린으로부터 한 여자를 찾으라는 명령을 받은 지 넉 달이 조금 넘은 지금에서야 마침내 초상화에 그려진 여자를 찾아내는 데 성공했다.

초상화 한 장만 들고 광활한 천하에서 한 여자를 찾는 일은 백사장에서 바늘을 찾는 것과 다르지 않았다.

함도는 연고도, 단서도 없이 달랑 초상화 한 장만을 손에 쥔 채 지난 넉 달여 동안 순전히 발로 뛰며 그 여자를 찾아낸 것이다.

금오는 정령신계의 일령인 음양경의 경지에 이른 상태지만 불과 칠팔 장 거리에 은둔해 있는 함도의 기척을 감지하지는 못했다.

그것은 함도가 구중천에서 배운 무공 덕분이었다.

그는 무림 최고의 검법이나 도법, 신공 같은 것을 배우지 않았다. 그런 것은 그의 성미에도 맞지 않았고 아예 눈에 차지도 않았다.

어린 시절의 함도는 부친을 하오문의 문주로 둔 덕분에 괴이하고 신기한 방면의 전대 고사를 기록한 서책들을 접할 기회가 많았다.

그중에서 그의 어린 마음을 송두리째 매혹시킨 것이 하나 있었다.

그것은 바로 무림사 최고의 괴인으로 손꼽히는 은와사(隱臥師)의 괴행에 대한 기록이었다.

현재 은와사가 어떤 인물인지에 대한 정확한 기록은 남아 있지 않은 상태다.

그러나 말도 안 되고 있을 수도 없는 그의 괴행, 괴사에 대한 숱한 소문들은 입에서 입으로 전해져서 결국 누군가에 의해서 한 권의 책자로 엮어졌다. 어린 함도가 읽은 것이 바로 그 책 '은와괴행록(隱臥怪行錄)' 이었다.

그 책에 의하면 은와사가 마음만 먹으면 가지 못하는 곳이 없고, 숨지 못하는 곳이 없으며, 하지 못할 일이 없는, 빛보다 더 빠른 인물이었다.

우연한 기회에 그 책을 읽게 된 함도는 그 이후 자나 깨나 은와사에 대한 것만 생각했다.

하오문에서 성장한 그는 날고 기는 무공보다는 기기묘묘한 은와사의 재주와 괴행에 흠뻑 매료되고 말았다.

그런 그가 구중천에 올라가서 은와사의 무공을 배우고 싶다고 요구한 것은 지극히 당연한 일이었다.

은와사는 소문이 만들어낸 허구가 아니라 과거에 실존했던 인물이다. 그리고 은와괴행록에 수록된 내용들은 거의 대부분 사실이었다.

함도는 구중천으로부터 한 권의 책자를 받았다.

은와사가 남긴 '은와백괴(隱臥百怪)' 의 필사본이었다.

그 책의 전반 대부분은 최고 경지의 잠행, 은둔, 추적, 암행술과 경공, 신, 보법이, 후반에는 일 초식 삼 변의 검법 한 종류가 기록되어 있었다.

은와백괴에는 한 종류의 검법을 제외하면 인간의 움직임, 거의 모든 것이 수록되었다고 해도 과언이 아니었다.

책자의 제목 '백괴' 는 결코 허울이 아니었다.

함도는 삼 년 반 동안 '은와백괴' 를 익혔지만 절반 정도밖에 익히지 못했다.

그렇지만 그는 수련을 그만두어야만 했다. 먼저 구중천에서 나가 주인님으로 모시기로 한 화무린을 기다려야 했기 때문이다.

그는 절반의 은와백괴만을 익혔을 뿐이지만, 당금 무림에서 은둔, 잠행, 추적술로써 가히 그를 능가할 사람은 아무도 없었다.

'어떻게 한다?'

함도는 금오가 사라진 방향에 시선을 고정시킨 채 잠시 생각에 잠겼다.

소문에 의하면 주인님이신 은오검객 화무린은 안국현 근처 자하 강변에서 천외신계의 육천군 중 다섯째인 운월군과 수백 명의 천외무적군을 도륙하여 '자하악전'의 영웅으로 이름을 드날렸다고 한다.

그 화무린이 불과 얼마 전에 금오, 아니, 혈옥녀의 공격을 받고 천신녀와 함께 사라진 것을 함도는 직접 목격했다.

그때 함도는 화무린이 혈옥녀를 보며 '누나'라고 나직이 부르는 소리를 분명히 들었다.

짐작했던 대로 초상화 속의 여자 금오는 화무린의 누나였던 것이다.

그가 봤을 때 아까 금오는 친동생인 화무린은 추호도 알아보지 못하는 것 같았다.

또한 화무린은 금오의 공격에 목숨을 잃을 위기에 처했는데도 차마 누나에게 손을 쓸 수가 없어서 죽음을 각오하는 것처럼 보였다.

원래 함도는 화무린보다 이틀 정도 먼저 금오를 발견하여 그동안 줄곧 암중에서 은둔한 채 그녀의 일거수일투족을 지켜보고 있었던 것이다.

함도는 초상화의 여자를 찾았고, 화무린도 찾아냈다.

그것으로 임무는 끝났지만 충성스러운 함도는 그렇게 생각하지 않았다.

'주인님께선 누나를 원하실 것이다. 혈옥녀나 금오 따위가 아닌 진짜 친누나를.'

그런데도 금오는 인성을 점점 잃어가고 오히려 전대 미문의 초마지경에 이르고 있다.

최소한 함도가 지켜보고 판단하기에는 그랬다.

결국 그는 결정을 내렸다.

'계속 금오를 추격한다.'

그러다 보면 실오라기 같은 기회가 생길 것이다.

금오가 아닌 친누나 화여옥을 주인님이신 화무린에게 되돌려 줄 수 있는 기회가.

第八十四章

파란중첩(波瀾重疊)

九重天
구중천

"무린아, 너는 성존의 독자(獨子)야. 그 말이 무슨 뜻인지 알겠니?"

설영은 바위에 기대어 화무린과 나란히 앉은 후 아까 했던 얘기의 뒤를 이었다.

화무린은 가볍게 고개를 끄덕였다.

"제가 천상성계 성제의 일족이 됐다는 뜻이로군요."

"아니, 그 이상이란다."

그녀가 말하는 그 이상이 무엇인지에 대해서 화무린은 짐작조차 할 수 없었다.

"내가 알기로는 성제에게는 아들이 두 명뿐이란다. 장남이 구중천주고 차남이 성존 네 아버님이시지. 그런데 구중천주는 혼인을 하지 않았단다."

그 말에 화무린은 퍼뜩 깨달았다. 구중천주는 혼인을 하지 않았으니까 당연히 자식, 그것도 대를 이을 아들이 없다.

그러므로 천상성계 성제의 유일한 후계자는 화무린 자신뿐이라는 것이다.

"무린아, 너는 천상성계를 찾아가거라. 가서 성제를 만나야 한다."

화무린이 진지하게 물었다.

"성제를 만나서 어떻게 하라는 것입니까?"

"구중천은 천상성계의 일각(一角)일 뿐이야. 천상성계의 몸통은 아직 드러나지 않았다. 너는 성제와 천상성계의 모든 것을 물려받은 후 천하를 구해야 한다."

화무린의 표정이 가볍게 변했다.

"여량산에 있는 구중천주와 무림 군웅은 포기하라는 말씀이십니까?"

설영은 착잡한 얼굴로 고개를 끄덕였다.

"그래. 지금으로서는 방법이 없다."

화무린은 나직이 외쳤다.

"방법이 없으면 만들어야지요!"

설영은 착잡하게 반문했다.

"방법이 없다는 것은 너도 알고 있잖느냐?"

화무린은 입을 다물었다. 할 말이 없었다.

천녀황이 이끄는 십오만 천외무적군의 포위 공격에서 대체 어떻게 구중천주와 그 일행을 구해내겠는가.

더구나 구중천주를 구하겠다고 구중천 천제들과 무림 각파의 장문인, 방주, 문주들이 무림 군웅을 이끌고 몰려가고 있거나 이미 합류해 있는 상태일 것이다.

이것은 사지에서 사람 몇 명을 구해내는 일 따위가 아니다.

십오만의 정예 고수에게 갇힌 이삼만 명을 거대한 대산맥에서 이끌고 나와서 안전한 장소까지 데리고 가야 하는 대역사(大役事)와도 같은 일이다.

그러므로 그 어떤 계책이나 술수로는 어떻게 해볼 수 없는, 가히 천재지변과도 같은 일인 것이다.

화무린의 얼굴에 막막한 표정이 가득 떠올랐다.

그러나 그 표정은 시간이 흐르면서 점차 담담한 표정으로 변해갔다. 마음속으로 하나씩 차근차근 생각을 정리해 나가면서 그 스스로 극복하고 있는 중이었다.

이윽고 그는 조용히 입을 열었다.

"방법이 없으니 더욱 가야 합니다."

설영은 의아한 표정을 지었다. 화무린의 말은 모순이었다.

"그것은 사지 속으로 죽으려고 제 발로 걸어 들어가는 것이나 같지 않느냐?"

화무린의 입가에 엷은 미소가 떠올랐다. 보기만 해도 마음이 푸근해지는 온화한 미소였다.

"그들도 사지에 있지 않습니까? 죽을 수밖에 없다면 다 함께 최후를 맞이하는 것도 나쁘지 않을 것 같군요."

"무린아……."

설영은 눈을 크게 뜨고 화무린을 바라보았다. 그녀는 화무린이 말하는 깊은 뜻을 알아들었다. 그 순간 그녀에게 화무린은 거대한 태산처럼 보였다.

화무린의 눈앞에 여러 사람들의 모습이 스쳐 지나갔다. 봉선, 은겸, 창천제, 호천제, 악소, 당쾌, 그리고 안면이 있는 수많은 얼굴들…….

그가 사지로 가려고 하는 것은 '무엇 때문에' 라는 특별한 이유가 없었다.

또한 죽을 것을 뻔히 알면서도 왜 부득부득 가려고 하는지 화무린 자신도 명확하게 알지 못했다.

"너를 막을 방법은 없는 것이니?"

설영이 호로록 한숨을 내쉬며 말하자 화무린은 진중한 얼굴로 화제를 바꾸었다.

"오십여 년 전, 아버님께 어째서 어머님을 데리고 천상성계로 가지 않으셨는지 영 이모는 알고 계신가요?"

화무린은 내내 그것이 궁금했었다. 그랬었다면 부모님은 속세에서 신분을 감춘 채 힘들게 숨어 살지 않아도 됐을 테고, 끝내 죽임을 당하지도 않았을 것이다.

설영은 쓸쓸한 표정을 지었다.

"그 당시 네 아버님, 아니, 형부는 란 언니를 데리고 곧장 천상성계로 갔단다. 그곳이 형부의 고향인데 왜 가지 않았겠느냐."

그녀는 어렵사리 말을 꺼내놓고서도 머뭇거리면서 다음 말을 잇지 못했다.

그러나 총명한 화무린은 그녀가 입속에 삼키고 있는 말을 짐작할 수 있었다.

"설마… 어머님이 천외신계 사람이라고 성제가 받아들이지 않은 것인가요?"

설영은 대답하지 못했다.

화무린은 그것을 수긍으로 받아들였다. 그의 가슴속에서 은은한 불길이 피어올랐다.

천상성계 성제에 대한 분노였다.

"그랬었군요. 그래서 부모님께선 속세에서 조마조마하게 숨어 사시다가 끝내 변을 당하신 것이군요."

비통한 심정과 분노의 마음이 동시에 화무린을 지배했다.

설영은 설란이 잡혀와 갇혀 있는 동안 그녀에게 그동안 있었던 일들을 빠짐없이 들었다.

오십여 년 전, 설란이 천외신계를 도주하여 성존 동방운과 천상성계에 갔다가 어떻게 쫓겨났으며, 이후 어떻게 살아왔는지에 대해서.

"란 언니는 내게 말했었다. 형부와 함께 산 지난 오십여 년
은 꿈처럼 행복했었다고."

화무린의 눈에서 은은한 불길이 뿜어졌다.

"성제는 아버님께 어머님을 버리라고 했겠군요?"

성제는 화무린의 친할아버지다. 그런데도 그는 꼬박꼬박
성제라고 불렀다. 지금 같은 심정으로는 말이 곱게 나갈 리가
없었다. 오히려 그보다 더한 욕을 퍼붓고 싶은 것을 간신히
참고 있었다.

설영은 계속 입을 닫고 있는 것만이 능사가 아니라고 생각
했다. 화무린은 성인이다. 자신이 사실을 말해주면 판단은 그
가 내리는 것이다.

"그랬단다. 하지만 형부는 란 언니를 버리지 않았어. 오히
려 천상성계의 성존이라는 지고한 신분을 미련없이 버렸지.
그 당시에 성제가 형부에게 선언했다더구나. 란 언니를 버리
지 않으면 천상성계에서 영원히 추방시키겠다고. 그러나 형
부는 일고의 가치도 없다는 듯 그 즉시 란 언니를 데리고 천
상성계를 떠났단다."

"하하하!"

그 말에 화무린은 유쾌하게 소리 내어 웃었다. 웃지 않을
수가 없었다.

"과연 아버님이십니다!"

화무린이었더라도 당연히 그렇게 했을 것이다. 어머님을

받아들일 수 없다고, 그녀를 버리지 않으면 추방시키겠다고 추상처럼 호령하는 성제 앞에서 보란 듯이 어머님을 데리고 천상성계를 떠났을 부친의 호기 어린 모습이 손에 잡힐 듯이 눈에 선해서 화무린은 웃음을 참을 수가 없었다.

설영은 화무린의 웃는 모습이 마치 형부를 보는 것 같아서 눈이 부신 듯 눈을 반개한 채 잠시 바라보다가 생각난 듯 입을 열었다.

"무린아, 벽월도는 가지고 있느냐?"

"네, 지니고 있습니다."

"과거에 네 아버님께선 장남인 구중천주, 즉 성왕(聖王)보다 더 뛰어난 인재셨단다. 그래서 차남이면서도 일찌감치 천상성계의 후계자로 선택되셨었지."

설영은 화무린의 두 손을 모아 쥐고 당부했다.

"벽월도는 천상성계 후계자의 신물(神物)이며 천성보름(天聖寶廩)을 열 수 있는 유일한 열쇠란다."

벽월도에 그처럼 막중한 비밀이 담겨 있을 줄은 상상조차 하지 못했던 화무린이었다.

그렇지만 그는 벽월도를 당장 품속에서 꺼내 던져 버리고 싶은 것을 간신히 참았다.

장차 천상성계 성제의 후계자가 되고 천성보름이란 곳을 열기 위해서 버리지 못하는 것이 아니다.

벽월도는 부친이 남긴 유일한 유품이기 때문이다.

그에게 벽월도는 아버지였다.

"우리는 이제 그만 헤어져야겠구나."

설영의 말에 화무린의 얼굴에 금세 서운한 기색이 가득 떠올랐다.

"영 이모, 꼭 천녀황에게 돌아가야 합니까? 영 이모는 그녀와는 뜻이 전혀 다르잖아요?"

설영은 부드러운 미소를 지었다.

"그녀를 위해서가 아니라 널 위해서, 그리고 삼천계 전체를 위해서 돌아가야 한단다."

"……!"

순간 화무린은 설영이 왜 천녀황에게 돌아가려고 하는지를 깨닫고 표정이 크게 변했다.

"설마… 영 이모께선 천녀황을 죽일 계획이십니까?"

설영은 대답 대신 담담한 미소만을 지었다.

화무린은 가지 못하게 붙잡기라도 하듯 설영의 손목을 움켜잡고 강하게 말했다.

"그렇다면 영 이모를 더욱 보내 드릴 수 없습니다. 가시면 안 됩니다."

"무린아……."

설영이 훈훈한 표정을 지으면서 화무린을 설득하려고 할 때였다.

"당신들은 이제 그런 시시콜콜한 문제로 더 이상 말다툼을 하지 않아도 될 것 같군요."

두 사람의 머리 위에서 너무도 곱고 영롱한 여자의 목소리
가 들려왔다.

목소리만 들은 상태에서 두 사람은 그것이 금오라는 사실
을 추호도 상상하지 못했다.

"혈옥녀!"

두 사람은 자신들이 기대고 있는 바위 위 높이 삼 장 높이
에 떠 있는 금오를 발견하고 크게 놀랐다. 설영이 비명처럼
탄성을 터뜨렸다.

"이런 곳에 있는 줄도 모르고 한참이나 찾았어요."

금오는 마치 친한 사람을 찾아 헤매다가 겨우 만난 것처럼
미소를 지으며 반갑게 말하면서 두 사람의 앞쪽으로 스르르
하강했다.

"그리고 내 이름은 혈옥녀가 아니라 금오예요. 조금 전에
내가 새로 지었지요."

설영은 금오의 돌변한 모습에 머리가 혼란스러워서 멍한
표정으로 그녀를 바라볼 뿐이었다.

먼저 정신을 차린 사람은 역시 화무린이었다. 그는 설영만
큼 금오에 대해서 자세히 모르기 때문에 금오의 돌변함에 그
다지 놀라지 않았다.

다만 그녀가 추호의 기척도 없이 불쑥 나타났다는 사실에
놀랐을 뿐이다.

그는 금오가 가까이 접근하면 위험하다는 판단을 내리고 즉시 행동을 옮겼다.

"영 이모! 북쪽으로 도망치세요!"

그는 설영에게 전음을 보내 그녀를 일깨우는 동시에 천지 무극을 일으켜 오른손에 모았다.

처음 금오를 만났을 때 머뭇거렸던 것과는 달리, 이번에는 그녀에게 공격을 시도하려고 결심한 이유는 조금 전에 설영 에게 어머니의 죽음에 대해서 들었기 때문이다.

그래서 지금은 금오가 누나라는 생각보다는 어머니를 죽 인 원수라는 생각이 더 강하게 작용했다.

금오는 추호의 경계도 하지 않은 완전한 무방비 상태였다.

이상하다는 생각이 화무린의 뇌리를 스치기는 했지만, 그 보다는 오히려 급습을 가할 수 있는 절호의 기회라는 생각이 더 크게 들었다.

금오는 화무린과 설영 사이 지상에서 반 장 높이까지 하강 하고 있었다.

후오오―!

한순간 화무린의 오른손에서 폭발하듯이 찬란한 금광을 발하는 무형지검 천지무극이 뿜어져 나갔다.

쿠아앗―!

같은 순간 설영은 금오를 향해 전력으로 쌍장에서 옥신벽 을 뿜어냈다. 화무린이 도주하라고 했지만 그럴 수가 없었다.

그녀의 무공 수위는 구중천주와 거의 맞먹는 수준이라 이 정도 일장이면 웬만한 크기의 바위 정도는 흔적도 없이 산산조각 낼 수 있다.

화무린은 천지무극을 발출하는 것과 동시에 무심코 금오의 얼굴을 쳐다보았다.

"……!"

순간 그는 움찔했다.

금오가 자신을 바라보며 온화한 미소를 짓고 있었기 때문이다. 그 옛날 어린 화무린을 엄마처럼 안아줄 때 지었던 바로 그 미소였다.

화무린은 자신도 모르게 공력을 반으로 줄였다.

"안 돼!"

그것을 발견한 설영이 다급하게 외쳤다.

금오는 두 줄기 공격이 좌우에서 자신을 향해 뿜어져 오는데도 미소를 잃지 않은 상태에서 슬쩍 양손을 들어 가볍게 손목을 뒤집었다.

소매 끝에 묻어 있는 먼지를 털어내는 듯한 자연스러운 동작이었다.

쩌르릉!

"흐악!"

"아악!"

그러나 그녀의 작은 동작에 비해 터져 나온 폭음은 너무도 굉렬했고, 비명 소리는 처절했다.

콰쾅!

화무린과 설영은 어마어마한 반탄력에 화살처럼 뒤로 팅겨지면서 등으로 바위를 박살 내고 바위 조각과 함께 오륙 장이나 더 날아간 다음에야 삐죽삐죽한 돌이 지천에 깔려 있는 바닥에 내동댕이쳐졌다.

화무린은 흡사 오른팔이 어깨에서 뽑혀 나간 것 같았고, 온몸이 조각나는 듯한 극심한 고통을 느꼈다. 목구멍에서는 비릿한 피 냄새가 울컥울컥 치밀었다.

굳이 확인하지 않아도 엄중한 내상을 입었다는 사실을 알 수 있었다.

도무지 믿을 수가 없었다. 그는 자신의 무공에 대해서 지나친 과신을 하고 있지는 않았지만 이 정도로 형편없다고도 생각하지 않았다.

순간 무엇인가 그의 뇌리를 깊고 빠르게 할퀴었다.

'아까 봤을 때하고는 몰라보게 많이 변했다! 그리고 더 강해졌다!'

처음에 금오를 봤을 때에는 그녀의 얼굴에 일말의 인간다운 표정도 없었다.

그리고 그때 그녀는 힘을 가하면서 팔을 내뻗어 화무린에게 공격을 가했었다.

그런데 지금 그녀의 표정은 인성을 잃은 마녀라는 생각이 조금도 들지 않았다.

더구나 방금 전의 일수(一手)는 반격이라고 할 수 없을 정도로 여유로웠다.

화무린이 혈옥녀에게서 도망치고 난 후 다시 금오를 만나기까지는 불과 한 시진 정도가 지났을 뿐이다.

그사이에 그녀에게 대체 무슨 일이 있었단 말인가? 아니, 그보다는 아무 일도 없었을 것이라는 쪽이 더 설득력이 있지 않겠는가?

화무린은 무리하게 일어나지 않고 엎드린 자세에서 재빨리 운기를 해보았다.

예상했던 대로 가볍지 않은 내상을 입었다. 그러나 뼈가 부러지지는 않았다.

만약 천마혈옥강을 몸에 직접 맞았거나 천지무극이 아닌 다른 무공으로 맞부딪쳤다면, 혈옥강기와 혈마심기가 장심을 타고 흘러들어 와서 결코 무사하지 못했을 것이라는 생각이 들었다.

그러나 그의 생각은 틀렸다. 그의 체내에는 원천적으로 혈옥강기와 혈마심기가 투입될 수가 없다. 이유는 한 가지, 무극신공 때문이다. 그러나 화무린은 아직 그 사실을 깨닫지 못하고 있었다.

화무린은 입에서 한줄기 피를 흘리면서 방금 전에 공력을 절반쯤 철회한 것을 뼈저리게 후회했다. 그러지 않았다면 이

지경이 되지는 않았을 것이다.

그가 힐끗 쳐다보니 금오가 두 발이 지상에서 한 자가량 허
공에 뜬 상태에서 조금도 서두르지 않으며 미끄러지듯이 이
쪽으로 다가오고 있었다.

화무린은 다행이라는 생각이 들었다. 설영의 무위가 어느
정도인지는 모르겠지만, 금오가 자신 쪽으로 오면 어떻게든
상대할 수 있을 것 같았고, 그사이에 설영을 도주시키면 되겠
다는 계산을 했다.

그는 재빨리 설영에게 전음을 보냈다.

"영 이모가 방금 전처럼 저를 도우려고 하신 것은 절대 돕
는 게 아닙니다. 만약 이번에도 그러신다면 우리 둘 다 빠져
나가지 못하게 될 것입니다. 저는 이번에 공격하는 체하다가
도주할 테니 영 이모께서는 제가 허공으로 솟구칠 때 도주하
세요. 제발 부탁합니다."

그의 말은 그럴듯해서 충분히 설득력이 있었고, 그것을 알
아듣지 못할 설영이 아니었다.

그녀 혼자가 아니라 화무린과 동시에 도주한다면 설영으
로서도 적잖이 안심이었다.

그러나 그녀는 역할을 바꿔야 한다고 판단했다. 자신이 금
오를 공격하고 그사이에 화무린이 도주하는 편이 성공 가능
성이 높다는 계산이었다.

물론 그 경우가 되면 설영은 금오를 공격하는 시늉에 그치

지 않고 진짜 공격을 가할 것이다. 그래야 화무린이 더 안전하게 도주할 수 있을 테니까.

설영의 눈빛이 흐려졌다. 그러기에는 금오가 화무린에게 너무 가까이 다가가 있었고 설영에게서는 꽤 멀리 떨어져 있어서 하는 수 없이 포기할 수밖에 없었다.

금오가 절반쯤 미끄러져 왔을 때 화무린은 슬쩍 설영을 쳐다보았다.

그녀는 막 몸을 일으키면서 가볍게 고개를 끄덕여 보이며 전음을 보냈다.

"무린아, 북쪽으로 백여 리쯤 가면 계류가 나오는데, 상류의 연못에서 만나자꾸나."

북쪽은 여량산에서 멀어지는 방향으로 설영은 그곳을 지나왔었기에 지리를 잘 알고 있었다.

화무린은 설영에게서 시선을 거두고 즉시 무극신공을 일으켜 순간적으로 전 공력을 끌어올렸다.

내상 때문인지 공력의 이 할가량이 모아지지 않았지만, 방금 전의 절반보다는 나았다.

금오가 일 장까지 다가왔을 때,

슉!

화무린의 몸이 엎드린 자세에서 튕기듯이 수직으로 번쩍 솟구쳐 올랐다.

너무 많이 솟구쳐도 안 된다.

그는 금오를 공격할 수 있는 최적의 높이인 이 장 반까지 솟구쳤다가 뚝 멈추는 순간 아래를 향해 맹렬하게 천지무극을 펼쳤다.

금오의 정수리가 발아래로 내려다보였다.

화무린이 너무 갑자기, 그리고 쾌속하게 솟구쳤기 때문에 금오는 그가 자신의 머리 위에 있다는 사실을 미처 감지하지 못한 것 같았다.

최소한 화무린의 보기에는 그랬다.

후오옷!

언제 봐도 눈부시게 찬란한 금빛의 검 한 자루가 아래를 향해 섬광처럼 뿜어졌다.

화무린은 이번 공격만큼은 자신이 당하지 않을 것이라고 확신했다.

이 장 반의 높이, 상대는 피할 생각조차 못하고 있다.

모든 것이 최적의 상황이었다.

힐끗 쳐다보니 설영은 북쪽으로 바람처럼 달려가면서 화무린 쪽을 쳐다보고 있었다.

두 사람의 눈이 십오륙 장의 거리를 두고 마주쳤다.

설영의 눈이 심하게 흔들리면서 속으로 외치고 있었다. 약속대로라면 화무린은 지금 몸을 돌려 도망쳐야 했다.

'어서 도망쳐!'

그러나 화무린은 도망칠 생각이 애초부터 없었다.

천지무극의 금빛 검이 금오의 정수리에 작렬할 때쯤, 그는 오히려 그녀에게 죄스러운 생각이 들었다.

그래도 친누나가 아닌가?

그런데.

"……?!"

사라졌다.

설영을 힐끗 쳐다본 것뿐인데, 찰나 전까지만 해도 발아래에 있던 금오의 모습이 보이지 않았다.

심장이 큰 소리를 내며 내려앉았고, 온몸의 피가 싸늘하게 식는 것이 생생하게 느껴졌다.

그때 바로 등 뒤에서 나직하게 한숨을 내쉬는 듯한 금오의 목소리가 들려왔다.

"이봐요. 내 얘기는 아직 들어보지도 않았잖아요. 그런데도 무작정 공격만 할 건가요?"

"헉!"

화무린은 태어나서 지금처럼 놀라보기는 처음이었다. 심장이 목구멍 밖으로 튀어나올 것만 같았다.

후우!

돌아보고 확인할 여유조차 없었다.

그는 번개같이 상체를 반쯤 회전시키면서 뒤를 향해 전력으로 천지무극을 발출했다.

"끝내 내 얘기는 듣지 않을 생각인가요?"

"헛!"

천지무극이 발출된 것과 같은 순간에 다시 화무린의 등 뒤에서 금오의 목소리가 들렸다. 그곳은 찰나 전까지만 해도 앞이었다.

화무린은 귀신에게 홀린 것만 같았다. 신이 아닌 이상 사람이 이처럼 빠를 수는 없다.

그러나 그는 한 가지만은 분명히 느꼈다.

죽음의 그림자가 목전에 있다는 사실을.

슥—

"내 얘기를 들어봐요."

화무린이 금오를 쳐다보기도 전에 그녀의 손이 그의 어깨를 부드럽게 감싸듯 잡았다.

만졌다는 느낌보다 더 빠르고 분명하게 따스한 체온이 화무린의 어깨로 전해졌다.

통상적으로 생각하는 차가운 느낌의 마녀의 손이 아닌, 보통 사람들보다 더 따스한 손이었다.

그리고 화무린은 그 체온과 함께 또 다른 기운이 자신의 어깨를 통해서 주입되는 것을 느꼈다.

그가 뒤를 향해 천지무극을 발출하고, 그것과 동시에 등 뒤에서 금오의 말이 들려오면서 그의 어깨를 잡은 것은 거의 한 순간에 벌어진 일이었다.

그렇지만 따스한 체온과 함께 주입되려던 이질적인 기운,

즉 혈마심기는 빠르고 맹렬하게 몸 밖으로 튕겨져 나갔다.

그것은 화무린 자신조차 모르고 있는 무극신공의 놀라운 능력 덕분이었다.

한 시진 전에 화무린이 금오의 천마혈옥강에 무릎 아래를 적중당했을 때, 사실 그의 몸에는 혈옥강기도 혈마심기도 침입하지 않은 상태였다.

설영은 화무린이 천마혈옥강에 적중됐으니 당연히 혈옥강기와 혈마심기가 체내에 침입했을 것이라 여기고 서둘러서 치료를 했던 것이다.

혈마심기가 튕겨져 나오자 금오의 표정이 가볍게 변했다.

그러나 금오가 자신의 한 손을 화무린의 어깨에 얹은 상황에서 그를 제압할 수 있는 방법이 혈마심기를 주입시키는 것만 있는 것은 아니었다.

그 와중에 화무린은 재빨리 고개를 돌려 그녀를 바라볼 수 있게 되었다.

일곱 살 때 천화장이 멸문되던 날 이후 누나와 이처럼 가까운 거리에서 마주 대하는 것은 처음이었다.

그러나 화무린은 더 이상 흔들리지 않았다.

슈우—!

촌각을 백으로 쪼갠 찰나지간에 화무린의 품속에서 열 자루의 귀명비도가 빛처럼 쏟아져 나갔다. 그것들에는 무극신공으로 일으킨 공력이 실려 있었다.

스파아—!

그와 동시에 그는 은오검을 뽑아 천지조화검 이초식 적멸기류의 수법으로 금오의 정수리를 쪼개어갔다.

이런 상황에서는 설사 귀신이라고 해도 겨우 두 자 거리에서 쏘아오는 열 자루 귀명비도와 은오검을 피하거나 막지는 못할 터이다.

그런데 금오는 그것들을 아예 보지도 못한 듯 무시한 채 화무린의 가슴을 향해 천마혈옥강 일장을 뿜으며 애석한 듯 탄식했다.

쿠우웃!

"나와 대화하는 것이 싫은 건가요?"

무시무시한 천마혈옥강을 발출하면서 하는 말이라고는 도저히 믿어지지 않을 정도로 부드러운 목소리였다.

금오의 천마혈옥강이 아무리 빠르다고 해도 그보다 먼저 발출된 열 자루 귀명비도와 은오검이 뿜어낸 적멸기류보다 빠를 수는 없다.

물론 피하는 것은 더 어렵다.

귀명비도와 은오검이 그녀의 온몸 사혈에 꽂히고 몸을 세로로 쪼갠다면, 천마혈옥강은 화무린의 옷자락조차 건드리지 못할 것이다.

그러나 만약 실패한다면?

그럴 가능성은 일 푼조차 없는데도 그런 불길함이 순간적으로 화무린의 머리를 스쳤다.

모든 일의 결정은 순간에 일어나고 끝난다.

사는 것도, 그리고 죽는 것도.

갑자기 화무린의 본능이 그의 고막에 대고 위험하다고 아우성을 쳐댔다.

순간 그는 은오검이 금오의 정수리를 쪼개어가도록 그대로 내버려 둔 상태로 검파에서 번개같이 손을 떼며 전력으로 쌍장을 뻗어냈다.

휴우웅!

그가 심첩촌에서 천지무극을 창안한 이래 가장 강력한 위력의 금빛 검이 불기둥처럼 튀어나갔다.

하지만 그 순간 화무린의 눈에 열 자루 귀명비도와 은오검이 금오의 몸에 닿기도 전에 튕겨져 나가고 있는 광경이 똑똑히 보였다.

한 조각 불길함이 현실로 나타나고 있었다.

만약 화무린이 그 불길함을 믿지 않고 천지무극을 발출하지 않았더라면 어떻게 됐을까.

그러나 그 순간 그는 지금 발출하고 있는 천지무극마저 실패할지도 모른다는 생각이 스쳐 갔다.

이런 적은 한 번도 없었다. 예전의 화무린은 매사에 지나칠 정도로 확신이 넘쳤다.

그러나 지금 이 순간의 그는 무엇 하나도 확신할 수가 없었다. 금오는 전설상의 괴물 도철(饕餮)처럼, 그의 확신과 자신 감마저 집어삼키고 있었다.

꽝!

인간이 만들어낸 소리라고는 믿어지지 않을 만큼 엄청난 폭음이 터졌다.

"으악!"

화무린은 온몸이 산산이 부서지는 듯한 충격을 받으며 쏜 살같이 뒤로 튕겨져 날아갔다.

동시에 그의 입에서는 태어나서 처음 터뜨리는 처절한 비명이 터져 나왔다.

그러나 금오는 뒤로 두 걸음 주춤 물러나면서 상체만 가볍게 휘청거렸을 뿐이다.

그 순간 화무린의 품속에서 하나의 희끗한 물체가 금오를 향해 쏘아갔다.

아령이었다.

금오는 자신을 향해 쏘아오고 있는 아령을 발견했지만 개의치 않은 채 자신의 호령강에 의해서 허공중으로 튕겨지고 있는 은오검을 잡아 가볍게 화무린에게 던지면서 그를 향해 신형을 날렸다.

쐐액!

가볍게 던졌다고 하지만 그 빠르기와 위력은 굳이 설명할 필요가 없을 정도였다.

금오가 화무린을 추격하자 오히려 아령에게 마주 쏘아가는 격이 되었다. 그녀는 아령을 귀찮은 파리쯤으로 여긴 것이 분명했다.

그것이 초마지경에 이른 금오의 작은 실수였다.

아령은 전설의 영물 백령예인 것이다.

캬오!

어느새 아령이 그녀의 반 장 앞까지 쇄도하면서 새빨간 입을 벌려 날카로운 이빨을 드러냈다.

순간 금오는 아령의 이글거리는 눈을 발견했다. 그것은 결코 파리의 눈빛이 아니었다.

그러나 금오는 자신의 몸 반 자 주위에 쳐져 있는 호령강을 믿었다.

호령강은 굳이 공력을 일으켜서 만들어내는 것이 아니라, 그녀가 일부러 거두지 않는 한 상시 그녀의 몸 주위에 쳐져 있는 절정의 방패였다.

무림에서, 아니, 세상천지에서 호령강을 깨뜨릴 수 있는 것은 그리 흔치 않았다.

그러니 아령이 파리가 아니라 독수리라고 한들 호령강을 깨뜨리지는 못할 것이라는 것이 금오의 최종 판단이었다.

파아!

아령은 거들떠보지도 않은 채 곧장 화무린을 향해 쏘아가던 금오는 한순간 가벼운 음향과 한줄기 서늘한 바람을 동시에 느꼈다.

그녀의 몸은 호령강에 둘러싸여 있기 때문에 호령강 안쪽과 바깥의 기운이 사뭇 다르다. 그런데 그녀가 방금 느낀 것은 바깥 공기였다.

금오의 왼쪽 눈동자가 힐끗 아래로 향했다. 오른쪽 눈으로는 전면의 화무린을 주시한 채였다.

그녀는 두 눈으로 동시에 각기 다른 것을 볼 수 있는 능력을 지니고 있었다.

찰나, 아령이 앞발을 휘둘러 호령강을 찢고 있는 것을 그녀의 왼눈이 발견했다.

아령의 발톱은 그 어떤 신병이기보다도 강했다. 호령강은 비단 천처럼 맥없이 찢겨져 나갔다.

그때 금오의 왼눈이 약간 커졌다.

아령이 새빨간 입을 벌린 채 자신의 목을 물어뜯으려는 것을 발견했기 때문이다.

쉬이!

그녀의 오른손이 번개같이 휘둘러지며 아령의 복숭아만한 머리를 후려쳐 갔다.

하지만 그녀의 손은 허공을 후려칠 뿐이었다. 그녀는 빨랐지만 아령이 조금 더 빨랐다.

콱!

직후 그녀가 발견한 것은 자신의 왼쪽 어깨를 힘껏 물어뜯고 있는 아령의 모습이었다.

원래 아령은 상대를 공격할 때 주로 목을 물어뜯거나 앞발의 발톱으로 심장을 후벼 파는 것이 주무기다.

그러나 지금은 금오의 방어가 워낙 철통같아서 닥치는 대로 물어버린 것이다.

팍!

바로 그때 상체를 뒤로 비스듬히 눕힌 자세로 계속 튕겨져 날아가던 화무린의 왼쪽 어깨에 금오가 던진 은오검이 깊숙이 꽂혔다.

은오검은 손잡이만 남긴 채 그의 어깨에 틀어박히자 등 뒤로 피 묻은 검신이 두 자 이상이나 튀어나왔다.

금오의 일령에 해당하는 천마혈옥강과 화무린이 전력으로 발출한 천지무극이 정면으로 충돌하면서 생긴 반탄력은 족히 십만 근 이상의 위력이었다.

퍽!

화무린은 날아가다가 커다란 바위에 부딪쳤지만 바위를 박살 내고서도 멈추지 않았다.

그는 정신을 잃어가고 있었다. 눈부신 햇빛이 반쯤 감은 그의 눈 속으로 아프게 파고들었다.

척!

그때 누군가 화무린을 멈추게 하면서 가볍게 안았다.

설영이었다.

그녀는 도망치다가 화무린이 금오를 공격하는 것을 보고 즉시 몸을 돌렸다.

빨리 날아와서 화무린과 합세하여 금오를 상대하려는 계획이었는데, 그 순간 화무린이 그녀가 있는 방향으로 튕겨져 날아온 것이다.

설영은 화무린을 안으면서 재빨리 금오를 쳐다보았다.

고양이보다 더 작고 흰 짐승 한 마리가 금오의 어깨를 물어뜯고 있는데, 그녀가 막 짐승에게 오른손을 뻗고 있는 것이 보였다.

설영은 이것저것 생각할 겨를도 없이 화무린을 안은 채 북쪽을 향해 사력을 다해 신형을 날렸다.

금오는 한 손아귀에 다 들어오지도 않을 정도로 작은 아령의 몸통을 잡고 자신의 어깨에서 가볍게 떼어냈다.

우둑!

그 바람에 아령이 물고 있던 어깨 살점이 뭉텅 떨어져 나가면서 피가 분수처럼 뿜어졌다.

후우우!

그러나 그녀는 외눈 하나 까딱하지 않은 채 오른손에 혈옥강기를 일으켰다. 아령을 한 줌의 재로 만들려는 것이다.

팍!

혈옥강기가 막 아령의 몸으로 주입되는 순간 아령의 앞발이 자신의 몸을 움켜잡고 있는 금오의 오른손 팔뚝을 번개같이 그어버렸다.

이번에도 금오는 신음조차 흘리지 않았고 눈썹 하나 찌푸리지 않았다.

하지만 아령의 날카로운 발톱에 팔뚝이 절반이나 뎅겅 베어졌다. 조금만 더 깊었으면 팔이 완전히 잘려져 버리고 말았을 것이다.

화르륵!

캬앙!

아령도 무사하지는 못했다. 불과 한 움큼의 혈옥강기가 주입됐지만, 아령의 작은 몸뚱이를 불덩어리로 만들기에는 부족함이 없었다.

금오는 하나의 작은 불덩어리로 변한 아령을 근처에 있는 바위를 향해 집어 던졌다.

퍽!

캑!

작은 불덩이가 된 상태인 아령은 무지막지하게 바위에 부딪쳤다가 맥없이 땅에 툭 떨어지더니 축 늘어진 채 꼼짝도 하지 않았다.

쉬이익!

금오는 아령은 쳐다보지도 않고 설영이 화무린을 안고 사라진 방향으로 쏜살같이 날아갔다.

第八十五章

숭고한 희생(犧牲)

구중천
九重天

설영은 사력을 다해서 달리면서 줄곧 화무린이 죽지 않기
만을 빌고 또 빌었다.

그러나 그녀의 바람과는 달리 품속에 안겨 있는 화무린의
숨결은 갈수록 희미해지고 있었다.

화무린은 눈을 질끈 감고 있는데, 창백한 안색에 입에서는
계속 검붉은 피가 흘러나왔다.

설영은 달리는 중에도 끊임없이 화무린의 몸에 진기를 주
입시키고 있었다. 그렇게 하지 않았다면 그는 이미 죽었을지
도 모른다.

그러나 내상이 너무 극심해서 이런 식으로 얼마나 버틸지

예측할 수가 없는 상황이었다.

어디 은밀한 곳을 찾아들어 본격적으로 치료하지 않는 한 화무린은 오래 버티지 못할 것 같았다.

하지만 현재 그녀는 화무린과 금오가 싸우던 곳으로부터 채 이십여 리도 도망치지 못한 상황이었다. 이 정도 거리라면 금오의 손바닥 안이나 다름이 없을 것이다.

문득 초조한 중에도 설영은 금오의 무위가 불과 한 시진 만에 믿어지지 않을 정도로 증진된 사실을 기억해 내고 새삼스럽게 놀라워했다.

'대체 어찌 된 일일까?'

잠시 생각하던 그녀는 무엇인가를 떠올리고 깜짝 놀라는 표정을 지었다.

'흡성마극!'

천외오신극의 이신극인 흡성마극이 퍼뜩 생각난 것이다. 만약 금오가 그 악마의 수법을 사용했다고 가정한다면 공력이 한 시진 만에 급증한 사실을 충분히 이해할 수가 있었다.

'천녀황이 그 아이에게 이신극도 가르쳤단 말인가?'

사신극인 천마혈옥강을 배우면 그 아래 세 개의 신극을 자연히 깨우칠 수 있다는 사실을 모르고 있는 설영으로서는 그렇게 생각할 수밖에 없었다.

어쨌든 지금으로서는 금오가 흡성마극으로 공력을 증진시켰을 가능성이 가장 컸다.

제물로는 풍사군이나 육존 중에 몇 명을 삼았을 것이다.

한 시진 만에 공력을 두 배 가깝게 증진시킬 수 있는 것은 천하에 흡성마극뿐이었다.

그때 설영은 머리 위에서 날카로운 한줄기 예기(銳氣)를 느꼈다.

그러나 동시에 그것이 금오의 수법은 아니라고 간파했다. 금오라면 섣불리 예기 따위를 흘리지 않을 것이다.

지상 일 장 높이에서 직선으로 쏘아가던 설영은 급격히 왼쪽으로 꺾는가 싶더니 다음 순간 수직으로 솟구쳤다.

콰아아!

세 개의 빛살, 즉 복판에 세로 하나와 양쪽의 가로 두 개의 빛살이 방금 전에 그녀가 쏘아가던 앞쪽의 거목들 세 그루를 종횡으로 스치더니 사라졌다.

그것은 도강(刀罡)이었고, 그것이 예기를 뿌려냈던 것이다.

그 도강을 발출한 인물이 방금 전에 설영이 있던 곳 바로 뒤 일 장 높이에 있었다.

십존, 아니, 금오의 노예가 된 삼족선 중에 준선이었다. 그의 손에서 한 자루 예도가 번뜩였다.

지상에서 허공 이 장 반 높이로 떠오른 설영은 정확하게 준선의 등 뒤 반 장 높이를 점하게 되었다.

그녀는 자신을 암습한 인물이 준선이라는 사실을 확인하

고는 적잖게 놀랐다.

설영은 천녀황의 친동생이며 천외신계의 천신녀다. 준선이 다짜고짜 그녀를 암습할 이유가 없었다.

그러나 이유야 어찌 됐든 설영은 그를 살려둘 수가 없었다.

준선이 설영을 발견하여 암습을 가했지만 그는 애초에 설영의 적수가 되지 못했다.

큐우웅!

화무린을 왼팔로 안은 설영의 우수에서 천외신계 여황의 가전절학인 섬사인(閃死刃)이 새파란 광채를 흩뿌리면서 뿜어져 나갔다.

설영은 천녀황이 지니고 있는 절학의 구 할을 터득했다.

그러나 천녀황의 진정한 무서움은 설영이 배우지 못한 나머지 일 할에 있었다.

준선은 힐끗 설영을 올려다보았다.

그 순간 설영은 준선의 동공 깊숙한 곳에 새겨져 있는 좁쌀 크기의 혈점을 발견하고 움찔 놀랐다. 그제야 비로소 준선이 금오의 노예가 된 사실을 깨달은 것이다.

금오가 천마혈옥강의 혈마심기를 사용한다면, 준선을 노예로 만드는 것은 여반장과 같은 일이었을 것이다.

어쩌면 금오는 풍사군을 비롯한 다른 오존 모두에게 혈마심기를 주입시켜 노예로 만들어 일만여 천외무적군을 장악했을지도 모른다.

설영을 쳐다보고 있는 준선은 자신의 얼굴을 향해 섬사인의 새파란 빛살이 곧장 쏘아오고 있으며, 피하거나 막을 수 없는 상황인데도 조금도 놀라지 않는 표정이었다. 심지를 제압당했기 때문에 두려움도 없는 것이다.

퍽!

아주 작은 음향과 함께 청광이 준선의 머리를 너무도 간단하게 박살 냈다.

우드등!

머리를 잃은 준선의 몸뚱이가 원래 쏘아가던 여세에 의해서 조금 더 날아가다가 지상에 나동그라질 때 그가 조금 전에 도강을 발출하여 벤 세 그루의 동강 난 나무가 그의 몸 위로 쏟아져 내렸다.

설영은 다시 전력으로 쏘아가기 시작했다. 금오가 풍사군 이하 일만여 천외무적군을 장악했을 것이라고 생각하자 마음이 다급해졌다.

설영은 추호의 흔적도 남기지 않으려고 애를 쓰면서 백오십여 리나 도주한 후에야 겨우 멈추었다.

그녀는 잠행술이나 은둔술 같은 것을 모르지만 나름대로 최대한 주의를 기울이면서 그 근처에서 가장 높은 봉우리에 올라서자마자 서둘러 설영을 바닥에 눕혔다.

"영 이모, 저는 괜찮습니다."

그때, 사경을 헤매고 있는 줄 알았던 화무린이 불쑥 말을 하면서 힘겹게나마 상체를 일으키는 것이 아닌가.

"무린아, 괜찮은 것이냐?"

"네. 저는 괜찮으니 영 이모께서 운공을 하여 기운을 되찾도록 하세요."

사실 설영은 무공을 배운 이후 조금 전처럼 죽을힘을 다해서 달려본 적이 없었기에 기력을 많이 허비한 상태였다.

축!

화무린은 자신의 왼쪽 어깨에 깊숙이 꽂혀 있는 은오검을 뽑은 후 검집에 꽂고는 상처 부위를 지혈하고 품속에서 금창약을 꺼내 바르는데 눈썹 한 번 찡그리지 않았다.

슥!

"어디 좀 보자."

그러나 설영은 화무린의 손목 촌관척을 잡고 진지한 표정으로 진맥을 해보았다.

그가 자신을 안심시키려는 의도에서 거짓말을 한다고 여긴 것이다. 문제는 은오검에 찔린 어깨보다 드러나지 않은 내상에 있었다.

그녀가 한동안 진맥을 해본 결과 화무린의 말은 반은 맞고 반은 틀렸다는 것을 알 수 있었다.

화무린을 안고 도주하는 도중에 대충 진맥해 봤을 때에는 그가 사경을 헤매고 있어서 당장 손을 쓰지 않으면 목숨이 위태로울 지경이었다.

그런데 지금은 비록 세찬 기운은 아니지만 진기가 전신에 고르게 흐르고 있었다.

하지만 웬만큼 기운을 차려 사경에서 벗어났다는 것뿐이지 원래의 엄중한 내상은 고스란히 남아 있는 상태였다.

사실 무극신공은 화무린이 운공을 하지 않는 상태에서도 상시 전신 사해백해 기경팔맥을 쉬지 않고 돌고 있었다.

그것을 잠운(潛運)이라고 하며, 제대로 하는 운공의 삼 할 정도의 기능을 발휘한다.

그러니까 화무린은 굳이 운공을 하지 않아도 운공을 하여 얻어지는 효과의 삼 할가량을 늘 얻고 있었던 것이다.

특히 무극신공의 잠운은 위급한 상황에서 더욱 진가를 발휘한다. 조금 전처럼 화무린이 극심한 중상을 입고 사경을 헤매는 상황에서도 그의 의지와는 상관없이 무극신공 스스로 멈추지 않고 계속 운공을 지속하여 꺼져 가는 생명을 되살려 놓는 것이다.

만약 지금처럼 중상을 입은 상태에서 화무린이 자신에 대해서 아무런 조치를 취할 수 없는 상황이라고 해도 잠운은 그의 내상마저도 치료해 놓을 것이다.

다만 화무린 스스로 운공을 하여 치료하는 것에 비해서 시일이 서너 배 이상 오래 걸리기는 하지만, 아무것도 하지 못한 채 죽어가는 것에 비하면 잠운이라는 것은 실로 신묘한 기능이 아니겠는가.

"무린아, 너는 혈옥녀와 일장을 맞부딪쳤으면서도 체내에 혈옥강기와 혈마심기가 없지 않느냐? 어찌 된 것이냐?"

설영은 화무린을 계속 진맥하다가 그 사실을 깨닫고 적잖이 놀란 표정을 지었다.

"그렇습니까?"

화무린은 뜻밖이라는 표정을 지을 뿐이지 별로 놀라는 기색이 아니었다.

"아마도 제가 배운 조화무극심법 덕분인 것 같습니다."

"너는 조화무극심법을 몇 단계까지 터득했느냐?"

설란은 무공을 배운 적은 없지만, 남편 동방운과 오랜 세월 함께 사는 동안에 천상성계의 절학에 대해서 자연스럽게 알게 되었다.

그리고 설영은 잡혀온 설란과 십이 년 넘게 거의 함께 지냈으므로 당연히 많은 대화를 나누었으며, 그중에는 천상성계의 절학에 대한 내용도 있었다. 그래서 설영이 조화무극심법에 대해서도 잘 알고 있는 것이다.

화무린은 계면쩍은 표정을 지었다.

"사실 저는 조화무극심법이 몇 단계까지 있는지도 모릅니다. 제가 다섯 살 때 아버님께서 가르쳐 주신 심법 구결대로 그동안 줄곧 운공했을 뿐입니다."

설영은 이해한다는 듯 고개를 끄덕였다.

"지금은 길게 얘기할 시간이 없다. 아무튼 너는 조화무극심법의 마지막 단계인 무극신공에 들어선 것 같다."

"무극신공……."

"조화무극심법은 모두 오단계인데 일단계부터 삼단계까지를 조화심법이라 하고, 사단계와 오단계가 무극신공이라고 한단다."

"그렇군요."

화무린은 설영에게서 조화무극심법에 대한 설명을 듣게 될 줄은 몰랐다.

"영 이모께선 어떻게 조화무극심법을 아십니까?"

"란 언니에게 들었단다. 조화무극심법은 천상성계의 무공이니 란 언니가 알고 있는 것은 당연하지 않겠니?"

화무린은 적잖이 놀랐다.

"조화무극심법이 천상성계 무공이었다니……."

그가 놀라자 오히려 설영이 더 놀랐다.

"몰랐었느냐?"

"전혀 몰랐어요."

"그랬었구나. 어쨌든 천상성계의 절학들은 조화무극심법이 바탕이 돼야 곱절의 위력을 발휘한단다. 만약 형부가 변을 당하지 않았었다면 아마도 너에게 천상성계의 절학들을 두루 가르쳤을 게다."

화무린은 그제야 비로소 한 가지 사실을 깨달았다. 구중천

에서 천지조화검을 연마할 때 어째서 늘 자신이 은겸보다 앞
섰는지 그 이유를 알게 된 것이다.

화무린은 설영이 말하는 내용들을 어머니 설란에게 들었
을 것이라는 생각을 하자 감회가 새로웠다.

"내가 보기에 너의 무극신공은 사단계인 듯하더구나."

설영은 주위를 한차례 둘러본 후에 빠른 어조로 설명을 이
었다.

"아까 네가 혈옥녀를 상대할 때 보니까 금빛의 검을 발출
하던데, 그것이 바로 천지무극이란다. 천지조화검 삼초식의
마지막 변화인데, 그때 발출되는 금빛의 검을 무극금검(無極
金劍)이라고 한단다. 네 아버님께선 오십여 년 전에 그 수법
으로 천녀황을 격패시켰었지. 다만 네 아버님께선 무극신공
을 오단계까지 극성으로 터득하셨어."

"천지무극, 그리고 무극금검이었군요."

화무린은 그것을 자신이 심첩촌에서 은거하는 동안에 창
안했다고 여겼는데 그게 아니라 무극신공을 연공해야 전개할
수 있는 수법이라는 사실을 깨달았다.

"천마혈옥강의 혈옥강기와 혈마심기가 네 체내에 침범하
지 못하는 것도 무극신공 덕분이란다. 아니, 무극신공이 일으
킨 무극신력(無極神力) 덕분이지."

"그것을 무극신력이라고 하는군요."

설영은 형부에 이어서 조카까지 무극신공의 경지에 이르

렀다는 사실에 감개무량함을 느꼈다.

"무극신력의 능력은 무궁무진하단다. 그것이 무엇인지 나는 잘 모르지만, 너는 앞으로 잘 연구해 보도록 해라."

"알겠습니다. 우욱!"

화무린은 대답하다가 한 주먹이나 되는 검은 핏덩이를 왈칵 토해냈다.

"무린아!"

설영은 놀라서 급히 화무린을 부둥켜안았다. 지금 상황에서 소리를 지르면 안 된다는 것을 알면서도 자신도 모르게 비명 같은 외침이 튀어나왔다.

그녀는 화무린이 자신은 괜찮다고 말하고 또 겉으로도 아무렇지 않은 것처럼 행동하는 것을 안일하게 믿고 있었던 자신을 책망했다.

무극신공이 아무리 스스로를 치료한다고 해도 어디 본격적으로 치료를 하는 것만 하겠는가.

"어디 보자."

설영은 서둘러 화무린을 똑바로 눕힌 후 상의를 활짝 열어젖혔다.

잘 발달된 근육질의 단단한 상체가 고스란히 드러났다.

설영은 비록 상반신이라고는 하지만 사내의 알몸을 만져보는 것은 물론이고 구경한 적조차 없었다.

하지만 지금의 그녀는 아무것도 느끼지 못했다. 오로지 화무린을 빨리 치료해야겠다는 일념뿐이었다.

그녀는 공력을 일으켜 두 손에 모은 후 화무린의 배와 가슴 부위를 두루 주무르고 쓰다듬으면서 음유한 진기를 주입시키는 추궁과혈 수법을 전개했다.

화무린은 자신의 내상이 극심하다는 것을 느꼈고 또 설영에게 반항하고 싶지 않아서 가만히 누워 있었다.

약 이각에 걸쳐서 설영은 전력을 다해서 치료에 열중했다.

그녀의 얼굴에서 소나기처럼 굵은 땀방울이 흘러내려 온몸이 물에 빠진 것처럼 축축해졌다.

화무린은 가만히 누운 상태에서 그런 설영을 보며 가슴이 뭉클해지는 것을 느꼈다.

세상천지에 소군을 제외하고는 어느 누가 자신을 위해서 이처럼 헌신하겠는가.

있다면 가족밖에 없지 않겠는가.

그는 자신의 처지도 잊은 채 오랫동안 느껴보지 못했던 가족, 그리고 어머니를 설영에게서 만끽하고 있었다.

그때 설영의 동작이 뚝 멈췄다.

그녀는 청각을 극한으로 일으켜 근방의 기척을 감지했다.

문득 그녀의 아미가 가볍게 찌푸려졌다. 흐릿한 두 개의 기척을 감지한 것이다.

또한 그것은 익숙한 자들의 기척이었다. 한 명은 풍사군이 분명했고 또 한 명은 이십사존의 남아 있는 오존 중에 한 명

일 것이라고 판단했다.

금오의 기척은 감지되지 않았다. 설영은 원래도 그녀의 기척을 감지할 수 없었는데, 공력이 두 배 가까이 급증된 상태인 지금은 더욱 그럴 것이다.

풍사군과 또 한 명은 곧장 이쪽으로 오고 있었다.

금오는 더 가까이 다가와 있는지도 모른다.

조금 전에 화무린이 피를 토했을 때 설영이 터뜨린 외침을 들은 것이 분명했다.

풍사군이 들은 외침을 금오가 듣지 못했을 리 없다. 그녀도 이곳으로 달려오는 중이라고, 아니, 풍사군보다 더 빨리 당도할 것이라고 판단하는 것이 옳았다.

화무린의 치료는 마지막 단계에 이르고 있었다. 하지만 무리하게 움직이면 겨우 잇고 붙여놓은 내장이 다시 터져 버리고 말 것이다.

설영은 금오의 공격이나 혹은 풍사군과 이십사존 중 한 명의 합공을 받는 상황에서 화무린을 지켜낼 능력이 없었다.

그렇다고 이 상황에서 도주를 한다는 것도 불가능했다. 설영은 화무린을 치료하느라 진기를 많이 허비한 상태였다. 평소라고 해도 그들을 한꺼번에 당해낼 수는 없을 터.

그러니 금오가 당도하면 둘 다 죽은 목숨이다.

설영은 조마조마한 심정으로 이윽고 치료를 끝냈다.

그때 문득 설영의 표정이 차갑게 굳는 듯하더니 눈빛이 냉정하게 반짝였다.

파파팍!

순간 그녀는 재빨리 화무린의 마혈과 아혈을 동시에 제압해 버렸다.

화무린의 두 눈이 커다랗게 떠지며 얼굴에 놀라움과 의아함이 떠올랐지만 설영은 개의치 않고 입술을 깨문 채 쌍장을 그의 단전에 밀착시켰다.

설영은 입을 꼭 다물고 아무 말도 하지 않았다. 그저 쌍장을 통해서 자신의 본신 공력을 화무린의 체내로 송두리째 주입시키고 있을 뿐이었다.

화무린은 자신의 단전을 통해서 거대한 폭포처럼 공력이 쏟아져 들어오자 그제야 설영의 의도를 깨닫고 소스라치게 놀라고 말았다.

그의 두 눈이 찢어질 듯이 부릅떠졌다. 놀라움과 당혹감으로 시뻘겋게 충혈된 그의 두 눈이 이러면 안 된다고, 제발 그만두라고 처절하게 악을 써댔다.

그러나 설영은 아예 눈까지 감아버렸다. 약 반 다경에 걸쳐서 그녀는 자신의 공력을 최후의 한 방울까지 모조리 화무린의 단전으로 주입시켰다.

그것이 어미를 대신한 이모의, 혈육의 힘이고 희생인 것이다.

화무린의 부릅떠진 눈에서 굵은 눈물이 흘러넘쳤다.

그는 설영이 어째서 이런 극단적인 행동을 하는 것인지 이해할 수 있었다.

"하아……."

털썩!

기진맥진한 설영은 안색까지 창백하게 변해 화무린의 단전에서 쌍장을 떼고 그의 마혈과 아혈을 풀어주자마자 스르르 옆으로 쓰러졌다.

"영 이모!"

화무린은 벌떡 일어나 앉으며 설영을 부둥켜안았다.

"영 이모! 대체 왜……?"

화무린은 설영을 품에 안은 채 몸부림치면서 원망을 터뜨렸다. 하지만 그녀가 왜 그랬는지 알기 때문에 다음 말을 잇지 못했다.

<u>스스스.</u>

그때 갑자기 설영의 모습이 급속도로 변하기 시작했다. 아니, 얼굴뿐만이 아니라 몸 전체가 변했다.

그지없이 아름답던 얼굴 전체에는 밭고랑처럼 깊은 주름들이 파여졌고, 삼단 같이 윤기있던 검은 머리카락은 푸석푸석한 백발로 변했으며, 키도 줄어들었고 체구도 왜소하게 오그라들었다.

화무린은 방금 전까지 이십대 중반의 팽팽한 여체를 안고 있었지만, 지금은 팔순의 앙상한 노파를 안고 있었다.

"앗!"

화무린은 설영의 돌변한 모습을 보며 대경실색했다.

"영 이모 모습이 왜 갑자기……?"

설영은 화무린의 말을 듣고서야 자신의 모습이 변했다는 사실을 깨닫고 쓸쓸한 미소를 지으면서 손으로 주름투성이 얼굴을 힘없이 쓰다듬었다.

"내 모습이 보기 흉하지?"

"……."

화무린은 목이 메어서 입을 열 수가 없었다. 만약 설영의 모습이 악귀나찰로 변했다고 한들 어찌 조금이라도 흉하게 보이겠는가.

"그래, 노파의 모습이 됐겠구나."

설영은 나직이 중얼거리는데 얼굴에서는 쓸쓸함도, 후회도 찾아볼 수가 없었다. 다만 훈훈한 미소만 떠올라 있었다. 마치 할 일을 다 끝낸 듯 흡족한 표정이었다.

지금 설영이 변한 노파의 모습은 그녀 자신조차 한 번도 본 적이 없는 모습이었다.

그녀가 처음 무공에 입문한 것이 여섯 살 남짓할 때였다. 이후 점차 공력이 쌓이면서 절정에 이르렀던 이십오 세에서 나이가 그대로 멈춰 버려 그때부터는 줄곧 이 모습으로 살아온 그녀였다.

그런데 일, 이십 년이 줄어든 것도 아니고 졸지에 팔십 노파가 돼버렸으니 그 심정이 여북할까마는, 그래도 그녀는 미소를 잃지 않았다.

"무린아, 서둘러라. 어서 이곳을 벗어나자."

설영이 재촉했지만 화무린은 움직일 수가 없었다. 심장이 조각조각 찢어지는 것만 같아서였다.

그 자신은 생전 처음 만난 막내 이모에게 무엇이든 다 주고 싶은데, 오히려 그 이모가 자신의 모든 것을 그에게 주었으니 그의 심정이 어떻겠는가.

그런데도 도리어 설영은 온화한 미소를 지으면서 그를 달래주었다.

"무린아, 공력이 내게 있을 때에는 천외신계의 힘이 되겠지만, 네가 지니고 있으면 장차 삼천계의 대의를 위해서 크게 사용될 게야."

그녀의 말이 백번 옳았다. 그렇더라도 그 말이 화무린의 귀에 들어올 리 없었다.

설영은 밭고랑처럼 쪼글쪼글해진 손을 들어 화무린의 뺨을 쓰다듬었다.

까칠한 감촉이 화무린의 뺨에 고스란히 전해졌다.

"나는 너를 사랑하기 때문에 목숨을 줘도 아깝지 않단다. 그렇듯이, 너는 너의 모든 것을 다 바쳐도 아깝지 않은 것을 위해서 목숨을 걸도록 해라."

결국 화무린은 참지 못하고 격한 어조로 소리쳤다. 그것은 비통한 울부짖음이었다.

"지금 제 목숨을 걸고서 지켜야 할 분은 영 이모입니다! 천녀황이든 혈옥녀든 영 이모를 핍박하는 자들은 제가 모조리 죽여 버리겠습니다!"

설영의 눈빛이 가벼이 흔들렸다. 외모가 변했지만 그녀의 수정처럼 해맑은 눈빛은 변함이 없었다.

"나를 놓아라."

그녀의 말에 화무린은 머뭇거리다가 그녀를 조심스럽게 놓아주었다.

마지막 한 움큼의 공력까지 모조리 화무린에게 줘버린 설영은 제대로 서 있을 힘조차 없어서 쓰러질 듯이 비틀거렸다. 지금 그녀는 힘없는 팔순 노파에 불과해서 높은 봉우리에 몰아치는 거센 바람조차 견디지 못했다.

화무린은 급히 설영을 붙잡았다.

"부탁 하나만 들어주련?"

설영은 화무린의 손을 가만히 뿌리치면서 온화한 얼굴로 그를 바라보았다.

"무엇이든 말씀하십시오."

설영이 원한다면 목숨이라도 주저없이 내놓을 수 있는 화무린이었다.

"이 자리에 잠시 동안만 움직이지 말고 서 있도록 해라."

"……."

화무린이 영문을 몰라서 의아한 표정을 짓고 있는데 설영은 그의 대답을 듣지도 않은 채 몸을 돌려 비틀거리면서 걸음을 옮겼다.

봉우리의 정상은 폭이 삼 장 정도로 매우 좁았다. 그곳에서 왜소한 팔순 노파가 거센 맞바람을 온몸으로 맞으면서 걷는 것은 그리 쉬운 일이 아니었다.

화무린은 의아한 표정으로 설영을 바라보았다. 그녀가 무엇 때문에 그러는 것인지 알 수가 없어서 의아한 표정으로 바라만 볼 뿐이었다.

그렇지만 그녀가 움직이지 말라고 했기 때문에 섣불리 움직일 수도 없었다.

그때 설영이 힘겨운 동작으로 걸음을 멈추고 돌아섰다. 화무린에게서 일 장 반 남짓 걸어가는 데에도 그녀는 한참이나 걸려야 했다.

그녀는 화무린을 바라보며 희미하게 미소를 지었다.

화무린은 그녀의 미소가 자신이 여태껏 봐온 그 어떤 미소보다 아름답다고 생각했다.

그때 갑자기 설영의 미소가 사라졌다.

아니, 그녀의 모습이 화무린의 시야에서 감쪽같이 사라져 버린 것이다.

그녀가 걸음을 멈춘 곳은 낭떠러지 끝이었다. 순간, 그녀가 그 아래로 푹 꺼져 버렸다.

"……!"

순간 화무린은 소스라치게 놀라 소리조차 지르지 못하고 그녀가 있던 곳으로 번개같이 몸을 날렸다.

낭떠러지 끝에 선 그는 자신의 발아래로 한 떨기 꽃잎처럼 팔랑거리면서 떨어져 내리고 있는 설영을 발견하고는 심장을 쥐어짜듯 울부짖었다.

"영 이모!"

그녀의 입가에는 여전히 미소가 머금어져 있었다.

세상천지에 저렇게 환하게 웃으면서 죽을 수 있는 사람이 몇 명이나 되겠는가.

그 순간 화무린은 깨달았다. 그녀가 무엇 때문에 절벽 아래로 뛰어내렸는지를.

그녀는 자신의 목숨을 끊음으로써 화무린의 우매함을 깨우치려는 것이었다.

늙고 보잘것없는 노파를 위해서 헛되이 목숨을 버리지 말고 더 크고 값진 것을 위해서 목숨을 바치라는.

그래서 자신이 그가 보는 앞에서 죽어버리면 어린 조카가 잠시 마음은 아프더라도 다시는 노파 따위를 위해 죽으려고 하지 않을 것이라고 여긴 것이다.

"영 이모!"

화무린은 절규하듯이 부르짖으며 있는 힘껏 낭떠러지 가장자리를 박차며 아래로 몸을 날렸다.

높은 고도의 바람은 몹시 세차서 왜소하기 짝이 없는 설영의 몸은 정말 꽃잎처럼 펄펄 날려갔다.

만약 그녀가 똑바로 추락했다면 빠른 속도 때문에 화무린은 그녀를 잡을 수 없었을 것이다.

그녀가 팔십 노파가 되어 바람에 팔랑팔랑 날려가고 있기에 간신히 붙잡을 수 있었다.

척!

화무린은 설영의 팔을 잡은 후 혹시라도 놓칠세라 품에 꼭 안았다.

설영의 얼굴에 화무린을 책망하는 기색이 역력하게 떠올라 있었다.

무인이 공력을 잃는 것은 죽는 것보다 더한 고통이다. 그것은 왕이 졸지에 거지가 되는 것과 같은 이치다.

더구나 설영은 꽃 같은 미모였다가 팔십 노파가 된 상태에서 앞으로 누군가의 보살핌을 받아야만 목숨이라도 연명하면서 살 수 있는 처지인데, 자신의 목숨을 가치있게 희생한다면 더 이상 바랄 게 없는 심정이었다.

화무린은 설영의 너무도 깊은 사랑과 희생에 감정이 복받쳐서 그녀의 가슴에 얼굴을 묻었다.

"제가 잘못했습니다, 영 이모! 제 생각이 짧았습니다! 용서하십시오!"

화무린이 앞뒤 생각하지 않고 무작정 자신을 구하려고 뛰어내린 것으로만 생각했던 설영은 그의 말을 듣고서야 표정이 환하게 밝아졌다.

그녀는 자신의 의중을 단번에 간파한 총명하기 짝이 없는 조카의 머리를 부드럽게 쓰다듬으면서 속삭였다.

"무린아, 이제 너는 나를 어디로 데려가려느냐?"

그녀의 말을 듣고 화무린은 장차 모든 일이 다 끝난 후 소군과 깊은 산속에 은거하게 될 때 설영을 모시고 오순도순 살아야겠다고 생각했다.

"아무도 영 이모를 해치지 않는 곳으로 모시겠습니다!"

그는 기운차게 말하고 나서 공력을 극한으로 끌어올렸다.

순간 그는 소스라치게 놀랐다. 단전에서부터 뭐라고 설명하기 어려운 활화산 같은 어마어마한 기운이 솟구쳐 올라 삽시간에 전신으로 퍼져 가는 바람에 온몸이 폭발할 것 같은 기운을 느낀 것이다.

원래 화무린의 공력은 이백사십 년 수준인데, 이백육십 년에 달하는 설영의 공력이 보태져서 졸지에 팔 갑자, 즉 오백 년 하고도 이십 년이라는 어마어마한 공력이 돼버렸다.

그러나 용량이 한 되짜리 술병에는 술 한 되만 담아야지 두 되를 담으면 당연히 넘치고 만다. 만약 억지로 담으려고 한다면 술병이 깨지고 말 것이다.

"앗!"

화무린은 기가 흐트러지는 바람에 허공중에서 균형을 잃

고 빠르게 아래로 추락했다.

설영은 그가 지금 어떤 상황인지 즉시 간파했다.

원래 그녀는 자신의 공력을 주입한 후 화무린에게 운공으로 두 공력을 융화시키라고 지시할 생각이었는데, 이런 상황이 돼버리자 적잖이 당황해서 급히 외쳤다.

"무린아! 즉시 무극신공을 운공하여 공력을 다스려라!"

화무린은 추락하면서 재빨리 운공을 했다. 그러자 온몸을 뚫고 밖으로 터져 나가려던 여러 줄기의 거대한 공력이 그가 이끄는 대로 노도처럼 기경팔맥으로 흘러들었다.

그 순간 그는 생생하게 느꼈다. 기경팔맥을 도도하게 흐르고 있는 두 종류의 전혀 이질적인 공력을.

"공력이 합쳐지지 않고 서로 겉돌아요! 두 공력이 전혀 다른 느낌이에요!"

그가 다급히 외치자 설영의 안색이 급변했다. 전혀 예상하지 못했던 일이 벌어진 것이다.

'아뿔싸! 왜 그 생각을 못한 것일까?'

화무린의 공력은 조화무극심법으로 이루어진 것이고, 설영의 공력은 천외신계 여황 일족만이 연공할 수 있는 천외혼융공(天外渾融功)으로 얻어진 것이다.

조화무극심법은 삼천계에 존재하는 모든 심법 중에서도 가장 깨끗하고 고결하다.

그러므로 그것으로 이룬 공력이 얼마나 정심(精深)한지는 재론의 여지가 없다.

스스로를 하늘이 내린 신의 민족, 즉 천신족(天神族)이라고 자부하는 천외신계 여황 일족이 사파의 심법이나 마도의 괴이한 심법을 무공의 근간인 심법으로 삼았을 리가 없다.

자신들의 천외혼융공이 무극신공보다 우월하다고 굳게 믿는 그들이므로, 천외혼융공으로 이룬 공력 역시 천하에 짝을 찾기 어려울 정도로 정심할 수밖에 없었다.

결론적으로 말하자면 화무린의 공력과 설영의 공력은 우열을 가리기 어려울 정도로 정심하다.

그래서 두 공력이 섞여서 융화를 이루는 데에는 아무런 하자가 없다.

다만 두 공력이 지니고 있는 고유의 성질, 즉 색(色)이 약간 달라서 즉시 융화하지 못하고 겉돌고 있는 것이다.

그 문제는 한 시진 정도의 운공으로 완전히 해결될 수 있지만, 지금 당장 추락하고 있는 화무린으로서는 촌각이 다급한 상황이었다.

화무린은 급히 아래를 쳐다보았다. 지상에는 삐죽삐죽한 바위들이 난립해 있는데 그곳까지의 거리는 불과 십여 장도 남아 있지 않았다.

그러나 그로서는 도저히 어떻게 해볼 방법이 없었다.

이런 상황이 아니라고 해도 높이 수십 장 봉우리에서 뛰어내리는 것은 위험한 일이다.

그런데 지금은 홀몸도 아니고 설영까지 안고 있는 상황이다. 그러니 만약 두 사람이 한 덩이가 되어 빠른 속도로 삐죽삐죽한 바위에 떨어진다면 온몸이 조각나서 죽는 것은 자명할 터이다.

화무린은 일곱 살 어린 나이에 천애고아가 되어 천하를 떠돌면서부터는 늘 한 발을 죽음에 걸쳐 놓고 살았기 때문에 지금이라고 죽는 것이 두렵거나 하지는 않았다.

그러나 화무린을 위해서라면 목숨조차도 아까워하지 않는 설영이 이대로 죽어야 한다는 사실이 너무도 안타까웠다.

그래서 그는 어떻게든 설영을 살려보려는 궁여지책으로 그녀를 최대한 품속에 꼭 안았다.

바위와 충돌하면 두 사람 다 즉사를 면치 못하겠지만, 그래도 그녀만은 살려보겠다는 간곡한 의지였다.

"무린아! 내 공력을 몇 군데 혈도에 가두고 네 공력만을 사용해라!"

바닥을 채 오 장여도 남겨놓지 않은 상황에서 설영이 다급하게 외쳤다.

오 장 거리는 그야말로 눈 한 번 깜빡이는 순간에 도달하고 말 것이다. 그러니 설영의 말대로 네 공력 내 공력을 가려서 가두고 자시고 할 여유가 없었다.

게다가 화무린은 방법을 강구하는 데 온 정신을 쏟고 있던 터라서 설영의 말을 제대로 듣지도 못했다.

설영이 외치는 것과 동시에 화무린도 하나의 방법을 번쩍 생각해 냈다.

어쩌면 그것은 방법이라고 할 수 없는 것인지도 모른다. 설영이 주입한 공력을 무시해 버리고 그냥 평소처럼 해보자는 것이었다.

순간 화무린은 다급히 공력을 끌어올리며 탄영비활을 전개했다.

후욱!

그러자 화살보다 더 빨리 하강하던 속도가 급감하면서 그의 몸이 새털처럼 가벼워졌다.

하지만 오 장이라는 거리는 지나치게 짧았다.

탁!

화무린은 오른발 발바닥이 날카로운 바위의 꼭대기를 묵직하게 딛는 순간 힘껏 바위를 박찼다.

슈욱!

순간 그의 몸이 탄환처럼 한쪽 방향을 향해 수평으로 쏘아 나갔다.

그와 함께 극심한 통증이 발바닥에서부터 오른발 전체로 빠르게 퍼져 나갔다.

그나마 탄영비활을 전개했기에 그 정도지, 아니면 둘 다 뼈도 추리지 못했을 것이다.

화무린은 되도록 오른발을 사용하지 않은 채 왼발만으로 이따금씩 바위 끝과 나뭇가지를 가볍게 박차면서 탄영비활을 전개하여 순식간에 수백 장이나 나아갔다.

설영은 화무린에게 방법을 얘기해 준 직후에 그것이 적절하지 못한 방법이라는 것을 깨닫고 아차 싶었다. 물론 그 방법이 잘못됐다는 것이 아니다.

다만 그녀가 일러준 방법은 최소한 서너 차례 호흡할 정도의 시간을 요하기 때문에 그런 급박한 순간에는 사용할 수가 없었다는 뜻이다.

그런데 화무린은 보란 듯이 거뜬하게 위기에서 벗어났다. 설영은 그가 자신이 말한 방법을 사용하지 않았다는 사실을 깨닫고는 적잖이 감탄하는 표정을 지으며 그의 얼굴을 바라보았다.

"괜찮니?"

그녀가 걱정스레 물었다. 조금 전에 화무린의 오른발이 바위 끝을 딛는 순간에 둔탁한 충격이 그녀에게도 전해졌기 때문이다.

"끄떡없어요."

화무린은 환한 미소를 지어 보였다. 미소가 너무 눈부셔서 그 미소만 본다면 그가 무슨 억지스러운 말을 한다고 해도 다 믿을 수 있을 것 같았다.

그는 오른발의 통증이 점차 사라지는 것을 느끼며 뼈가 부러지지는 않았다는 것을 깨달았다.

설영은 또 한 가지 사실을 기억해 냈다. 봉우리에서 추락할 때 바위에 부딪치기 직전에 화무린이 그녀를 뭉뚱그려서 품 안에 꼭 안았던 일이다.

그것은 화무린 자신은 죽더라도 설영만큼은 반드시 살리 겠다는 갸륵한 마음이었다. 그래서 그녀는 화무린이 더욱 기 특하고 사랑스러웠다.

그녀는 화무린의 어깨에 뺨을 기대고 눈을 감으면서 나직 이 중얼거렸다.

"혈옥녀가 변했어."

화무린은 경공을 전개하면서 의아한 표정을 지었다.

"변하다니, 전에는 그러지 않았나요?"

"혈옥녀는 인성을 잃었기 때문에 묻는 말 외에 제 스스로 는 거의 말을 하지 않아. 그리고 오욕칠정 감정을 조금도 느 끼지 못하기 때문에 늘 무표정한 얼굴을 유지한단다."

화무린은 금오를 처음 만났을 때를 떠올렸다. 자신은 그녀 를 다시 만난 것이 너무 반가워서 어쩔 줄을 모르는데, 그녀 는 다짜고짜 악랄한 수법으로 그를 죽이려고 했었다.

새삼 생각해 보니 처음 만났을 때의 금오는 한마디 말도 없 었을 뿐만 아니라 얼굴은 마치 무덤에서 방금 나온 사자의 표 정이나 다를 바가 없었다.

그러나 두 번째 만났을 때에는 처음과는 사뭇 다른 모습이었다.

그녀는 천녀황이 지어준 혈옥녀라는 이름을 버리고 스스로 금오라는 이름을 지었다고 말했다.

그리고는 생글생글 웃기도 했으며 분노한 표정을 짓기도 했고, 또 화무린에게 자꾸 대화를 나누자고 말했다.

그때 생각에 잠겨 있던 설영이 불신 어린 표정을 지으면서 나직이 중얼거렸다.

"설마… 혈옥녀가 초마지경에 이르렀다는 말인가?"

"초마지경이 뭔가요?"

화무린으로서는 처음 들어보는 말이었다.

"음! 천외신계에는 예부터 전해 내려오는 절학이 있단다. 천외오신극이라고 하는데, 워낙 마성이 강해서 아무도 연공한 사람이 없을 정도야. 그래서 후대에서는 오금마극이라고 부르게 되었단다."

"그것을 누나… 혈옥녀가 연공한 것입니까?"

화무린은 혈옥녀를 누나라고 칭하다가 즉시 고쳐 불렀다.

"그래. 천외오신극은 모두 다섯 종류의 절학으로 이루어졌는데, 혈옥녀가 배운 것은 사신극인 천마혈옥강이란다."

문득 설영의 눈빛이 흐려졌다. 은은한 두려움에 젖은 눈빛이었다.

"얼마 전에 만난 혈옥녀는 예전에 비해서 두 배 이상 강해져 있었다. 그런데다 스스로 생각과 말까지 하고 표정도 마음대로 조절하더군. 그것은 그녀가 천녀황의 금제에서 풀려났다는 것을 뜻하지."

"그럴 수가 있는 것입니까?"

"천외오신극은 아무도 연공한 적이 없었기 때문에 그것을 익히면 무슨 일이 벌어지는지 알 수가 없단다. 하지만 한 가지를 추측할 순 있지."

화무린은 적잖이 긴장했다.

"혈옥녀가 연공한 천마혈옥강이 천녀황이 예상했던 것보다 마성이 훨씬 강할는지도 모른다는 것이지."

"마성……."

"혈옥녀의 마성이 점점 더 강해져서 결국 초마지경에 이르렀다면 그녀가 변한 것을 납득할 수 있지."

화무린은 초마지경이 무엇인지 알 것 같았다. 말 그대로 '마를 초월한 경지'가 아니겠는가.

설영의 음성이 한층 무거워졌다.

"천녀황은 혈옥녀에게 사신극 외에는 가르치지 않았어. 그렇다면 결론은 하나야. 혈옥녀가 초마지경에 이르러 스스로 학습하여 일신극과 이신극, 삼신극을 모조리 터득해 버렸다고밖에는 생각할 수가 없어."

"놀라운 일이군요."

심지와 인성이 제압된 사람이 스스로 학습한다는 사실이

도저히 믿어지지 않는 화무린이었다.

"천외오신극 중에는 이신극 흡성마극이라는 것이 있는데, 상대의 공력을 모조리 흡수해 버리는 무서운 마공이지. 혈옥녀가 두 배 이상 강해진 이유는 흡성마극으로 측근에 있는 수하들 공력을 흡수했기 때문일 게야. 지금으로서는 그렇게 밖에는 추측할 수가 없어."

화무린은 얼마나 놀랐는지 그 자리에 멈춰 섰다.

그러나 설영의 다음 말이 그를 더욱 경악하게 만들었다.

"혈옥녀는 천녀황의 통제를 완전하게 벗어난 것이 분명한 것 같다. 그래서 스스로 금오라는 이름까지 지은 거야. 만약 그녀가 지금 진화(進化)하고 있는 중이라면, 그래서 흡성마극으로 수많은 고수들의 공력을 흡수해서 점점 더 고강해지고, 마침내 천외오신극의 마지막 오신극인 불세파천극을 스스로 학습하여 터득하게 된다면… 아무도 그녀를 막을 수 없을 거야. 아무도……."

너무도 엄청난 사실에 화무린은 잠시 동안 넋을 놓고 있다가 겨우 물었다.

"천녀황도, 천상성계의 성제도 혈옥녀를, 아니, 금오를 죽일 수 없다는 뜻인가요?"

"아마도 그럴 거야. 말 그대로 금오는 영세불멸(永世不滅)의 존재가 되는 것이지."

"영세불멸……."

누군가 금오를 제거하거나 제압하지 않는다면, 장차 그녀가 천녀황보다 더 무서운 존재가 될 것이라는 생각을 하자 화무린은 가슴이 답답해졌다.

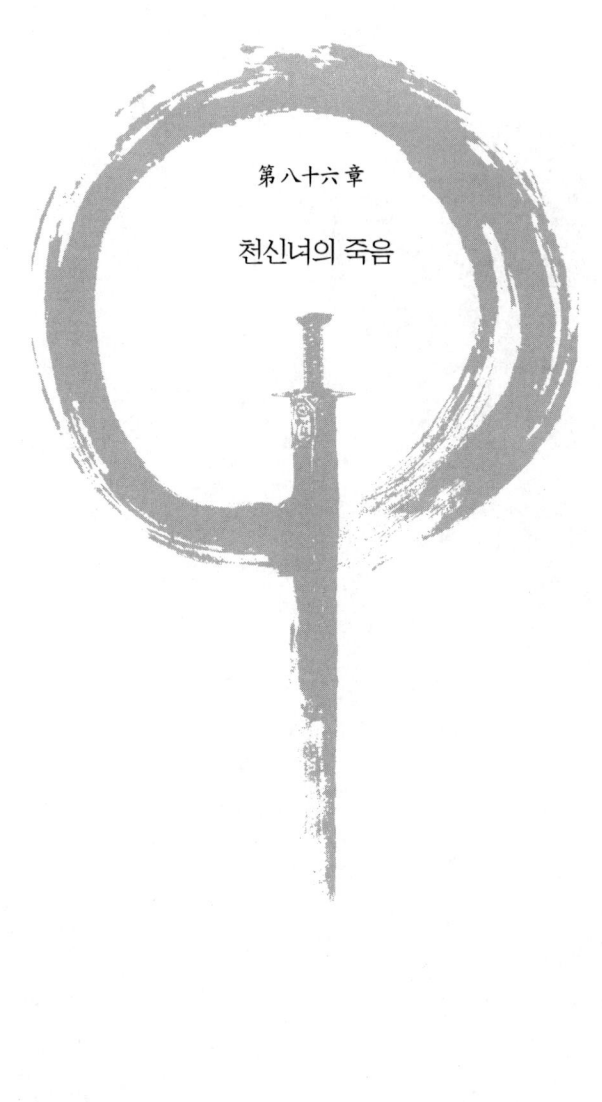

第八十六章

천신녀의 죽음

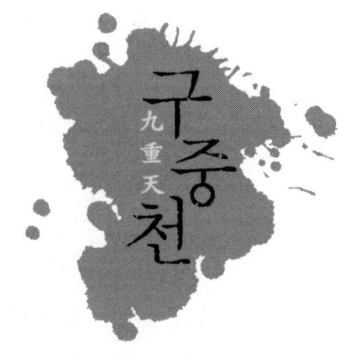
구중천
九重天

위기는 그것으로 끝나지 않았다.

화무린은 산중을 전력으로 질주하던 신형을 멈춘 채 착잡한 표정으로 전면을 주시했다.

그의 시선 끝에는 피처럼 붉은 혈의를 입은 금오가 하나의 나뭇가지 위에 표표히 서 있었다.

그와 설영은 봉우리에서 내려와 동북쪽으로 채 이십여 리도 가기 전에 금오에게 가로막히고 만 것이다.

그런데 지금의 금오는 아까와는 사뭇 다른 모습이었다. 뭉텅 뜯겨진 왼쪽 어깨에는 피가 흘러나왔다가 말라붙은 흔적이 역력했으며, 오른손 팔뚝에도 예리한 것에 베인 상처가 있었다.

화무린은 금오의 어깨에 나 있는 상처를 보다가 퍼뜩 무언가를 깨닫고 급히 품속을 더듬어보았다.

'아령!'

품속에 있어야 할 아령이 없었다.

그는 금오와 마지막 일격을 나누다가 튕겨져 날아가던 순간 품속에서 아령이 금오를 향해 튀어나간 것을 까맣게 모르고 있었다.

여전히 그의 품에 안겨 있는 설영은 그가 찾는 것이 무언인지 직감했다.

"아까 내가 너를 안고 도주할 때 작고 흰 짐승이 혈옥녀를 공격하고 있더구나."

"아……."

화무린은 금오의 어깨의 상처가 작은 짐승의 이빨에 물어뜯긴 것처럼 보여서 설마하는 마음으로 아령을 찾아보았던 것인데 설마가 들어맞았다.

그는 극도로 긴장한 얼굴로 금오를 쏘아보았다.

"혈옥녀, 아령은 어떻게 했느냐?"

그에게 금오는 더 이상 십삼 년 만에 만난 누나가 아니었다.

그러기에는 금오는 너무 큰 죄를 저질렀다.

금오는 가볍지 않은 상처를 입었는데도 눈썹조차 찡그리

지 않고 생글생글 미소 지었다.

"하얗고 작은 고양이 같은 짐승을 말하는 건가요?"

"그렇다!"

금오는 안타깝다는 듯 호로록 가벼운 한숨을 토해냈다.

"나를 물어뜯고 팔을 자르려고 해서 어쩔 수 없이 불에 태워 죽였어요. 귀여운 짐승이었는데……."

"죽여?"

순간 화무린의 몸이 벼락을 맞은 듯 격하게 부르르 떨렸고 얼굴이 보기 싫게 일그러졌다.

아령이 불에 타 죽었다면 금오의 천마혈옥강 혈옥강기에 당했을 것이다.

귀엽고 작은 아령이 불길에 휩싸인 채 처절하게 비명을 터뜨리는 소리가 귀에 생생하게 들리는 듯해서 화무린은 미쳐버릴 것만 같았다.

금오는 딴청을 부렸다. 곱게 눈을 흘기면서 손바닥으로 자신의 가슴을 지그시 눌렀다.

"그리고 내 이름은 혈옥녀가 아니라 금오예요. 앞으로는 그렇게 불러주세요."

"네가 아령을……."

화무린에게 아령은 가족이나 다름없는 존재였다. 아니, 웬만한 가족보다 훨씬 나았다.

그가 안국현에서 적혈군과 흑멸신을 죽인 후 중상을 입고

강물에 떠내려가 심첩촌에 머문 넉 달 동안을 제외하곤 지난 오 년 동안 둘은 한시도 떨어져 있은 적이 없었다.

언제나 화무린의 품속이 아령의 보금자리였다. 아령은 심장이나 간, 쓸개처럼 화무린의 오장육부 중에 하나라고 해도 지나친 표현이 아니었다.

그런 아령이 금오에게 죽임을 당했다는 것이다.

화무린은 분노를 억누를 길이 없어 눈에서 불길을 뿜으며 몸을 부들부들 떨었다.

"으드득! 네가 어머님을 죽이고 친동생인 나와 영 이모를 핍박하더니, 이제는 아령까지 죽였구나! 내 결코 너를 용서하지 않겠다!"

금오는 눈을 예쁘게 깜빡거렸다.

"당신이 내 친동생이라는 건가요?"

"과거에는 그랬지만 지금은 철천지원수일 뿐이다!"

문득 금오의 얼굴에 애잔한 기색이 드리워졌다. 전혀 예상치 못했던 반응이다.

"아아… 동생, 그럼 네가 린아… 대장부 린아라는 말이니? 정말 몰라보게 컸구나."

움찔!

화무린의 몸이 세차게 떨렸다. 어린 시절 누나 화여옥은 화무린을 늘 '대장부'라고 불렀다.

"기… 억이 나는 거야?"

방금까지만 해도 금오를 철천지원수라고 생각했던 화무린은 미심쩍은 얼굴로 물었다.

그때 믿을 수 없게도 금오가 맑은 눈물을 뚝뚝 흘리며 더없이 기쁜 표정을 지었다.

"기억이 나다 뿐이겠니? 내가 어찌 내 동생 대장부 린아를 잊을 수 있겠니?"

"누나!"

화무린의 얼굴에 반가움과 기쁨이 떠올랐지만 의심을 완전히 버린 것은 아니었다.

그러나 금오가 화무린을 알아보지 못한다면 어떻게 '대장부 린아' 라는 어릴 적 호칭을 기억하고 있겠는가. 그것은 거짓일 수가 없었다.

화무린은 머리가 혼란스러웠지만 눈앞의 현실을 외면하기가 어려웠다.

어쩌면 금오는 지금 잠깐 정신이 돌아왔는지도 모른다. 그녀의 표정과 눈물은 결코 거짓이 아니었다. 더구나 그녀는 화무린보다 훨씬 고강하기 때문에 굳이 거짓말로 연기를 할 필요가 없지 않은가.

그때 나뭇가지 위에 서 있던 금오가 스르르 미끄러지듯이 화무린에게 다가왔다.

그녀는 순식간에 화무린의 일 장 앞에 이르러서도 멈추지 않았다.

그리고 화무린은 오히려 한 걸음 앞으로 나서며 반갑게 그녀를 맞이했다.

"누나……."

"린아!"

두 사람은 서로를 부르며 손을 뻗었다.

그때 뚫어지게 금오를 주시하던 설영이 잡고 있던 화무린의 팔에 힘을 꽉 주었다.

화무린은 본능적으로 뚝 걸음을 멈추고 주춤하며 금오를 주시했다.

그 순간 그녀의 눈동자 깊은 곳에 좁쌀 크기의 혈점이 그의 눈에 띈 것은 우연이었을까.

눈동자에 혈점이 있다는 것은 몸속에 혈마심기가 있다는 증거다.

화무린은 머리에서부터 찬물을 뒤집어쓴 것처럼 번쩍 정신이 들었다.

그 순간 눈앞의 금오가 어머님과 아령을 죽였으며, 자신과 설영을 죽이려고 했던 사실들이 와르르 떠올랐다.

'이 여자는 누나가 아니다! 몸뚱이는 누나일지 몰라도 영혼은 마녀다!'

화무린은 눈빛을 이글거리면서 어금니를 악물었다.

후우웅!

찰나 그의 오른손이 허공을 갈랐고, 장심에서 눈부신 금빛

검 무극금검이 뿜어져 나갔다.

"죽어랏! 마녀!"

일 장도 채 되지 않는 거리에서 전력으로 발출된 무극금검은 귀신이라고 해도 피할 수 없을 터.

"린아……."

금오의 얼굴에 적잖이 놀란 표정이 떠올랐다. 그러나 그녀는 화무린을 안으려고 뻗은 손을 거두지 않았고, 반격하거나 피하지도 않았다.

어쩌면 이 순간의 그녀는 정말로 아주 잠깐 제정신이 돌아왔는지도 모른다.

퍼억!

가슴 한복판에 정통으로 무극금검을 적중당한 금오는 뒤로 쏜살같이 튕겨져 날아갔다. 하지만 비명은커녕 신음조차 흘리지 않았다.

"무린아! 어서 도주해라!"

금오가 날아가는 것을 지켜보고 서 있는 화무린을 설영이 재빨리 일깨워 주었다.

화무린은 갈등했다.

무극금검을 가슴에 정통으로 적중당한 금오는 필경 큰 충격을 받았을 것이다. 그러니 그녀를 제압할 수 있는 기회는 지금뿐이다.

일단 그녀를 제압해야지만 그녀에게서 마성을 제거하든지

두 번 다시 악행을 저지르지 못하게 금제를 가하든지 할 수 있을 것이 아니겠는가.

휘익!

결정을 내린 그는 금오를 향해 전력으로 신형을 날렸다. 그녀를 제압해야겠다는 마음이 너무 강했다.

설영은 크게 놀라 재차 외쳤다.

"안 된다, 무린아! 그녀는 네가 생각하는 것보다 훨씬 강하다! 더구나 곧 그녀의 수하들이 당도할 게야!"

그러나 그녀의 다급한 외침도 화무린의 결심을 바꾸지는 못했다.

뿌악!

팅겨져 날아가던 금오는 커다랗고 단단한 바위에 온몸을 부딪치며 바위를 산산조각내고는 돌무더기 속에 파묻히듯이 쓰러졌다.

와르르!

그러나 그녀는 곧 쪼개진 바위를 의지해 느릿하게 몸을 일으켰다.

화무린이 그녀의 삼 장 거리에 이르렀을 때 그녀는 선 채 등을 보이고 있었다.

무방비 상태. 지금 머리를 겨냥하여 전력으로 천지무극을 발출한다면, 금오는 금강불괴가 아닌 이상 머리가 박살 나서 즉사하고 말 것이다.

탄영비활을 전개하여 무서운 속도로 쏘아가고 있는 화무린은 여전히 설영을 왼팔로 안은 상태에서 전 공력을 오른손에 모으고 어깨 위로 쳐들었다.

그때 금오가 화무린을 향해 돌아섰다.

화무린은 막 천지무극을 발출하려다가 뚝 멈췄다.

그의 시선이 금오의 얼굴에 못 박혔다.

그녀는 얼굴 가득 더없이 슬픈 표정을 떠올린 채 하염없이 눈물을 흘리고 있었다.

"린아… 네가 어째서 누나를……."

그 모습은 옛날에 어린 화무린을 안고 업어주던 정겨운 누나의 그것이었다.

그녀의 입가에서는 한줄기 핏물이 흐르고 있었는데, 그것이 화무린의 마음을 아프게 했다.

그는 뻗으려던 오른손을 멈칫했다.

"무린아! 어서 죽여라!"

설영이 다급히 외쳤다.

그러나 화무린은 금오의 눈물을 보고는 도저히 공격을 할 수가 없었다.

스으으.

순간 금오의 모습이 흐릿해지더니 축지법을 쓰듯이 화무린의 코앞에서 불쑥 나타났다.

더구나 그녀의 얼굴은 눈물을 흘리면서 슬픈 표정을 짓던 방금 전의 모습이 아니었다.

슈우웃!

화무린이 움찔 놀라고 있을 때 금오의 왼손 일장이 벼락같이 튀어나왔다.

그녀의 핏기없이 새하얀 손바닥에서 번쩍! 하고 새빨간 혈광이 폭사되어 나오는 것을 발견한 화무린의 얼굴이 해쓱하게 질려 버렸다.

그가 품에 안고 있는 설영을 향해 혈광이 일직선으로 쏘아왔기 때문이다.

설영의 충고를 듣지 않고 공격을 멈춘 것을 뼈저리게 후회했으나 이미 엎질러진 물이다.

뻐억!

"흐억!"

화무린은 가슴 한복판이 뻥 뚫리는 듯한 충격을 받으며 태풍에 휩쓸린 듯 뒤로 튕겨져 날아갔다.

그러면서 그는 보았다,

사악하게 웃고 있는 금오의 눈과 입술을.

"크으으! 이년!"

화무린의 속에서 천불이 치밀어 올랐다. 그러나 튕겨지는 힘이 너무 거세서 멈출 수가 없었다.

그는 급히 품속의 설영을 굽어보다가 두 눈을 찢어질 듯이 부릅떠야만 했다.

그의 품속에 더 이상 설영은 없었다. 단지 짓이겨진 하나의 핏덩이가 안겨 있을 뿐이었다.

얼굴과 몸통은 핏덩어리로 변했고 그저 팔다리가 힘없이 흔들리고 있었다.

힘없는 노파에 불과한 설영이 어찌 금오의 천마혈옥강을 정통으로 맞고서도 목숨을 부지할 수 있겠는가.

"흐으으… 영 이모……."

화무린은 온몸을 부들부들 떨었다.

그는 어디가 얼굴이고 몸통인지 모를 핏덩어리에 얼굴을 파묻고 오열했다.

화무린은 자신에게 천녀황 외에 다른 이모가 있다는 사실을 설영을 만나고서야 알게 되었다.

태어나서 처음 만난 막내 이모였다. 만난 지 서너 시진밖에 지나지 않았지만, 화무린은 그녀에게서 진한 모정과 혈육의 정을 느꼈고, 그래서 정이 흠뻑 들었다.

그런데 그 막내 이모가 자신의 품 안에서 죽었다.

생전 처음 만난 조카에게 자신의 이백육십 년 공력을 아낌없이 내어주고는 시신조차 온전하게 남기지 못한 채 실로 처참하게 죽은 것이다.

조금 전에 설영이 도주하라고 했을 때 화무린은 그녀의 말을 듣지 않고 오히려 금오에게 쏘아갔다.

또한 금오가 눈물을 흘리는 것을 보고 화무린이 공격을 멈칫하자 설영은 죽이라고 소리쳤지만, 그는 차마 공격을 하지 못했다.

그렇게 두 번씩이나 설영의 말을 듣지 않은 결과가 지금 그의 품에 안겨 있었다.

우지끈! 픽!

그는 몇 그루의 나무와 충돌한 후에야 땅바닥에 나뒹굴며 정지할 수 있었다.

"크으으!"

자신이 얼마나 다쳤는지 알고 싶지도 않았고 추호도 고통을 느끼지 못했다.

그는 엎드린 채 핏덩이가 된 설영을 온몸, 온 마음으로 안고 부들부들 떨어댔다.

그의 떨림 때문에 설영의 가느다란 팔다리가 쓸쓸하게 흔들거렸다.

"죽여 버리겠다!"

그의 온몸이 분노로 활활 타올랐다. 그는 핏덩이가 된 설영을 조심스럽게 바닥에 내려놓고 천천히 일어섰다.

그는 설영의 피와 살점으로 범벅된 끔찍한 몰골이었다.

금오가 있던 곳을 쳐다보았다. 당연히 보이지 않았다.

방금 전에 화무린이 전력으로 발출한 천지무극은 금오에게 큰 충격을 주지 못한 듯했다.

그러나 화무린은 서둘지 않았다. 기이하게도 지금 이 순간의 숨을 끊어놓을 것 같은 분노가 오히려 그의 마음을 얼음처럼 차갑게 만들어주고 있었다.

두 번째 금오를 만난 이후 그녀는 화무린을 무작정 공격하려 들지 않았다.

무슨 꿍꿍이속인지 모르지만 자꾸 말을 걸려고 했다. 화무린에게서 무언가 얻어낼 것이 있는 것인가?

어쨌든 상관없다.

이제부터는 절대 그녀의 교활한 농간에 휘말려 들지 않고 오히려 역이용할 것이라고 화무린은 눈물을 삼키면서 수없이 다짐했다.

그는 우뚝 선 채 운공을 시작했다. 금오가 말을 걸어오더라도 운공을 하면서 받아주리라 작정했다.

그러면서 시간을 벌어야 한다. 이대로는 백 번 싸워봤자 백 번 다 패하고 만다.

최대한 시간을 끌면서 설영의 공력을 차근차근 자신의 것으로 만들어야 했다.

"이봐요. 어째서 당신은 무작정 나를 죽이려고만 하는 것이죠? 나하고 말하기 싫은가요?"

그때 등 뒤 일 장 반 거리에서 금오의 사근사근한 목소리가 들려왔다.

옅은 원망과 가녀림이 담긴 목소리였다. 목소리만은 영락없이 순결한 여사였다.

방금 전까지만 해도 자신이 '누나' 고 화무린더러 '대장부린아' 라고 부르면서 눈물을 흘리더니 지금은 또 '이봐요' 라고 부르는 금오였다.

화무린은 뒤돌아서지 않았고 굳어버린 듯 그 자리에서 움직이지도 않았다.

이것은 목숨을 건 모험이었다. 만약 지금 금오가 살수를 펼친다면 화무린은 속수무책으로 죽을 수밖에 없다.

하지만 대책없이 무작정 공격을 시도해도 죽는 것은 매한가지일 것이다.

스으.

그때 화무린 바로 앞 일 장 거리의 허공이 잔물결처럼 흔들리면서 이지러지는가 싶더니 어느새 금오의 모습이 나타났다.

화무린이 자신의 물음에 묵묵부답으로 일관하자 앞쪽에 나타난 것이다.

짐작했던 대로 금오는 화무린에게 무엇인가 원하는 것이 있는 게 분명했다.

하지만 화무린은 그것이 무언지 조금도 궁금하지 않았다. 그저 시간을 끌기 위해서 침묵을 지킨 채 운공에만 전념했다.

금오는 잠시 동안 아무런 말도 없이 서서 화무린을 바라보기만 했다.

두 사람은 그렇게 묵묵히 서로를 응시하고 있었다.

그러나 화무린은 운공을 하고 있다는 것을 들키지 않으려고 애를 쓰고 있었다.

미풍이 살랑살랑 불어와 금오의 핏빛 옷자락과 칠흑처럼 긴 머리카락을 희롱하듯이 흔들었다.

얼굴에서는 은은한 광휘가 뿜어졌으며 입술을 꼭 다물고 있는 모습은 우아함을 넘어서 성스럽기까지 했다.

화무린의 시선이 금오의 두 눈에 고정되었다.

두 개의 눈동자 깊은 곳에는 좁쌀만 한 혈점이 악마의 송곳니처럼 흐릿하게 빛나고 있었다.

금오가 제아무리 성결하게 보여도 그 혈점이 있는 한 마녀일 수밖에 없었다.

문득 금오가 화무린을 향해 미소를 지어 보였다. 이번에는 티없이 해맑은 순박한 표정의 미소였다.

"나는 당신과 친구가 되고 싶어요."

화무린은 여전히 입을 굳게 다문 채 대답하지 않았다. 하등의 그럴 이유가 없었다.

금오는 다음 말을 잇지 않았다. 화무린의 대답을 기다리는 것 같았다.

대답을 하지 않으면 행동으로 나올는지 모르는 일. 그래서 화무린은 할 수 없이 가라앉은 목소리로 물었다.

"어떤 친구를 말하는 거지?"

화무린이 대꾸하자 금오는 손뼉을 치며 어린아이처럼 기뻐했다.

"아! 내 말에 대답을 해주었군요! 정말 기뻐요!"

"어떤 친구냐고 물었다."

"호홋! 그야 물론 날 위해서 기꺼이 죽어줄 수 있는 친구를 말하는 것이죠!"

그녀는 자신이 무슨 말을 하는지도 모르는 듯 천진난만하게 웃음을 터뜨렸다.

그녀의 말인즉, 화무린을 풍사군 같은 노예로 만들겠다는 뜻이었다.

화무린은 현재 설영의 공력을 겨우 일 할 정도 자신의 것으로 융화시킨 상태다.

이런 식이라면 아무리 빨라도 꼬박 반 시진은 걸려야 설영의 공력을 모두 융화시킬 수 있을 듯했다.

하지만 지금 상황으로는 이런 무의미한 대화가 반 시진이 아니라 반 각도 지속되지 않을 것 같았다.

화무린에게 금오를 위해서 기꺼이 죽어줄 수 있는 친구가 될 마음이 없는 한.

"어때요? 내 친구가 돼주겠어요?"

금오는 뒷짐을 진 채 상체를 슬쩍 굽히며 얼굴을 화무린에게 가까이 가져왔다.

"왜 친구가 필요한 것이지?"

궁금하지도 않았지만 최대한 시간을 끌어야만 했다. 화무린의 물음에 금오는 전혀 뜻밖의 대답을 했다.

"나는 삼천계를 일통할 계획이에요. 그러려면 친구가 되도록 많아야 해요."

화무린은 어이없는 얼굴로 그녀를 쳐다보았다. 진심인지 아닌지 분간이 가지 않았다.

인성을 잃은 마녀가 삼천계 일통이라니.

"어째서 그런 계획을 품게 된 것이지?"

화무린의 물음에 무언가 생각하는 듯하던 금오의 얼굴이 갑자기 묘하게 흔들렸다.

얼굴에서 생글거림이 씻은 듯이 사라진 대신 입술 끝이 비틀리면서 잔인한 미소가 만들어졌고 두 눈에서는 은은한 살기가 흘러나왔다.

"천녀황. 그년의 야망이 바로 삼천계 일통이에요. 나는 그년의 야망을 가로챌 생각이에요."

삼천계 일통이 목적이 아니라 천녀황의 야망을 가로채는 것이 목적이라는 뜻이다.

그녀의 말에 화무린은 혼란스러움을 느꼈다.

"왜 그래야 하지? 천녀황은 너의 사부가 아니냐?"

"닥쳐! 누가 내 사부라는 말이냐?"

순간 금오는 날카롭게 외치면서 화무린을 당장이라도 죽일 듯이 오른손을 쳐들었다.

"다시 한 번 그년을 내 사부라고 지껄이면 네 머리통을 부숴 버리겠다!"

화무린은 그녀가 왜 천녀황을 사갈시하는지가 궁금해졌
다. 그것이 중요한 단서일 수도 있었다.

물론 제정신이라면 당연히 천녀황을 증오할 테지만, 금오
는 지금 인성을 잃은 상태가 아닌가.

"천녀황을 왜 미워하지?"

금오의 두 눈에서 더욱 강렬한 살기가 이글거렸다.

"그년은 내 아버님과 동생을 잔인하게 죽이고 나와 어머니
를 괴롭혔다!"

화무린의 눈썹이 꿈틀 꺾였다.

"아버님과 동생이 죽는 것을 직접 목격했느냐?"

금오의 눈빛이 가볍게 흔들렸다. 심중에서 무언가 복잡한
변화가 벌어지고 있는 것이 분명했다. 그것이 그녀를 혼란스
럽게 만드는 것 같았다.

"아버님께서 돌아가시는 것은 내 눈으로 똑똑히 봤지만 동
생이 죽는 것은 보지 못했다! 그러나 어머니는 그년이 동생도
죽였다고 말씀하셨다!"

어머니 설란은 남편과 아들이 그 당시에 모두 죽은 줄 알고
있었던 것이다.

화무린의 목구멍 속에서 불덩이가 울컥 치밀었다.

"너는 네 손으로 어머님을 처참하게 죽이지 않았느냐?"

순간 금오의 두 눈이 화등잔처럼 커지면서 얼굴 가득 놀라
움이 떠올랐다. 금방이라도 눈물이 후드득 떨어질 것 같은 표

정이었다.

"내가… 어머니를 죽였다고?"

그러나 그녀의 얼굴이 곧 새파랗게 돌변했다. 그녀는 흉흉
한 안광을 뿜어내며 손을 쳐들었다.

"아가리 닥쳐라! 나는 원래 어머니 따윈 없다!"

화무린은 인내하면서 운공을 해야 했지만, 금오의 하는 꼴
에 울화가 치밀어서 견딜 수가 없었다.

"너는 설영, 영 이모를 아느냐?"

그러자 금오의 얼굴이 금세 누그러지며 아련한 그리움으
로 물들었다.

"영 이모를 왜 모르겠어요? 그녀는 나와 어머니께 정말 잘
대해주셨거든요. 아아… 영 이모가 보고 싶군요."

화무린은 혼란스러워서 머리가 터질 지경이었다.

"이년! 네가 방금 영 이모를 죽이지 않았느냐?"

"내가… 말인가요?"

화무린은 옆쪽 바닥에 뭉뚱그려져 있는 핏덩이를 가리키
며 악을 썼다.

"저길 봐라! 저것이 네가 보고 싶어하는 영 이모다!"

"어째서……"

금오는 핏덩이를 보면서 몸을 후르르 떨었다.

"조금 전에 네가 죽였지 않느냐! 너는 어머님과 영 이모를
죽이고도 나까지 죽여야 속이 후련하겠느냐?!"

화무린은 피를 토하듯이 절규했다. 어머님과 설영의 죽음, 마녀가 돼버린 누나, 아령의 죽음 같은 모든 것들이 그를 더 이상 참을 수 없게 만들었다.

"개자식아! 그래, 너까지 죽여서 아예 커다란 가족묘를 만들어주마!"

후오오!

돌연 금오가 표독하기 짝이 없는 얼굴로 쩌렁쩌렁하게 외치면서 일장을 뻗었다. 그녀의 장심에서 핏빛 혈광이 폭발하듯이 뿜어졌다.

그러나 화무린은 만반의 준비를 하고 있었기 때문에 그녀가 공격하려는 찰나 수직으로 번쩍 솟구쳐 올랐다.

파아아!

천마혈옥강이 화무린의 발아래로 스쳐 지나갔다.

그가 전개한 탄영비활은 어떤 상황이더라도 겨우 한 움큼의 공력만을 사용하기 때문에 운공을 하는 데에는 아무런 지장을 주지 않았다.

화무린은 금오에 대해서 생각하고 판단하는 것을 그만두기로 했다.

그녀는 이따금씩 제정신이 드는 것 같기도 했지만 마성이 훨씬 강했다.

아까 금오가 화무린을 동생이라고 부른 것은 그를 알아봤기 때문이 아니라, 알 수 없는 마음속의 무엇인가가 움직였기 때문인 것 같았다.

그러나 그것은 극히 단편적이며 한시적이어서 그것에 기대할 수는 없었다.

어쨌든 그녀는 어머니와 영 이모, 아령을 죽이고 지금은 친동생마저 죽이려고 하는 마녀가 분명했다.

화무린이 솟구치자 금오도 힘껏 땅을 박차 올라 그의 뒤를 바짝 쫓았다.

현재 화무린은 설영의 공력을 삼 할 정도 본신진기와 융화시킨 상태였다. 그러나 그것으로는 아직도 턱없이 부족했다.

금오와 대적하려면 최소한 설영의 공력 오 할 정도가 필요하다고 그는 판단했다.

하지만 그것은 그의 오판이었다. 금오와 정면 대결을 벌이려면 설영의 공력 전부를 융화시켜야만 할 것이다.

어쨌든 그는 지금으로서는 반격하지 않고 탄영비활을 전개하여 피하는 수밖에 없다고 생각했다.

팍!

솟구치던 화무린은 한 그루 나무를 가볍게 박차면서 급격히 방향을 바꿨다.

그러면서 힐끗 금오를 돌아보았다. 그녀는 이 장 거리를 두고 솟구치다가 화무린이 방향을 바꾼 직후 갑자기 안개처럼 사라져 버렸다.

화무린은 그녀의 모습이 감쪽같이 사라졌다가 디음 순간

코앞에 불쑥 나타나는 것을 얼마 전에도 여러 차례 경험했었기 때문에 즉시 천근추의 수법을 발휘하여 아래로 뚝 떨어져 내렸다.

아니나 다를까, 과연 그녀는 화무린의 머리 위에 환영처럼 나타났다.

만약 그가 하강하지 않았더라면 코앞에 나타난 그녀에게 일격을 당했을 것이다.

화무린은 금오를 아래에서 위로 급습할 수 있는 절호의 기회를 잡았지만 지금은 참기로 했다.

어설픈 공격을 가하다가 도리어 당하기보다는 치명적인 일격이 필요했다.

패액!

금오는 화무린이 자신의 발밑에 있는 것을 발견하고는 그를 향해 가볍게 손목을 떨쳤다.

천마혈옥강이 아니었다.

흐릿한 아지랑이 같은 것이 주위의 경물을 이지러뜨리면서 빛처럼 빠르게 하강했다.

떨어져 내리던 화무린의 몸이 옆으로 두 자가량 쏜살같이 이동했다.

스으으—

찰나 그의 옆얼굴과 어깨를 싸늘한 한기가 아슬아슬하게 스쳐 지나갔다.

쩌쩌쩡!

다음 순간 그의 발아래 쪽에서 커다란 쇳소리 같은 것이 터져 나왔다.

급히 내려다보니 지상에 폭 일 장 반, 두께 한 자 정도의 타원형의 투명한 얼음이 뒤덮여 있었다.

얼음덩이 속에 하얗게 서리가 낀 돌과 작은 나무, 마른풀들이 보였다.

주위의 모든 것들을 순식간에 얼려 버린 것이다.

그로 미루어 방금 전에 금오가 발출한 것은 극빙지공(極氷之功)이 분명했다.

한 몸에 극열지공인 천마혈옥강과 극빙지공을 한꺼번에 지니고 있다니 놀라운 일이었다.

사실 금오가 전개한 것은 천외오신극의 일신극(一神極)인 빙혼강애(氷魂罡靄)였다.

쩌러렁!

화무린이 아래를 굽어보고 있는 가운데 지상의 얼음덩이가 갑자기 폭발하면서 산산이 부서져 얼음 가루가 사방으로 쏟아지며 비산(飛散)했다.

쌀알처럼 작은 얼음 알갱이 수백 개가 화무린을 향해 맹렬하게 쏘아왔다. 여차하는 순간에 화무린의 몸은 벌집이 되고 말 상황이다.

후우웅!

그 순간 머리 위에서 귀에 익은 음향이 터져 나왔다.

화무린은 눈으로 확인하지 않아도 그것이 금오가 발출한 천마혈옥강이라는 사실을 알 수 있었다.

아래에서는 수백, 수천 개의 얼음 알갱이, 즉 빙탄우(氷彈雨)가 쏟아져 오고, 위에서는 천마혈옥강이 내리꽂히는 절체절명의 순간이다.

더 이상 운공만 하고 있을 수는 없는 상황이었다.

아직 설영의 공력을 삼 할밖에 융화시키지 못한 상태지만 공력을 일으켜야만 했다.

화무린은 재빨리 무극신공을 일으켜 호신강기를 만드는 것과 동시에 머리 위를 향해 벼락같이 우수를 뻗어 무극금검을 뿜어냈다.

꽈꽝!

"흐윽!"

고막을 찢는 굉음이 터지면서 화무린은 반탄력에 의해 탄환처럼 아래로 곤두박질쳐졌다.

지금의 반탄력은 얼마 전에 금오의 천마혈옥강과 정면으로 충돌했을 때에 비해 많이 약했다. 설영의 공력 삼 할이 진가를 발휘한 것이다.

퍽!

"윽!"

그의 등이 단단한 돌 바닥에 거세게 충돌했다가 공처럼 허공으로 튀어 올랐다.

천마혈옥강과 정통으로 맞부딪친 오른팔이 조각나는 것 같았지만 어금니를 악물며 은오검을 뽑았다.

차앙!

그가 바닥에 부딪쳤다가 튕겨져 오른 것은 미리 계산된 행동이었다.

금오는 화무린이 튀어 오를 것을 예상하지 못한 채 재차 공격을 가하기 위해서 빠르게 하강할 것이 분명했다.

그 순간 화무린이 쏜살같이 튀어 오른다면 두 사람의 거리가 급격히 좁아질 터.

그 틈에 전력을 쏟아 일검을 가한다는 계산이었다.

천지무극이 아닌 은오검 진검으로.

슈욱!

화무린이 빛처럼 빠르게 쏘아 오르는 중에 자세를 바로잡으면서 위를 쳐다보자 예상대로 금오는 하강하면서 막 일장을 발출하려는 순간이었다.

두 사람의 거리는 순식간에 일 장으로 좁혀들었고, 빠른 속도로 더 좁혀지고 있는 상황이었다.

예상치 못한 화무린의 느닷없는 쇄도에 놀랄 법도 한데, 금오의 표정은 변함이 없었다. 아예 놀란다는 것을 모르는 사람 같았다.

쉬익!

두 사람의 거리가 반 장으로 좁혀질 때 은오검이 허공을 가르며 위로 찔러갔다.

후욱!

그와 동시에 금오의 오른손이 매의 발톱처럼 활짝 펼쳐지면서 화무린의 정수리를 향해 내리찍었다.

화무린은 진검이었고, 금오는 육장(肉掌)이었다.

거리가 지나치게 가까웠기 때문에 금오는 장력을 발출하려다가 찰나지간에 육장으로 변환시킨 것이다. 그 거리에서는 육장이 더 위력을 발휘할 터이다.

금오는 화무린의 정수리를 움켜잡아 혈마심기를 주입시켜 노예로 삼으려는 의도가 분명했다.

화무린의 은오검에서는 검강이 뿜어지지 않는다 뿐이지 검 자체가 검강이었으며, 금오의 손바닥에서도 핏빛 빛줄기가 발출되지 않을 뿐 육장 자체에는 천마혈옥강의 위력과 혈마심기가 가득 실려 있었다.

그러나 결정적으로 팔은 검보다 길지 않았다.

은오검의 검끝이 금오의 풍만한 왼쪽 젖가슴에 먼저 닿았다.

젖가슴 안쪽에는 이 모든 일의 원흉인 마성의 심장이 힘차게 뛰고 있을 것이다.

그런데도 금오는 공격을 멈추거나 피하려 들지 않았다. 자신의 호령강을 과신하는 것인가?

그게 아니면 인성이 마비되면서 두려움조차 느끼지 못하

게 된 것인가?

어쩌면 그녀는 은오검이 호령강에 부딪치면서 부러질 것이라고 예상했는지도 모른다.

물론 화무린의 계산된 돌발적인 급습 때문에 그녀는 피하고 싶어도 피할 수 없는 상황이었다.

뾰족한 검첨이 금오의 가슴을 파고들기 직전.

갑자기 그녀가 슬쩍 상체를 흔들듯이 비틀자 검첨이 보이지 않는 무형막, 즉 호령강에 부딪치면서 미끄러지듯이 살짝 방향을 틀었다.

그녀는 호령강을 과신한 것도, 두려움을 느끼지 못하는 것도 아니었다. 상황을 꿰뚫어 보면서 치밀한 계산을 하고 있었던 것이다.

팍!

검첨이 금오의 젖가슴에서 미끄러지면서 호령강을 찢으며 어깨와 가슴의 경계 부위를 찔렀다.

전혀 예기치 못했던 상황에서는 금오라고 해도 어쩔 도리가 없었다.

찔러오는 은오검을 완전하게 피할 수는 없었기에, 단지 심장에 찔리는 것만을 피한 것이었다.

그러나 호령강을 파훼하느라 위력이 많이 약해진 은오검은 그녀의 어깨에 두 치 정도밖에 꽂히지 못했다.

화무린은 그녀의 호령강을 뚫으려고 은오검에 전력을 쏟

았는데도 효과를 거두지 못했다.

그런데 다음 순간 놀라운 일이 벌어졌다.

은오검이 금오의 왼쪽 어깨를 찌른 상태에서는 검이 뽑히지 않는 한 그녀의 공격이 멈춰질 수밖에 없다.

화무린을 향해 뻗고 있는 그녀의 팔이 은오검을 잡은 채 쭉 뻗고 있는 화무린의 팔보다 턱없이 짧기 때문이다.

그러나 그녀는 은오검을 무시한 채 계속 하강하면서 오른손으로 화무린의 머리를 잡아온 것이다.

두 눈을 핏빛으로 이글거리면서.

푹!

그 바람에 은오검이 금오의 어깨 속으로 깊숙이 꽂혀드는 것은 자명한 일.

금오는 계속 하강하며 화무린의 머리를 움켜잡아 왔고, 마침내 은오검은 자루만 남긴 채 검신이 그녀의 어깨를 완전히 관통해 버렸다.

어깨 정도 관통되더라도 화무린의 머리를 잡거나 박살 낼 수 있다면 그 정도 피해는 감수할 수 있다는 뜻이었다.

지금 상황에서는 금오가 장심에서 천마혈옥강을 뿜어낼 수도 없었다.

육장에서 장력으로의 전환은 아무리 빨라도 최소한 반 호흡 정도의 여유가 필요한 법이다.

그런데 지금 벌어지고 있는 상황은 불과 사분의 일 호흡 안에 시작되고 종료될 만큼 순식간인 것이다.

그렇지만 남자인 화무린의 팔이 금오보다 한 뼘 정도는 더 길기 때문에 그녀의 손바닥은 세 치를 남겨두고 그의 정수리를 움켜잡지 못했다.

찰나를 열로 쪼갠 순간.

금오는 은오검에 찔린 왼쪽 어깨를 뒤로 당기는 것과 동시에 오른쪽 어깨를 화무린 쪽으로 한껏 내밀면서 그의 머리를 잡아왔다.

이런 상황이 되면 포기할 법도 한데 실로 대단한 집념이었다.

화무린은 머리를 잡히지 않으려고 자라처럼 목을 움츠린 채 버텼다.

은오검을 놓아버리면 금오의 손을 피할 수 있겠지만 그럴 경우 금오의 호령강을 파훼할 수 있는 유일한 수단이 없어지고 만다.

금오가 아무것도 하지 않은 채 오직 호령강만을 극한으로 펼쳤을 경우에는 화무린의 그 어떤 수법도 호령강을 파훼할 수 없다.

하지만 전력으로 공격을 하려면 공력을 과도하게 사용할 수밖에 없고, 그렇게 되면 상대적으로 호령강이 약해지기 때문에 은오검으로 파훼할 수 있게 된다.

방금 전치럼.

현재 두 사람이 격돌하고 있는 것은 지상에서 오 장 높이의 허공중.

직후 그들은 그런 기이한 자세를 유지한 채 쏜살같이 아래로 하강했다.

화무린은 더없이 초조해졌다. 눈을 두어 번 깜빡거릴 사이에 자신의 두 발이 지상에 닿게 될 것이고, 그땐 어찌 해볼 도리가 없을 것이기 때문이다.

그는 재빨리 금오를 쳐다보았다.

그녀의 두 눈이 핏빛으로 이글거렸고 입가에는 악마 같은 미소가 드리워져 있었다.

방금까지만 해도 화무린을 노예로 삼으려던 그녀는 이제 그를 죽이기로 작정한 듯했다.

화무린의 두 발과 지상의 거리는 이 장 남짓.

그의 눈이 가볍게 빛났다.

치릿!

순간 그의 손목이 비틀어지면서 금오의 어깨에 꽂혀 있는 검신의 예리한 날이 금오의 목을 향했다.

힘을 주어 그대로 베어나가면 가슴을 가른 후에 목을 잘라버릴 수 있을 것이다.

그가 오른손에 힘을 주려고 할 때 금오의 왼쪽 눈이 은오검을 향하다가 번쩍 빛나면서 한순간 몸을 허공중에 뚝 정지시켰다.

그러자 당연히 화무린은 아래로 계속 하강하면서 은오검이 그녀의 어깨에서 쑥 빠졌다.

핑!

순간 금오는 왼손 중지를 은오검을 향해 가볍게 튕겼다.

중지에서 아지랑이 같은 기운이 섬전처럼 뿜어져 은오검의 검신을 때렸다.

째앵!

그와 동시에 그녀는 하강하고 있는 화무린을 향해 오른손으로 천마혈옥강을 발출했다.

큐후웅!

금오의 중지에서 뿜어져 나와 은오검 검신을 때린 것은 조금 전에 지상을 얼음덩어리로 만들었던 천외오신극의 일신극 빙혼강애였다.

검신을 타고 극빙지기가 화무린의 오른팔로 빠르게 전해져 내려왔다.

그와 함께 천마혈옥강의 핏빛 빛살이 위를 쳐다보고 있는 화무린의 얼굴을 향해 무시무시하게 쇄도했다.

하나도 벅찬데 한꺼번에 두 개의 공격이니 그야말로 설상가상이었다.

은오검을 타고 화무린의 오른팔로 빠르게 전해지는 빙혼강애의 극빙지기를 물리치지 않을 경우 그의 팔은, 아니, 심히면 몸까지 얼음으로 변하고 말 것이다.

또한 엄습하는 천마혈옥강을 내버려 둘 경우에는 머리가 박살 나서 즉사할 것이다.

어느 것 하나 좌시할 수 없는 무서운 공격이었다.

더구나 지금 이 상황은 일 장 남짓한 거리에서 벌어지고 있으므로 피한다는 것은 애초에 불가능했다.

이런 절박한 순간에야말로 그 사람의 성격이 여실히 드러나는 법이다.

대부분의 사람들이라면 이런 상황에서 하나만 해결하고 다른 하나는 포기하는 것이 보통이다.

그런데 화무린은 오히려 눈을 부릅뜨고는 위기를 기회로 삼으려 했다.

즉, 강공으로써 위기를 타개하는 것과 동시에 승기를 잡자는 것이다.

한순간 화무린은 벼락같이 오른팔에 무극신력을 주입하여 검신을 타고 내려오는 극빙지기를 물리치면서 은오검을 금오를 향해 맹렬하게 떨쳐 냈다.

그냥 떨쳐 낸 것이 아니라 전력의 무극신력이 주입된 파천혈인검의 검기였다.

화무린은 이런 일촉즉발의 순간에도 금오가 두 가지 공격을 동시에 전개했으므로 호령강의 강도가 많이 약해졌을 것이라 간파한 것이다.

당금 천하에서 파천혈인검보다 빠른 검기는 존재하지 않

는다.

한 가지 다행스러운 점은, 화무린이 빠르게 하강하고 있는 중이라서 아래를 향해 발출한 금오의 천마혈옥강이 정지해 있는 목표에 도달하는 시간보다 조금 늦게 화무린의 몸에 당도할 것이라는 사실이었다.

그런 행운이 따라주지 않았더라면 화무린은 이미 천마혈옥강에 적중당해 머리가 박살 났을 것이다.

더구나 화무린의 지금 행동은 너 죽고 나 죽자는 동귀어진이었다.

어찌 보면 무지막지한 방법이지만, 원래 일이 상식적으로 풀리지 않을 때에는 비상식적인 것이 먹히는 경우가 왕왕 있다.

순간 금오의 한쪽 눈동자가 은오검으로 향했다. 아니, 은오검에서 뿜어져서 자신의 얼굴을 향해 쏘아오고 있는 번갯불 같은 붉은 빛줄기에 고정됐다.

파천혈인검에는 베는 참식(斬式)과 찌르기 할자식(割刺式), 소용돌이 와식(渦式)이 있는데 지금 화무린이 전개한 것은 와식이었다.

참식과 할자식을 발출했다면 금오가 그저 고개나 상체를 슬쩍 비틀어서 피할 수 있을 것이다.

그러나 와식은 발출되는 순간부터 검기가 소용돌이를 일으키면서 순식간에 커지므로 그 자리를 벗어나지 않는 한 피할 방법이 없다.

자신의 상체를 향해 맹렬하게 소용돌이치면서 쏘아오고 있는 붉은 검기를 쳐다보는 금오의 한쪽 눈동자가 갈등으로 가볍게 흔들렸다.

평소 같으면 제아무리 화무린이 발출한 검기라고 해도 금오의 호령강을 뚫을 수 없지만 지금은 사정이 달랐다.

그녀의 눈빛이 흔들리는 것으로 미루어 호령강이 검기에도 뚫릴 만큼 약해져 있는 것이 분명했다.

금오는 찰나적으로 천마혈옥강을 거두며 동시에 호령강을 극대화시켰다.

카카캉!

다음 순간 소용돌이 검기가 그녀의 옆얼굴 한 뼘 거리에서 투명 막에 부딪쳐 방향이 바뀌면서 현란한 붉은 불꽃들을 피워내서 그녀의 시야를 아주 짧은 순간 가려 버렸다.

쉬리릿!

금오는 몸을 팽이처럼 빠르게 회전시키면서 수직으로 솟구쳐 올랐다.

그녀가 인성을 잃었다고 해서, 화무린이 아직도 자신의 아래쪽에 있을 것이라고 생각할 만큼 바보라는 뜻은 아니다.

붉은 불꽃이 자신의 시야를 가린 순간 화무린이 어딘가로 사라지거나 다음 공격을 퍼부을 것이라고 판단한 것이다.

그녀가 몸을 회전하면서 솟구치는 것은 아래쪽에서 어디론가 사라졌을 화무린을 찾기 위해서며, 그가 공격을 해온다면 그것을 피하기 위해서이기도 했다.

그러나 그녀의 그런 의도는 실패했다. 어디에서도 화무린의 모습을 찾아내지 못한 것이다.

그녀의 초승달 같은 아미가 살짝 찌푸려졌다. 그럴 리가 없다는 듯한 표정이었다.

순간 그녀의 눈동자가 아래로 향했다.

아래쪽에서 무엇인가를 감지했기 때문이 아니라 사방과 머리 위까지 다 살폈지만 발아래는 보지 않았다는 사실을 반순간 늦게 깨달았기 때문이다.

그리고 그녀는 발견했다.

어느새 화무린이 은오검을 앞세운 채 발밑 일 장까지 쇄도하고 있었다.

그는 비단 도망치거나 사라지지 않았을 뿐만 아니라, 오히려 계속해서 위기를 겪었던 금오의 발밑을 여전히 떠나지 않은 채 그곳에서 공격해 오고 있는 것이었다.

그것은 철저하게 금오의 허를 찌르는 방법이었으며, 과연 그 방법은 제대로 먹혀들었다.

만약 그녀가 수직으로 솟구치지 않았더라면 벌써 화무린의 집중 공격을 받았을 것이다.

그렇다고 해서 지금 상황이 더 낫다는 것이 아니다.

모르고 당하는 것과 알고 당하는 것의 호리지차(毫釐之差)일 뿐이지 무방비 상태라는 것은 같았다.

제아무리 정령신계의 일령이라고 해도 신선이 아닌 이상 칼로 찌르면 찔릴 수밖에 없다.

지금 순간에 금오가 할 수 있는 유일한 방어책은 이미 쳐져 있는 호령강을 더욱 강하게 만들어서 찔러오는 은오검을 튕겨지게 하는 것뿐이었다.

그러나 지금 화무린의 은오검에서 발출되고 있는 번갯불처럼 삐죽삐죽한 기운은 천지조화검 삼초식 천지무상의 뇌정작렬강(雷霆炸裂罡)이었다.

우르르르!!

뇌정은 벽력, 즉 벼락이다.

은오검에서 천지를 갈가리 찢을 듯한 벼락의 강기 뇌정강(雷霆罡)이 폭발하듯이 뿜어졌다.

여러 줄기의 뇌정강이 금오의 하체를 덮은 호령강에 한꺼번에 부딪쳐 갔다.

뇌정강으로는 호령강을 파훼하지 못한다.

그러나 이 초식에 '작렬'이라는 이름이 들어 있는 이유는 말 그대로 뇌정강이 목표물에 부딪치는 순간 작렬, 즉 폭발하기 때문이다.

즉, 발출될 때는 뇌정강이지만 목표물에 부딪칠 때는 작렬강(炸裂罡)으로 돌변하는 것이다.

그것은 폭약이 목표물에 부딪치는 순간 폭발하는 것과 같은 이치다.

뇌정작렬강의 장점은 목표물이 무엇이든 가리지 않고 박살 낸다는 것이다.

그것이 비록 호령강이라 할지라도.

꽈꽈꽈꽝!

천번지복의 쩌렁쩌렁한 폭음이 한꺼번에 터졌다.

금오의 호령강이 산산이 깨어지고 있을 때 화무린은 그녀와 같은 높이로 솟구치고 있었다.

뇌정작렬강은 호령강을 깨뜨렸을 뿐, 금오에게 피해를 입히지는 못했다.

금오가 깨어진 호령강을 다시 만들어내기까지의 극히 짧은 일 수유 동안에 공격을 퍼부어야만 한다.

화무린이 솟구치면서 금오와 같은 높이가 되는 찰나 그의 은오검이 광란의 춤을 추었다.

슈슈슈슉!

경무장의 독문검법인 오룡검법이 전개됐다.

호령강이 파훼된 상태에서, 더구나 두 사람의 거리가 불과 일곱 자 남짓일 경우에는 굳이 경천동지의 절학을 사용할 필요가 없다.

뼈와 살로 이루어진 한낱 인간의 몸이 칼날을 튕겨내지는 못할 것이므로.

화무린의 손에서 펼쳐진 오룡검법은 윤학의 부친인 전대 경무장주의 그것보다 세 배 이상 위력석이었다.

은빛의 비늘들이 유성처럼 금오를 향해 와르르 쏟아져 갈 때, 그녀의 상체가 번개같이 뒤틀렸다.

퍼퍼퍼퍽!

은오검에서 쏟아져 나온 은린들은 일곱 자 짧은 거리에서도 환상 같은 은빛 까마귀와 은빛의 용으로 변해 금오의 상체를 무차별 관통했다.

다음 순간 그녀의 등 여러 군데에서 빗줄기 같은 피가 뿜어져 나왔다.

찰나지간에 금오가 상체를 비틀지 않았더라면 처음에 화무린이 겨냥한 대로 은오와 은룡들은 그녀의 사혈들을 무차별 관통했을 것이다.

그러나 지금 상태로도 금오는 중상을 입었다. 당장 숨이 끊어지지는 않았더라도 치명적인 것만은 분명했다.

화무린은 솟구쳐 오르면서 금오에게 도합 육검(六劍)을 뿜어내 그녀의 몸에 여섯 개의 구멍을 뚫은 직후, 숨 돌릴 여유도 없이 그녀의 머리 위로 솟아오르며 온 힘을 다해 적멸기류를 발출했다.

그러나 아무 소리도, 아무것도 보이지 않았다.

적멸은 고요함과 소멸이다.

모든 것으로부터 끊어지는 죽음을 말함이다. 그러니 음향이 들릴 리 없고 눈에 보일 리가 없는 것이다.

그런데 정녕 놀랍게도 금오는 상체에 뚫린 여섯 개의 구멍에서 콸콸 피가 뿜어져 나오는 상태에서도 재빨리 몸 주위에 또다시 호령강을 강화시켰다.

원래 초절정고수들은 일부러 전개하려고 하지 않아도 중상을 입거나 숨이 끊어지지 않는 한 호신강기가 몸 주위에 상시 쳐져 있다.

금오의 호령강은 방금 전에 화무린의 뇌정작렬강에 의해서 파훼됐으나 그 즉시 다시 쳐졌다.

그러나 방금 전의 공격으로 상당한 충격을 받는지 두 겹, 세 겹의 호령강은 만들어내지 못한 채 가장 기초적인 호령강 상태에서 적멸기류를 맞이했다.

쩌겅!

퍽!

적멸기류는 호령강을 관통하느라 위력이 크게 감소된 상태지만 그래도 뼈와 살로 이루어진 인간의 몸을 뚫을 만한 여력은 남아 있었다.

보이지 않는 적멸기류는 금오의 풍만한 젖가슴 한복판 앙가슴을 관통하며 손가락 두 개가 들어갈 만한 커다란 구멍을 뚫어놓았다.

화무린은 연이어 세 번째 공격을 퍼붓기 위해 금오의 머리 위에서 한 바퀴 공중제비를 돌기 직전, 그녀의 몸이 기우뚱 뒤로 넘어가는 것을 순간적으로 발견했다.

그는 최후의 일격을 가하기 위해서 무극신공을 극힌으로

끌어올리며 천지무극의 구결을 외웠다.

공중제비를 돈 직후 얼굴이 금오의 등 쪽으로 향하자마자 맹렬하게 은오검을 떨쳐 냈다.

고오오!

설영의 공력 삼 할까지 합쳐진 삼백이십여 년의 공력이 모조리 주입된 천지무극은 예전과는 비교할 수도 없을 만큼 빠르게 뿜어져 나갔다.

천지무극은 맨손이나 검, 어느 것으로 전개해도 위력에는 차이가 없었다.

"……!"

그러나 다음 순간 화무린의 눈이 커졌다. 금오의 머리 위에서 공중제비를 한 바퀴 돌았을 뿐인데, 그사이에 그녀의 모습이 감쪽같이 사라져 버린 것이다.

'실수다!'

심장을 도려내고 싶은 통한의 실수였다.

공중제비를 도는 순간에 금오를 보지 않은 상황에서도 능히 천지무극을 발출할 수 있었다. 그랬더라면 금오는 꼼짝없이 당하고 말았을 것이다.

그런데 어째서 굳이 눈으로 그녀를 보면서 공격을 한 것인지 모를 일이었다.

타성 때문이다. 무엇이든 눈으로 보고 확인해야만 하는 지극히 속된 나쁜 버릇이 문제였다.

금오는 오룡검법과 적멸기류에 적중되어 상체가 벌집이 된 상태였다.

관통된 일곱 군데 중에서 사혈은 하나도 없었지만, 그 정도면 제아무리 절정고수라고 해도 즉시 쓰러지거나 무기력해져야 정상인 것이다.

더구나 화무린은 그녀의 머리 위에서 공중제비를 돌기 전에 그녀가 뒤로 쓰러지는 광경을 분명히 목격했었다.

그런데 유령처럼 사라져 버린 것이다.

이 치명적인 실수로 인해서 화무린은 한 가지 사실을 깨달았고, 또 한 가지 사실을 기억해 냈다.

예상했던 것보다 금오가 훨씬 더 고강하다는 사실과, 그녀가 지독하게 교활하다는 사실이다.

'반드시 찾아내서 죽여야 한다!'

화무린은 어금니를 힘껏 악물었다.

어머니와 설영, 아령의 원수를 갚는 것도 중요하지만, 금오를 살려둘 경우 나중에는 어느 누구도, 그 무엇으로도 그녀를 감당할 수 없게 될 것이기 때문이다.

설영은 죽기 전에 말했다,

금오는 머지않아서 영세불멸의 존재가 될 것이라고.

第八十七章

영세불멸(永世不滅)

구중천
九重天

화무린이 고개를 돌려 주위를 살펴보려고 할 때,

스르륵—

무언가 부드러운 물체가 그의 목을 슬그머니 그러나 빠르게 휘감았다.

"⋯⋯?"

그가 움찔하며 다급히 그것을 목에서 떼어내려는 순간, 이미 완전히 목에 감겨진 그것은 목이 부러질 정도로 무지막지하게 조여왔다.

"크윽!"

순식간에 그것은 그의 복살 속으로 깊이 파고들더니 점점 더 거세게 조였다.

화무린은 순식간에 얼굴이 새빨갛게 변하고 두 눈이 금방이라도 튀어나올 듯했으며 크게 벌어진 입에서는 혀가 길게 뽑혀져 나왔다.

"끄으으."

무언가 강사(鋼絲) 같은 것이 머리 위에서 늘어져 그의 목을 조이고 있었다.

그는 버둥거리면서 은오검으로 세차게 머리 위를 휘저었다.

카캉!

그러나 은오검이 강철에라도 부딪친 듯 날카로운 소리를 내며 튕겨졌다.

물론 그의 목을 조이고 있는 그것은 잘리지 않았다. 오히려 더욱 거세게 조이고 또 조일 뿐이었다.

후두두.

그때 그의 머리와 몸 위로 뜨거운 액체가 소나기처럼 쏟아져 내렸다.

새빨간 피였다.

화무린이 눈을 한껏 치뜨고 위를 올려다보니 머리 위 이 장높이 허공중에 금오가 우뚝 정지한 채 오른손에 하나의 비단요대(腰帶:허리띠)를 거머잡고는 아래로 팽팽하게 늘어뜨리고 있었다.

그리고 요대의 아래쪽 끝에는 버둥거리고 있는 화무린이 매달려 있었다. 그는 한낱 요대에 목이 조여 사경을 헤매고 있는 것이었다.

그러나 금오가 남아 있는 모든 공력을 쏟아 부은 상태에서의 요대는 더 이상 평범한 요대가 아니라 신병이기나 다름이 없었다.

금오는 지혈을 할 생각도 하지 않았다. 그녀의 상체 칠혈(七穴)에서의 솟아나온 뜨거운 피는 고스란히 화무린의 몸으로 쏟아져 내리고 있었다.

화무린은 금오의 머리 위에서 공중제비를 돌고 난 후에야 천지무극을 발출하는 실수를 저지른 데 이어서 두 번째 실수를 범하고 말았다.

금오가 사라진 것을 알아차렸으면 그 즉시 그녀가 암습해 올 것에 대비를 했어야 하는데도, 도리어 그녀를 찾아내서 발본색원해야 한다고 생각했던 것이 그것이다.

왜 금오가 도주했을 것이라고 생각했을까.

화무린 자신이 그 상황에 처했다고 해도 도주보다는 상대를 암습해서 죽이려 들지 않았겠는가.

원래 위기 뒤에 기회가 찾아온다는 것은 만고불변의 진리가 아닌가 말이다.

화무린은 정신이 가물가물 흐려지기 시작했다. 슬픔이나 고통 때문이 아니라, 순전히 목이 조였다는 것 때문에 흘러나

온 눈물이 그의 시야를 온통 뿌옇게 가렸다.

귀식대법으로 몇 시진 동안이나 숨을 쉬지 않을 수 있는 그였지만 지금 같은 경우는 얘기가 다르다.

목이 졸리면 기류(氣流)와 혈류(血流)가 차단된다. 기와 피가 흐르지 못하면 결국 죽을 수밖에 없다.

이런 상태에서 화무린이 최대한 견딜 수 있는 시간은 최대 반 각 정도다. 그 안에 무슨 조치를 취하지 못한다면 끝장인 것이다.

채채챙! 캉캉!

화무린은 미친 듯이 은오검을 휘둘렀지만 요대는 요지부동이었다.

기가 활발하게 온몸에 돌아야 공력을 모을 수 있는데, 목에서 차단되었기 때문에 그나마 남아 있는 공력도 빠르게 사라져 가고 있는 형편이었다.

한순간 화무린은 은오검을 휘두르는 것을 멈추었다.

그렇다고 포기하고 얌전하게 죽음을 받아들이겠다는 뜻은 아니었다.

요대에는 흠집조차 나지 않는데 부질없이 힘만 낭비하고 있었기 때문이다.

문득 터질 듯이 새빨갛게 충혈된 그의 눈 속에서 흐릿한 빛이 반짝였다.

금오가 목을 조르고만 있을 뿐 다른 공격은 하지 않고 있다는 사실을 깨달은 것이다.

지금과 같은 극심한 고통 속에서는 자칫 간과해 버릴 수도 있는 부분이었다.

금오 같은 괴팍한 성미의 마녀가 달리 공격할 방도가 있는데도 불구하고 굳이 화무린의 숨이 끊어질 때까지 하염없이 기다릴 리가 만무했다.

'금오는 사력을 다하고 있다!'

요대로 목을 조르는 것에 사력을 다하고 있기 때문에 다른 공격을 시도할 여력이 없는 것이다.

화무린은 그 사실을 깨달았다. 그는 눈을 한껏 치뜨고 다시 한 번 금오를 흘겨보며 이번에는 좀 더 그녀를 세밀하게 살피려고 애썼다.

그 결과, 과연 그의 직감은 정확했다.

금오의 얼굴은 창백하다 못해서 푸르스름하게 변해 있었고, 당장이라도 찢어질 듯이 부릅떠진 눈에서도, 악다문 입과 코에서도 검붉은 피가 흘러나오고 있었다.

모르긴 해도 온몸의 구멍 구규(九竅)에서 온통 피를 쏟아내고 있을 터이다.

더구나 공력을 쏟아 붓느라 요대를 잡은 두 손과 몸이 바들바들 격렬하게 떨리고 있었다.

아직 영세불멸의 존재가 아닌 이상, 그토록 극심한 중상을 당한 상태인 금오는 화무린의 목을 끊어버리기 위해서 남아 있는 온몸의 공력 한 움큼까지 요대에 쏟아 붓고 있는 것이 틀림없었다.

그렇다면 화무린으로서는 아직 절망적인 상황이 아니다. 둘 다 사력을 다하고 있기는 마찬가지기 때문에 이럴 때에는 독종이 최후의 승자가 되는 법이다.

그러므로 화무린에게도 마지막 한 가닥의 기회는 남아 있는 셈이다.

'일격을 위해서 마지막 한 방울의 공력까지 모조리 끌어 모아야 한다!'

이런 절박한 상황에서도 화무린의 승부사적인 기질이 유감없이 발휘됐다.

그는 자신의 숨통을 조이고 있는 요대를 잘라 버리는 것으로는 만족할 수가 없었다.

금오의 목을 베어 죽여 버려야만 한다고 생각했다. 그래야만 그녀가 영세불멸의 존재가 되어 삼천계를 시체로 뒤덮고 피로 씻는 것을 막을 수 있을 테니까 말이다.

'제발……'

화무린은 간절하게 기도하는 심정으로 남아 있는 공력을 끌어 모았다.

그러나 공력이 모아지긴 했지만 평소의 삼 할에도 못 미치는 수준이었다.

턱!

그때 화무린은 두 발이 지상에 닿는 것을 느꼈다.

공력이 급속하게 감퇴하고 있는 금오는 더 이상 화무린을 허공중에 매달아둘 수가 없어서 그의 목을 조르는 중에 계속 하강하고 있었던 것이다.

하늘이 화무린을 돕는 것인가?

목에 요대가 묶인 채 추호도 반항하지 못하면서 허공중에 떠 있는 상태, 더구나 공력이 평소의 삼 할밖에 남아 있지 않은 상태에서는 한순간에 허공으로 도약해 오르면서 금오를 공격하는 것이 결코 쉬운 일이 아니었다.

그런 절박한 때에 두 발이 바닥에 닿았으니 천우신조가 아닐 수 없었다.

'지금이다!'

슈욱!

화무린은 두 발이 지상에 닿는 순간 힘껏 땅을 박차면서 약간 비스듬히 치솟았다.

순간 목에 감긴 요대가 가끔 느슨해지는 것이 느껴졌다.

눈 한 번 깜빡이는 사이에 화무린은 금오의 발을 스쳐 오르고 있었다.

솟구쳐 오른 속도가 워낙 빨랐으므로 금오와 수평을 유지한 상태에서 공격을 하면 그녀의 머리 위에서 허탕을 칠 것이기 때문에 지금 시점에서 공격해야만 했다.

그 순간 움찔 놀란 금오가 느슨해진 요대를 두 손으로 붙잡은 채 최후의 공력을 쏟아내고 있는 것을 화무린은 발견하지 못했다.

찰나 요대를 통해서 혈옥강기가 도도하게 흘러와 화무린의 목으로 파고들었다.

"크억!"

그의 얼굴이 금오의 허리께에 이르렀을 때 그는 목이 잘려져 나갈 것 같은 고통을 느꼈다.

그는 천지무극을 발출하려고 공력을 오른팔과 은오검에 잔뜩 주입시킨 상태였지만 고통이 너무도 극심해서 전개할 수가 없었다.

더구나 모아두었던 공력이 순식간에 흩어지고 있었다.

금오의 모습은 처절하다 못해서 끔찍하기 짝이 없었다. 상체에 관통된 일곱 군데를 지혈하지 못해서 피를 너무 흘려 얼굴색이 파랗게 변한 데다, 공력이 흩어지고 있는 중에도 사력을 다해서 공력을 쏟아내고 있었기 때문에 관통된 상처뿐만이 아니라 온몸의 구멍이란 구멍에서 피가 흘러나오고 있었다.

한마디로 소름 끼치는 악마의 모습이었다.

더구나 그녀는 허리를 묶은 요대를 풀어버린 상태라서 상의 앞섶이 활짝 열어젖혀져 알몸인 상체를 고스란히 드러낸 모습이었다.

그러나 그 모습은 뇌쇄적이지도, 요염하지도 않았다.

풍만한 젖가슴 한복판의 앙가슴을 비롯한 일곱 군데 구멍에서 피가 쏟아져 나오는 모습이 어찌 뇌쇄적이며 요염할 수 있겠는가.

그녀가 악착같이 힘을 쓸수록 상처에서는 피가 더욱 콸콸 힘차게 쏟아져 나왔다.

화무린 역시 촌각도 더 버틸 수 없는 상태였다.

요대가 목을 자를 듯이 조르는 것보다, 목을 통해서 주입된 혈옥강기가 빠르게 체내의 혈맥과 기도(氣道)를 파괴하고 있는 것이 그의 목숨을 더 빨리 끊어버릴 것이다.

그때 금오가 악마 같은 모습으로도 모자라서 소름 끼치는 교소를 터뜨렸다.

"깔깔깔깔! 죽어라, 이놈아! 목이 잘라지고 온몸의 뼈와 살이 조각나서 죽어버려라!"

화무린의 눈은 동공이 위로 향한 채 온통 흰자위뿐이었다.

금오에게 여러 차례에 걸쳐서 상처를 입은 데다 그녀의 피를 흠뻑 뒤집어쓴 모습인 화무린 역시 금오와 다를 바 없는 악귀 같은 모습이었다.

그의 몸이 생의 마지막 떨림을 일으키고 있었다.

비명은커녕 신음조차 흘러나오지 않았다.

신기하게도, 생의 마지막 순간에 흰자위뿐인 그의 눈앞에 길지 않은 이십 년 짧은 생애 동안에 만났던 사람들의 모습이 주마등처럼 차례로 떠올랐다가 사라졌다.

흡사 그 순간에는 시간이 정지한 듯했다. 천천히, 오랜 시

간을 두고 그 사람들 모습이 하나씩 지나가면서 말을 건네는
가 하면 웃기도 하고 미소를 짓기도 했다.

그리고 마지막으로 하나의 낯익은 얼굴이 그의 눈앞에 딱
정지했다.

'군아.'

소군이었다.

다른 영상들은 모두 미소를 짓거나 편한 모습이었는데, 유
독 소군만이 슬픈 얼굴로 눈물을 흘리고 있었다.

"정신을 차려요, 내 사랑. 죽지 말아요."

소군이 더욱 슬프게 울며 애원하듯 말했다.

그때였다.

소군의 모습이 흐릿해지면서 그 너머로 한 사람의 모습이
나타났다.

그 역시 낯익은 모습이었다.

'함… 도……'

그렇다. 그는 함도였다.

그런데 왜 함도의 모습이 나타났을까?

그는 소군의 모습을 밀어낼 만큼 화무린에게 중요한 사람
이 아니었다.

화무린은 소군의 모습이 다시 나타나 주기를 원했지만 함
도의 모습만 더욱 뚜렷하게 보일 뿐이었다.

함도는 금오의 머리 위에서 의자에 걸터앉은 듯한 자세를

취하고 두 손으로 움켜쥔 검을 머리 위로 치켜든 채 빠르게 하강하고 있다.

그대로 하강한다면 그의 검이 금오의 머리를 쪼갤 것이다.

그 순간 화무린의 눈이 조금 더 커졌고 눈 위쪽으로 파묻히듯 사라져 가던 동공이 조금 아래로 내려왔다.

그는 함도의 모습이 헛것인지 실제인지 확인하려고 애를 썼다.

"주인님! 정신 차리십시오!"

바로 그때 함도의 전음이 화무린의 귀를, 아니, 뇌를 아련하게 울렸다.

그렇다. 화무린이 보고 있는 함도는 신기루 같은 영상이 아니라 실제의 함도였던 것이다.

함도는 화무린에게 혈옥녀나 금오가 아닌 친누나를 되돌려주겠다는 새로운 임무를 스스로에게 부여한 이후에 암중에서 그녀를 추적했었다.

그 과정에서 화무린을 발견했지만 끝내 모습을 드러내지 않았었다.

그를 만난 반가움보다는 새로운 임무를 완수하여 주인님을 기쁘게 해드리겠다는 각오가 더 컸기 때문이다.

그러나 지금은 모습을 드러내지 않을 수가 없었다. 그동안 여러 차례 화무린이 기적적으로 위기를 넘기는 광경을 지켜봤던 터라 이번에도 그럴 것이라 기대했지만, 상황은 더욱 악화될 뿐 기적은 일어나지 않을 듯했다.

함도가 보기에 화무린과 금오의 싸움은 말 그대로 용과 호랑이의 싸움[龍拏虎擲]이었다.

구중천에서 제법 쓸 만한 검법을 배운 함도는 그동안 강호를 종횡하며 적수를 찾아보기 어려웠으나, 화무린과 금오의 싸움에는 명패조차 내밀지 못할 수준이었다.

그러나 금오가 극심한 중상을 입은 상태에서도 화무린에게 공격을 퍼붓고 있는 지금 같은 상황에서는 자신도 한 몫을 거들 수 있을 것이라고 판단한 것이다.

쐐애액!

금오의 머리 위 이 장 거리까지 하강한 함도는 금오의 정수리를 향해 전력으로 검을 그어 내렸다.

만신창이가 된 금오라고 해도 함도 정도 수준의 고수가 가해오는 공격을 감지하지 못할 정도는 아니었다.

현재 그녀의 몸 주위에는 호령강이 쳐져 있기는 하지만 너무 약해서 웬만한 공력이면 여지없이 깨져 버리고 말 것이다.

그녀로서는 화무린을 죽이는 것도 중요하지만 자신의 목숨을 지키는 것이 더 중요했다.

함도가 뿜어낸 검기의 날카로운 예기를 정수리에서 느끼면서도 금오는 화무린에게서 손을 거두지 않았다.

미련 때문이었다. 정말이지 그녀는 화무린을 너무나도 죽이고 싶었다.

그래서 그녀는 욕심을 내보기로 했다.

오른손으로는 여전히 요대를 잡은 채 왼손으로 함도를 격퇴시키자는 것이었다.

그녀가 보기에 화무린은 눈 두어 번 깜빡일 시간이면 숨이 끊어질 것 같았다.

생각은 짧았고, 행동은 그보다 더 짧았다.

그녀의 왼손이 재빨리 머리 위로 향하며 천마혈옥강을 뿜어냈다.

휘잉!

하지만 정작 발출된 것은 그저 평범한 장력이었다. 그녀가 현재 지니고 있는 공력은 천마혈옥강을 전개하기에는 턱없이 부족했던 것이다.

더구나 결정적인 계산 착오는 화무린의 목을 조이고 있는 요대에서 일어났다.

금오가 함도에게 일장을 공격하느라 비록 미세하긴 하지만 요대의 힘이 한순간 느슨해진 것이다.

함도의 검기는 금오의 정수리에 도달하지 못했다. 그전에 금오가 발출한 장력이 그의 옆구리에 적중됐다.

퍼억!

"흐윽!"

함도는 답답한 신음을 흘리면서 허공으로 일 장가량 튕겨져 올랐다.

평소의 금오에게 일장을 적중당했으면 함도의 온몸이 산산조각이 나며 즉사했겠지만 지금은 그저 내장이 흔들리는 정도에 그쳤다.

금오는 재빨리 왼손을 내려 다시 요대를 잡았다. 그녀가 함도를 공격하고 다시 요대를 잡은 순간은 눈을 반쯤 깜빡거릴 만큼 극히 찰나지간이었다.

그러나 그 찰나지간이 운명을 바꾸어놓고 말았다.

지금 금오가 눈앞에 보고 있는 것은 죽어가고 있는 화무린의 얼굴이 아니었다.

분노와 살기로 일그러진 얼굴과, 한 자루의 번쩍이는 금빛 검 무극금검이었다.

뿌악!

"아악!"

무극금검이 금오의 복부에 적중되는 순간 부서져 찬란한 금광을 흩뿌려 냈다.

그와 함께 금오는 처절한 비명을 터뜨리면서 뒤로 쏜살같이 튕겨져 날아갔다.

그녀로서는 무공을 배운 이래 최초로 터뜨리는 비명이었다.

쿵!

화무린의 두 발이 지상에 묵직하게 닿았다.

그는 오른손에 은오검을 힘껏 움켜쥔 채 철탑처럼 우뚝 서서 미동도 하지 않았다.

"주인님!"

일장을 맞고 날아갔던 함도가 급히 화무린 앞에 내려서며 다급한 외침을 터뜨렸다.

"괜찮으십니까?"

그는 핏발이 곤두선 두 눈을 부릅뜨고 있는 화무린을 보며 조심스럽게 물었다.

그러나 화무린은 입을 악다문 채 대답하지 않았다.

"주인님!"

함도는 움찔 놀라 다시 화무린을 불렀지만 여전히 대답이 없었다.

순간 함도의 머리를 스치는 것이 있었다.

'혼절하셨다!'

함도는 원래 교활한 성품이었다. 사실 교활함과 총명함은 종잇장 한 장의 차이일 뿐이다. 선량한 사람을 해치고 자신의 이익만을 구하면 교활함이고, 자신과 이웃의 안녕을 위한다면 총명함인 것이다.

그런 그가 화무린을 주인으로 모시고부터는 성품이 완전히 변했다.

자신의 이익을 구하지 않는 것은 물론이고, 남의 일에 일체 간섭하지 않았다.

그러나 화무린을 위해서라면 남의 소상묘라도 피혜칠 각

오가 되어 있었다.

함도가 볼 때 화무린은 혼절한 것이 분명했다. 그러면서도 꼿꼿하게 선 채 눈을 부릅뜨고 있는 이유는, 혼절을 하면서까지도 금오를 경계했기 때문인 것 같았다.

그의 짐작은 정확했다. 화무린은 마지막 순간에 금오에게 사력을 다해 천지무극을 발출하고 나서 하강하며 금오가 다시 공격할지도 모른다는 극도의 강박에 빠진 채 정신을 잃기 시작했고, 두 발이 땅에 닿는 순간 죽음 같은 끝없는 혼절의 나락으로 떨어지고 만 것이다.

그러면서도 끝내 움켜쥐고 있는 은오검을 놓지 않았고 두 눈을 한껏 부릅떴다.

그때 함도가 화무린에게 깊숙이 허리를 굽히며 공손히 입을 열었다.

"분부 말씀은 잘 알겠습니다마는, 곧 수십 명의 구중천 고수들이 이곳에 당도할 것이므로 구태여 주인님께서 몸소 나서서 금오를 찾을 필요는 없을 것 같습니다. 부디 잠시 동안만이라도 쉬십시오, 주인님."

이어서 그는 손을 입에 대고 허공을 향해 길게 휘파람을 불어댔다.

삐이익~

마치 방금 말한 수십 명의 구중천 고수들에게 자신들의 위치를 알려주기라도 하듯.

그의 그런 임기응변은 실로 시기적절했다.

그는 추호도 느끼지 못했지만, 두 사람이 있는 곳에서 칠팔 장쯤 떨어진 곳 어느 나무 뒤에 숨어 있던 하나의 그림자가 줄곧 이쪽을 주시하고 있다가 함도가 휘파람을 분 직후 소리 없이 사라져 갔다.

그림자는 온몸에서 피를 흘리고 있었는데, 경공을 펼쳐 나무에 이리저리 부딪치면서 달리며 이를 부드득 갈았다.

"지금 이 순간부터 내 목표는 삼천계 일통에 앞서 네놈을 천참만륙으로 찢어 죽이는 것이다!"

운명은 비극으로 치닫고 있는 중이었다.

함도가 혼절한 화무린을 업고 산중을 달리다가 제일 먼저 발견한 사람들은 은둔해 있던 윤학과 철심협개, 무아 선사 일행이었다.

그들이 원래부터 화무린에게서 멀리 떨어지지 않은 곳에 있었기 때문이었는데, 함도로서는 운이 좋았다.

함도가 은둔해 있던 그들을 찾아내는 것은 그리 어려운 일이 아니었다.

그들 딴에는 꼭꼭 숨는다고 했는데도 함도가 보기에는 어설프기 짝이 없었다.

함도는 그들이 대략 몇 명이며, 누가 어디에 숨어 있다는 것까지 훤히 파악한 후에 그들의 눈에 가장 잘 띄는 야트막한 언덕 위에 우뚝 서서 나직이 외쳤다.

"내가 업고 있는 분을 알아보거든 모습을 나타내고, 아니라면 그대로 있어라."

그는 화무린과 아버지 이외의 사람에게 존대를 사용해 본 적이 없었다.

그의 말이 끝나기 무섭게 주위에 은둔해 있던 백육십이 명이 와르르 쏟아져 나와 그를 겹겹이 포위했다.

차차창!

함도를 가장 가깝게 포위한 사람들은 윤학과 네 명의 당주, 그리고 철심협개와 무아 선사, 악소와 당쾌였다.

그들은 일제히 무기를 뽑아 함도에게 겨누면서도 그의 등에 업힌 화무린을 살피느라 여념이 없었다.

"당장 장주를 내려놓으시오!"

나직이 외친 사람은 두 눈에서 살벌한 안광을 뿜어내고 있는 윤학이었다.

함도는 윤학을 보며 무표정하게 입을 열었다.

"너는 경무장 제자냐?"

윤학이 화무린을 장주라고 불렀기 때문에 그를 경무장 제자라고 여긴 것이다.

"그렇소. 당신은 누구기에 장주를 업고 있는 것이오?"

"나는 이분의 종이다."

윤학 등의 표정이 크게 변했다. 화무린의 심복이라고 자부하고 있는 그들이지만 화무린에게 종이 있다는 말은 들어본 적이 없었기 때문이다.

경험이 풍부한 철심협개는 함도가 외모는 괴이하고 으스스한 모습이지만, 화무린을 업고 여기까지 온 것을 봐서는 나쁜 사람이 아니라고 판단했다.

"우선 그를 내려놓는 것이 어떻겠소?"

함도는 철심협개의 말에는 대꾸조차 하지 않고 윤학에게 성큼성큼 걸어가서 화무린을 넘겨주었다. 화무린이 경무장주의 신분인 것을 알기 때문이었다.

함도는 윤학이 조심스럽게 화무린을 마른풀 위에 눕히는 것을 보며 주의를 주었다.

"섣불리 주인님을 치료하려 들지 마라."

중인은 그제야 화무린의 모습을 제대로 볼 수가 있었다.

그는 얼굴과 온몸에 피를 뒤집어쓴 끔찍한 혈인의 모습을 하고 있었다.

겉으로 보기에 그가 입은 상처는 어깨가 관통된 것과 목둘레에 시퍼런 멍이 든 자국뿐이었다.

그렇지만 철심협개와 무아 선사는 그의 호흡이 고르지 않은 데다 피가 묻지 않은 부위가 창백하다 못해서 분을 바른 것처럼 흰 것을 보고 심각한 내상을 입었음을 깨달았다.

일행들에게 은둔해 있으라고 이르고는 이곳을 떠나 반나절 만에 자칭 종이라는 인물에게 업혀서 돌아온 화무린의 처참한 모습을 본 중인은 경악을 금치 못했다.

"도대체 어떻게 된 것이오? 장주께서 누구와 싸우셨소?"

윤학이 화무린에게서 시선을 떼지 않은 채 초조한 표정으로 물었다.

"주인님께선 금오와 오랫동안 싸우셨다."

"금오가 누구요?"

"혈옥녀다."

함도의 조용한 대답에 모두의 안색이 급변했다. 그러나 그들은 함도의 다음 말에 더욱 놀라야만 했다.

"혈옥녀는 예전보다 두 배 이상 강해졌다. 흡성마극이라는 마공으로 수하들의 공력을 흡수했기 때문이지."

"흡성마극······."

사람들은 흡성마극이라는 무공은 처음 듣지만 함도의 설명도 그렇고, 그 이름만으로도 상대의 공력을 흡수하는 마공이라는 것을 짐작할 수가 있었다.

"혈옥녀는 어디에 있소?"

철심협개가 초조한 표정으로 물었다.

"겨우 목숨만 부지한 채 도망쳤다."

그가 조금 의기양양한 어조로 말하자 사람들의 얼굴에 믿기 어렵다는 표정이 가득 떠올랐다.

그러나 함도를 보고는 믿을 수밖에 없었다. 그의 절대무심의 표정과 온몸에서 풍기는 으스스함으로 미루어 결코 거짓

말을 할 사람이 아니라는 것을 느낀 것이다.

모두의 얼굴에 대경실색이 가득 떠올랐다.

이곳에 있는 거의 모든 사람들은 '묘봉산대혈전'에 참가했었기 때문에 혈옥녀가 얼마나 무서운 존재인지 너무도 잘 알고 있었다.

그런데 함도의 말에 의하면, 혈옥녀는 흡성마극이라는 마공으로 예전보다 두 배 이상 고강해진 상태라고 한다.

그런 혈옥녀와 화무린이 일 대 일로 싸워서 양패구상을 했으니 어찌 놀라지 않겠는가.

중인은 화무린의 무공이 자신들이 상상하고 있던 것보다 훨씬 높다는 사실을 알게 되었다.

중인은 반듯하게 눕혀져 있는 화무린을 더없는 존경과 경외심, 그리고 염려의 표정으로 바라볼 뿐 아무도 입을 열지 않았다.

화무린이 몹시 다친 것 같아 어떻게든 손을 써야 마땅했지만, 방금 전에 함도가 함부로 치료하지 말라고 엄포를 놓았던 터라 쳐다보고만 있을 뿐이었다.

그때 무아 선사가 조심스럽게 화무린의 손목 촌관척을 잡고 진맥을 시작했다.

함도는 그가 단지 진맥만을 하려는 것을 짐작하고는 묵묵히 지켜보기만 했다.

무아 선사가 의술에 일가견이 있다는 것은 알 만한 사람들은 다 알고 있는 사실이었다.

윤학을 위시한 모든 사람들이 긴장된 표정으로 무아 선사를 주시했다.

그런데 진맥을 하는 무아 선사의 얼굴이 수시로 변했다.

처음에는 모호한 표정이더니 점차 놀라움으로 바뀌었고, 마침내 손목을 놓을 때는 나직한 불호를 터뜨렸다.

"아미타불… 화 시주는 화타나 편작이 환생을 한다고 해도 속수무책일 정도로 극심한 내상을 입은 상태요. 이 지경이 되고도 살아 있다는 사실이 놀라울 정도외다."

그의 몹시 감탄하는 표정과 그가 말한 회의적인 내용은 극심한 부조화를 이루고 있었다.

"그런데 화 시주가 지니고 있는 본신진기가 내상을 스스로 치료하고 있소. 그것도 아주 빠르게."

설명하고 있는 무아 선사도, 듣고 있는 사람들도 경악을 금치 못했다.

화무린이 예전보다 두 배나 강해진 혈옥녀와 싸워서 양패구상을 당했다는 사실도 경악할 일인데, 거의 시체나 다름이 없는 그가 혼절한 상태에서도 본신진기로 내상을 치료하고 있다니 혀를 빼물고 졸도할 일이었다.

사실 함도는 이곳에 오기 전에 화무린을 치료하려고 시도를 해보았다.

그러나 그 역시 방금 무아 선사처럼 화무린이 혼절 상태에서도 스스로 치료한다는 사실을 깨닫고는 손을 떼고 말았다.

섣불리 치료를 한답시고 잘못 손을 댔다가 오히려 잘못될까 봐 겁이 나기도 했다.

"너, 주인님을 잘 모셔라."

그때 함도가 윤학에게 불쑥 명령조로 말했다.

그래도 윤학은 조금도 기분이 나쁘지 않았다. 함도가 화무린의 종이라면 한 식구나 다름이 없다. 그런데다 그가 무뚝뚝하고 무례하게 굴기는 해도 악한 성품이 아니라는 것을 간파했기 때문이다.

"당신은 장주 곁에 있지 않을 것이오?"

"내겐 임무가 있다."

함도가 떠나려는 몸짓을 하자 철심협개가 급히 물었다.

"혈옥녀는 어느 방향으로 갔소?"

"무엇 때문에 알려는 것이냐?"

하오문주인 함도의 아버지 함중이 자신의 아들이 지금 개방의 방주에게 하고 있는 언행을 봤다가는 거품을 물고 혼절을 할 것이 분명하다.

"그녀가 중상을 입었다면 추격해서 죽여야 마땅하오. 더구나 그녀는 앞으로 흡성마극이라는 것으로……."

"헛소리! 금오가 비록 다 죽어간다고 해도 너희들 전부를 죽이는 것은 손바닥을 뒤집는 것보다 간단할 것이다!"

모두들 불쾌한 기색이 역력했지만 금오가 얼마나 무서운 존재인지 눈으로 똑똑히 목격했던 터라서 아무도 반박하지 못했다.

함도는 싸늘한 미소를 입가에 떠올리며 못을 박았다.

"천하에서 금오와 천녀황을 죽일 수 있는 능력을 갖고 있는 사람은 주인님 한 분뿐이시다. 너희는 그저……."

"시끄럽다, 함도."

그때 들려온 꺼질 듯 흐릿한 목소리가 함도의 말을 잘랐다.

순간 함도를 비롯한 모든 사람의 시선이 일제히 한곳으로 집중됐다.

그러나 그들은 곧 어리둥절해졌다. 방금 그 목소리는 화무린이 분명했는데 그는 여전히 눈을 감고 있었다.

"주인님!"

함도는 급히 화무린의 발치에 무릎을 꿇으며 만면에 기쁜 표정을 가득 떠올렸다.

태어나서 한 번도 웃어본 적이 없을 것 같은 함도가 그런 표정을 짓는 것을 보고 사람들은 그가 얼마나 화무린을 충심으로 따르는지 어렵지 않게 짐작할 수 있었다.

"장주께서 당신에게 하실 말씀이 있으신 듯하오."

줄곧 화무린 곁에 앉아서 그를 지키고 있던 윤학이 함도에게 말하자 함도는 급히 무릎걸음으로 윤학의 맞은편 화무린의 곁으로 다가왔다.

화무린이 나타난 이후 윤학과 네 명의 당주는 한시도 그에게서 시선을 떼지 않고 있었다.

함도는 공손히 머리를 조아렸다.

"주인님, 하명하십시오."

그러자 화무린이 눈을 감은 채 나직이 중얼거렸다.

"아까 그곳으로 가서 영 이모의 시신을 수습해 오너라."

그의 음성은 조용했지만 또렷했다. 사경을 헤매는 사람의 말이라고는 믿기 어려웠다.

그는 자신과 금오의 싸움을 함도가 줄곧 지켜보고 있었다고 판단했다.

물론 그는 금오와 싸우는 내내 함도의 존재를 까맣게 모르고 있었다. 함도가 숨으려고 들면 오직 신만이 그를 찾아낼 수 있을 것이다.

"명을 받듭니다."

"이후, 마련의 총련으로 가서 한 사람을 구해오너라."

"소인은……."

함도는 머뭇거렸다.

그는 금오의 마성을 없앤 후 화무린 곁으로 돌려보내겠다는 새로운 임무를 스스로에게 부여한 상태라서 화무린이 명령을 거두어주기를 원했다.

"금오는 반드시 죽여야 한다."

화무린은 여전히 눈을 감은 채 말했다. 하지만 말의 내용과는 달리 그의 얼굴에는 추호의 분노도 떠올라 있지 않았다. 분노가 극에 달해 오히려 평온해진 것이리라. 그는 담담하게 말을 이었다.

"너는 더 이상 금오에게 신경 쓰지 마라."

"하오면 소인이 구할 사람은 누굽니까?"

"그녀는……."

화무린의 말끝이 흐려졌다. 소군을 어떻게 설명해야 할지 즉시 생각나지 않았다.

그때 윤학이 함도를 보고 진중히 말했다.

"은오정녀라는 별호를 들어보셨소?"

함도는 퍼뜩 정신을 차렸다. 그는 적잖이 놀라는 표정으로 화무린을 쳐다보았다.

"그분이 마련 총련에 계십니까?"

자하악전 이후 천하에 파다하게 퍼진 은오검객과 은오정녀에 대한 소문을 함도라고 모를 리 없다.

"그녀를 데리고 오너라."

함도는 공손히 이마를 바닥에 붙였다.

"주인님, 부디 옥체 보중하십시오."

다음 순간 사람들은 깜짝 놀랐다. 함도의 모습이 흔적도 없이 사라진 것이다.

심지어 화무린을 사이에 두고 함도 맞은편에 앉아 있던 윤학조차도 그가 언제 사라졌는지 보지 못했다.

그저 눈앞에 있는 함도의 모습이 흐릿해지는 것만 얼핏 봤을 뿐이었다.

"선사, 방주."

사람들이 주위를 두리번거리면서 함도를 찾고 있을 때 화무린이 무아 선사와 철심협개를 불렀다.

근처에 있던 무아 선사와 철심협개는 즉시 화무린 가까이로 다가왔다.

화무린은 여전히 눈을 뜨지 않았다. 아니, 뜰 수가 없었다. 목이 얼마나 심하게 조였는지 두 눈이 튀어나올 것 같았었는데, 그 충격이 아직도 지속되고 있었다.

"윤 총관, 사당주와 두 분만 남기고 주위를 물려주게."

윤학은 화무린이 자신을 부르자 이상하게 가슴이 찌르르했다.

잠시 후, 주위를 모두 물린 후 윤학이 공손히 보고했다.

"말씀하십시오, 장주."

화무린은 한시바삐 운공하여 내상을 치료하는 것이 급했으나 그보다 더 급한 일이 있었다.

"지금부터 내가 하는 말을 잘 듣고 의견을 말해주시오."

금오와 싸우다가 중상을 입은 상태로 돌아온 화무린이 치료하는 것도 뒤로 미룬 채 급히 해야 하는 말이라면 보통 중차대한 일이 아닐 터이다.

화무린 주위에 모인 일곱 사람은 아연 긴장하여 그의 다음 말을 기다렸다.

"구중천주는 함정에 빠졌소."

그렇게 놀라운 서두를 꺼낸 화무린은 자신이 직접 목격한 것과 천신녀 설영에게 들은 얘기들을 종합하여 간략하게 설명해 주었다.

철심협개와 무아 선사, 윤학과 네 당주의 놀라움은 이만저만한 것이 아니었다.

얼마 전에 봉선은 구중천주 일행이 천녀황의 추적을 완전히 따돌렸다는 내용이 담긴 창천제의 전서구를 받았으며, 그래서 모두들 크게 한시름을 놓고 있었다.

그런데 화무린의 말에 의하면 어이없게도 그것이 구중천과 천중인계를 한꺼번에 몰살시키려는 천녀황의 감쪽같은 함정이라는 것이 아닌가.

천녀황이 이끄는 천외무적군 전체 십오만 명이 구중천주 일행을 총공격한다고 하니 하늘이 무너지는 충격도 이보다는 덜할 터이다.

"음! 그렇다면 천녀황과 천외무적군이 이미 총공격을 개시했는지도 모르겠구려."

철심협개가 더없이 착잡한 어조로 무겁게 중얼거렸다.

구중천주와 구중천 고수들, 그리고 무림 군웅들이 천녀황과 십오만 천외무적군에게 무참히 도륙당하는 광경이 모두의 눈에 선하게 떠올랐다.

슥―

그때 화무린이 눈을 뜨고 천천히 일어나 앉았다.

금오에게 목이 졸렸던 때로부터 한 시진 정도 지났기 때문에 조금 회복이 된 상태였다.

"장주! 괜찮으십니까?"

윤학이 기쁜 표정으로 급히 물었다. 그와 네 당주에겐 삼천계가 종말을 고하는 것보다 화무린의 안위가 더 큰 관심사인 듯했다.

물론 철심협개와 무아 선사도 크게 기뻐했다. 그러면서도 사경을 헤매던 그가 태연히 일어났다는 것에 또다시 놀라움과 감탄을 금치 못했다.

"천녀황은 아직 총공격을 하지 않았을 것이오."

화무린의 말에 모두들 적잖이 놀라는데, 무아 선사가 조심스럽게 물었다.

"아미타불… 화 시주께선 무언가 짚이는 바라도 있으시오?"

무아 선사와 철심협개는 쟁쟁한 소림사와 개방의 수좌라는 지고한 신분이면서도 일개 시골의 소문파 경무장 장주인 화무린을 매우 어려워했다.

어떻게 보면 두 명의 무림명숙이 화무린에게 보이는 예의는 자못 자신들의 윗사람을 대하는 듯한 분위기를 풍기기까지 했다.

그런 모습을 보면서 윤학과 네 당주는 가슴이 터질 듯한 자부심 때문에 자신들도 모르게 어깨와 아랫배에 힘이 불끈 들어갔다.

화무린은 책상다리로 자세를 고쳐 앉으며 조용히 말문을 열었다.

"금오가 변수로 등장했기 때문이오."

이어서 그는 금오가 이끄는 천외무적군 일만여 정예 고수들을 발견한 것을 시작으로, 금오에게 발각되어 쫓기다 몇 차례 싸움이 벌어진 것, 금오의 공력이 두 배 이상 급증하게 된 경위, 마지막 싸움에서 양패구상을 했다는 것 등을 간략하게 설명해 주었다.

듣고 있는 사람들에게는 그의 말 한마디 한마디가 전부 놀라움 투성이였다.

화무린은 다시 천외신계의 가공할 절학인 천외오신극에 대해서도 설명했다.

혈옥녀가 초마지경에 이르러 스스로 학습하고 진화하는 과정에서 이신극 흡성마극으로 공력을 급증시켰으며, 스스로를 '금오'라고 칭하며 삼천계 일통을 목표로 삼았다는 것도 말해주었다.

그러나 금오가 자신의 친누나라는 것, 천녀황의 동생인 천신녀 설영이 자신의 이모라는 것, 그녀를 만났으며 그녀에게 공력을 받은 것, 자신의 신분이 천상성계 성존의 친아들이라는 것 등은 말하지 않았다.

무엇이 두려워서도, 께름칙해서도 아니었다. 다만, 지금은 그것에 대한 충격이 너무 크기 때문에 아무 말도 하고 싶지 않았다.

화무린이 모든 설명을 끝내자 좌중에는 납덩이처럼 무거운 침묵이 깔렸다.

잠시 후 철심협개가 화무린에게 나직이 물었다.

"그러니까 화 장주는 혈옥녀, 아니, 금오가 일만여 천외무적군을 이끌고 천녀황과 합류하지 않을 것이기 때문에 그들의 총공격이 잠시 지연될 것이라고 내다보고 있는 것이오?"

그는 얼마 전부터 화무린을 '화 장주'라고 호칭했다.

"그렇소."

"그래 봐야 잠시뿐이지 않겠소?"

철심협개는 다분히 회의적인 표정을 지었다.

금오와 일만여 천외무적군이 합류하지 않는다고 해도 천녀황이 십사만 천외무적군으로 구중천주 일행을 총공격하는 것은 변함이 없을 것이라는 뜻이었다.

화무린은 윤학에게 시선을 주었다.

"자네도 그렇게 생각하나?"

윤학은 공손히 고개를 숙였다.

"구중천주 일행이 헌게 천녀황에게 공격을 당하고 있다는 것과 조만간 공격을 당하게 될 것이라는 사실은 큰 차이가 있는 듯합니다."

"어째서 그렇지?"

윤학은 막힘없이 대답했다.

"구중천주 일행을 한 척의 배라고 비유한다면, 이미 공격을 당하고 있다는 것은 배에 구멍이 뚫려 버린 상태라는 것이고, 공격당하기 전이라면 배에 구멍이 뚫리기 전이라고 할 수 있겠지요."

철심협개는 나직이 아! 하는 신음 소리를 내며 놀라는 표정을 지었다.

윤학의 말이 백 번 옳았다. 배에 이미 구멍이 뚫린 것과 뚫리지 않은 것의 차이는 매우 크다고 할 수 있다.

가라앉고 있는 배는 속수무책이다. 하지만 구멍이 뚫리기 전의 상황이라면 침몰하지 않도록 모든 수단과 방법을 다 동원할 수도 있다.

비록 머지않아서 그 배에 구멍이 뚫릴 것이라고 해도, 그 사실을 미리 알고 있다면 최소한 몇 가지 조치 정도는 취해볼 수 있지 않겠는가.

사실은 무아 선사도 철심협개처럼 낙담하고 있다가 윤학의 말을 듣고 크게 깨달았다.

그러나 두 사람은 윤학에게 부끄러움을 느끼지는 않았다.

성현 공자(孔子)도 시골 아낙에게 구슬 꿰는 법을 배웠다고 하지 않았던가[孔子穿珠].

제자의 출중함은 사부가 칭송을 듣는 법이다. 윤학 등은 화무린의 제자나 다름이 없다. 그러므로 철심협개와 무아 선사는 윤학을 잘 가르친 화무린을 또다시 감탄 어린 표정으로 바라볼 따름이었다.

화무린은 철심협개에게 조용히 부탁했다.

"방주께선 즉시 구중천주에게 전서구를 보내도록 하시오."

아둔패기도 총명한 사람과 어울리면 총명해지게 마련이다. 하물며 경륜이 풍부한 철심협개는 두말할 나위도 없다. 그는 기대 어린 표정으로 화무린에게 물었다.

"화 장주께 무슨 복안이 있는 듯한데, 말씀해 주시면 그대로 적어서 보내리다."

화무린은 가볍게 고개를 끄덕였다.

"한 가지 방법을 생각해 두긴 했소."

第八十八章

마련에 부는 바람

구중천
九重天

호북(湖北)과 사천(四川)에 걸쳐서 남북 천여 리, 동서 칠팔
백여 리로 뻗어 있는 대산맥이 대파산(大巴山)이다.

대파산 남쪽 무산(巫山)과의 접경 지역에 거대하게 솟아 있
는 암봉(巖峰) 조운정(鳥雲頂) 동쪽 깊은 골짜기에 마련의 총
련이 자리를 잡고 있다.

마치 북경의 자금성을 그곳으로 고스란히 옮겨놓은 듯한
어마어마한 규모였다.

높은 전각은 십여 층이나 되고, 너비가 백여 장 이상 되는
전각들이 폭 십여 리, 길이 이십오 리나 되는 골짜기에 빼곡
하게 들어차 있는 광경은 가히 상관을 이루고 있었다.

이곳이 바로 천하마도의 총본산인 마련의 총련이다.

절정신마(絶頂神魔) 형강(亨岡)은 잔뜩 눈살을 찌푸렸다.

마련의 절대신 총련주에게는 세 명의 충직한 심복이며 마련 제이위의 인물들이 있는데, 그들이 바로 마신삼왕(魔神三王)이다.

절정신마라는 별호는 강호에서 얻은 것이고, 형강은 마신삼왕 중 한 명이며 마련의 정식 신분은 번창왕(繙槍王)이다.

형강은 자신이 앉아 있는 태사의 앞쪽 단하 바닥에 횡렬로 나란히 부복해 있는 아홉 명을 굽어보며 방금 전보다 더욱 미간을 좁히며 나직이 중얼거렸다.

"네놈들이 방금 내뱉은 말들은 총련주에 대한 반란이다. 죽을 각오는 됐느냐?"

아홉 명은 부복하여 이마를 바닥에 댄 채 미동조차 하지 않았다.

드넓은 대전에는 단상의 태사의에 앉은 형강과 단하에 부복한 아홉 명뿐이었다.

탁!

"왜 대답이 없느냐? 목숨이 아까운 게냐?"

형강은 팔걸이를 가볍게 내려치며 나직이 호통을 쳤다.

그러자 부복한 아홉 명 중에 복판의 인물이 고개를 들어 형강을 우러르며 진중하게 입을 열었다.

"번창왕님, 속하들이 목숨이 아까웠다면 감히 이런 말씀을 드리겠습니까?"

형강은 냉엄한 얼굴로 꾸짖듯이 물었다.

"네놈들이 이런 반란을 꾸민 이유가 무엇이냐?"

마신삼왕은 각기 내련(內聯), 외련(外聯), 무련(武聯)을 맡고 있으며, 각자의 휘하에는 삼패(三覇), 구로(九路), 이십칠단(二十七壇)을 두고 있다.

마련 전체로 치면 구패, 이십칠로, 팔십일단을 거느리고 있는 셈이다.

부복해 있는 아홉 명은 마신삼왕의 심복들인 구패다.

즉, 마련 서열 삼위이며 마신삼왕 휘하에 세 명씩 있는 그들 아홉 명이 모두 이곳에 모여 있는 것이다.

그들은 마련 휘하 일만 명의 마고수(魔高手)들을 이끄는 실세들이기도 했다.

부복한 아홉 명 중 복판에서 고개를 들고 있는 인물은 무련을 관장하고 있는 번창왕의 직속 삼패 중에 일패 도운월(刀雲月)이다.

그는 네모 각진 턱에 짧고 검은 수염을 기른 사십대 초반의 나이였으며, 고리눈에 형형한 눈빛을 지닌 위풍당당한 외모의 소유자였다.

도운월은 직속 상전인 번창왕 형강을 우러러보면서 자신의 외모와는 어울리지 않게 간곡한 표정으로 말을 이었다.

"번창왕님, 본 련에 대한 속하들의 충성심은 추호도 변함이 없습니다. 다만 당금 천하에 휘몰아치고 있는 대혈겁 때문에 속하들끼리 모여서 뜻을 하나로 뭉친 것입니다."

도운월의 우직한 얼굴에 떠올라 있던 간곡함에 안타까운 표정이 덧씌워졌다.

"정보에 의하면 구중천과 천하의 무림 군웅들이 하나로 뭉쳐서 생사혈맹(生死血盟)을 발족한 상태며, 머지않아서 천외신계와 전무후무한 대혈전을 벌일 것이라고 합니다."

도운월은 말하면서 상체를 꼿꼿하게 세웠다. 잘록한 허리와 딱 벌어진 어깨에서 사나이의 기개가 넘실거렸다.

자하악전 이후 안국현에 운집한 무림 군웅과 구중천을 주축으로 모인 무림 군웅을 통틀어 천하의 일각에서 누군가 '생사혈맹'이라고 부르더니 오래지 않아서 그 이름이 굳어지며 천하에 파다하게 퍼졌다.

"천하 방방곡곡에서 칼을 쥔 자들은 모조리 생사혈맹에 모여들었답니다. 하다못해 무공을 모르는 농군이나 어부, 장사치들, 노인과 어린 소년들까지도 천하를 구하겠다는 일념으로 낫과 괭이를 들고 모였다는 것입니다. 그래서 생사혈맹 측에서는 그들을 설득하여 돌려보내느라 애를 먹고 있다는 소문도 들립니다."

그의 말은 전부 사실이었다. 그리고 형강도 그런 정보를 시시각각 보고받고 있었다.

도운월은 참담한 표정으로 형강을 바라보았다.

"그렇게 모여든 생사혈맹의 총인원은 현재 십오만 명을 육박한다고 하는데, 그들 중에서 천외신계와 싸울 능력이 되는 자는 삼분의 일에 불과하고 나머지는 그저 칼이나 주먹을 겨우 휘두를 줄 아는 정도라는 것입니다."

도운월은 말하는 도중에 의분이 들끓어 목소리가 점차 높아지며 흥분을 감추지 못했다.

"지금 천하의 웬만한 성읍이나 현, 마을에는 그 흔한 하오문도들이나 건달, 각다귀 패거리조차 눈을 씻고 찾아봐도 없다고 합니다! 왜 그런지 아십니까? 그 쓰레기 같은 놈들도 천하를 구한답시고 모조리 생사혈맹으로 모여들었기 때문에 천하 곳곳의 거리가 텅 비었다는 것입니다! 그들과 농군, 장사치 따위들은 생사혈맹 측에서 아무리 설득을 하고 내쫓아도 가지 않고 천외신계와 싸울 때 방패막이로라도 써달라고 생떼를 부리고 있다는 겁니다!"

우직한 도운월이 지금처럼 많은 말을 하는 것을 형강은 처음 보았다.

도운월이 말한 내용 역시 형강도 잘 알고 있는 사실이었다. 그러나 의분에 가득 찬 도운월의 말을 듣고 있는 그의 표정은 돌처럼 굳은 채 변함이 없었다.

쿵!

도운월은 주먹을 쥐고 청석 바닥을 힘껏 내리찍으며 외치듯이 말했다.

"말씀해 보십시오, 번창왕님! 정말 속하들이 하오문도나 각다귀 패거리만도 못한 존재입니까? 그런 쓰레기들도 풍전 등화에 처한 천하를 구하겠다면서 자신들을 방패막이로 써달라는데, 우린 이게 대체 뭡니까?"

도운월의 이글거리는 두 눈에서 굵은 눈물이 후드득 떨어져 내렸다.

그것은 수치심이나 열등감에서 나온 것이 아닌 의분(義憤)의 눈물이었다.

어느덧 다른 여덟 명도 고개를 들어 형강을 쳐다보는데, 그들 역시 눈물을 뚝뚝 흘리거나 의분으로 얼굴이 붉게 달아올라 있었다.

이들 아홉 명 마련구패(魔聯九覇)는 저 유명한 은오검객이 승리로 이끈 '자하악전'의 소문을 접한 직후부터 의혈이 들끓어서 밤잠을 이루지 못하고 들먹이다가 결국 자신들도 천외신계를 격퇴시키는 일에 목숨을 바치고 싶다는 쪽으로 뜻을 모았다.

그리고는 기다렸다. 마련도 천하무림의 한 축(軸)을 지탱하고 있는 마의 본산으로서 당연히 천외신계와의 일전에 참가할 것이라고 믿었던 것이다.

그러나 그것은 마련구패의 철저한 오산이었다. 아무리 기다려도 총련주의 출전 명령은 떨어지지 않았다.

마련구패 휘하의 이십칠로 팔십일단의 로주들과 단주들은 문턱이 닳도록 이들 아홉 명의 집무실을 찾아와 우리는 언제 천외신계와 싸우느냐고 아우성을 쳐댔고, 마련구패는 그때마다 그들을 설득하느라 진땀을 빼야만 했다.

그러다가 결국 마련구패는 오랜 숙의 끝에 마침내 결단을 내릴 수밖에 없었다.

그래서 그들 모두가 번창왕 형강을 찾아온 것이다.

이들은 이 일에 목숨을 걸었다. 반란이나 모략으로 몰아 치죄당한다면 기꺼이 죽으리라 결심했다.

이들이 마신삼왕 중에 번창왕 형강을 찾아온 이유는, 그가 다른 두 왕(王)에 비해서 생각이 깊으며 많은 수하들의 지지를 받고 있기 때문이다.

형강의 심복 오른팔로서 그가 가장 신임하는 도운월은 시뻘겋게 충혈된 눈으로 자신의 상전을 우러르며 마지막 승부수를 던졌다.

"각하! 이제 결단을 내려주십시오! 속하들의 이런 충심을 부디 총련주께 전해주십시오!"

사십칠 세 팔팔한 나이에 기골이 장대한 형강은 붉고 짙은 눈썹을 찌푸렸다.

그의 입에서 짧은 말이 떨어졌다.

"불가하다."

순간 고개를 들고 있는 미련구패, 아니, 아홉 명의 대장부들 얼굴에 실망과 착잡함이 피어올랐다.

사실 형강은 마련구패 못지않게 의혈이 들끓는 진정한 사나이였다.

마련구패가 자신을 찾아와서 간청을 하기 전에, 그는 이미 여러 차례나 당장 출전하여 생사혈맹과 뜻을 같이하자고 총련주에게 충언을 올렸다.

하지만 그때마다 거절을 당했으며 오히려 총련주의 꾸중까지 들어야만 했다.

마련구패는 풍전등화에 처한 천하 때문에 밤잠을 설쳤지만, 형강은 속이 시커멓게 타 들어가고 있는 중이었다.

그때 도운월 오른쪽 두 번째의 추혼부(追魂斧)가 형강을 쳐다보며 피를 토하듯이 외쳤다.

"번창왕님! 대저 진정한 마도(魔道)가 무엇입니까? 마를 통해서 의(義)를 구하자는 것이 아닙니까? 말씀해 보십시오! 천하가 도탄에 빠져 있는데도 본 련이 몸만 사리고 있다면 하오문도보다 나은 것이 무에 있습니까?"

그는 누가 말릴 사이도 없이 벌떡 일어나 우뚝 서서 가슴을 펴고 당당하게 외쳤다.

"그래도 번창왕님께서는 진정한 마도인이며 정의가 살아 계신 분이라 생각하고 있었는데 정말 실망입니다! 차라리 이 자리에서 우리를 모두 죽여주십시오!"

"입 닥쳐라, 추혼부(追魂斧)! 네가 감히 어느 안전이라고 망

발이냐?"

도운월이 추혼부를 엄하게 꾸짖었다.

추혼부는 마신삼왕 중 내련을 맡고 있는 혈궁왕(血穹王) 휘하 삼패 중 한 명이었다.

추혼부는 흥분하여 몸을 부들부들 떨다가 겨우 가라앉히고 제자리에 무릎을 꿇고 앉았다.

번창왕 형강의 얼굴은 은은한 분노로 일그러져 있었다.

그러나 그 분노는 이들 아홉 명 때문이 아니라 자신의 무력함 때문이었다.

"속하가 마지막으로 한 말씀 드리겠습니다."

도운월이 목소리를 가라앉히며 이마를 바닥에 붙였다.

"지금 본 련의 지하 뇌옥에는 소련주께서 납치해 온 한 명의 여자가 감금되어 있는데 혹여 번창왕님께선 그 사실을 알고 계셨습니까?"

형강으로서는 금시초문이었다. 그는 침묵한 채 도운월의 다음 말을 기다렸다.

"번창왕님께서는 혹시 은오정녀라는 별호를 들어본 적이 있습니까?"

마련구패가 간청하고 협박을 해도 끄떡하지 않던 형강이 가볍게 움찔했다.

"설마… 지하 뇌옥에 감금됐다는 여자가 은오정녀란 말이냐?"

"그렇습니다."

"이런……."

그 순간 형강의 얼굴이 종이를 힘껏 구겼다가 놓은 것처럼 일그러졌다.

"은오검객은 현재 삼천계를 통틀어 가장 유명한 인물입니다. 아니, 당금 무림 최고의 영웅이며 생사혈맹의 실질적인 지도자입니다. 소문에 의하면 은오검객이 목숨처럼 아끼는 여자가 은오정녀라고 하던데, 본 련이 천하를 구하겠다고 나서지는 못할망정 도리어 소련주께서 은오검객의 여자를 납치해 왔으니 참으로 황당한 일입니다."

형강은 도운월의 말을 끝까지 듣지도 않고 자리를 박차고 일어나 대전 밖으로 나가 버렸다.

"번창왕님, 총련주께서는 지금 소련주와 대화 중이십니다. 아무도 방해하지 말라는 엄명입니다."

총련주의 처소를 지키는 수하가 빠른 걸음으로 걸어오고 있는 형강에게 허리를 굽히고 나서 공손히 출입금지를 선언했다.

총련주가 자신의 목숨보다 더 애지중지하는 것이 딱 하나 있는데, 바로 소련주 담홍예였다.

총련주가 담홍예와 함께 있을 때에는 어느 누구도 방해할 수가 없다.

어기면 지위 고하를 막론하고 중벌에 처해지는데, 여태 그런 일이 몇 차례 벌어지기도 했었다.

"비켜라."

척!

그러나 형강은 수하를 밀치며 거침없이 방문을 열고 성큼 안으로 들어갔다.

넓고 화려하기 짝이 없는 실내의 창가 탁자에 한 명의 노인과 담홍예가 마주 앉아 차를 마시면서 대화를 나누고 있는 모습이 보였다.

노인은 아담한 체구에 상투를 틀었으며 거리 어디에서나 볼 수 있는 평범한 청삼을 입고 있었다.

나이는 육십오륙 세 정도. 용모 또한 어디에서나 흔히 볼 수 있는 평범한 노인의 그것이었다.

특이한 점이라고는 한 군데도 없는, 그저 시골의 촌로 같은 그가 바로 마련의 총련주인 천마성종(天魔聖宗) 담혁무(潭爀武)였다.

두 사람은 형강이 들어섰는지조차도 모르는 듯 대화를 나누기에 여념이 없었다.

원래 담혁무와 담홍예 조손의 관계는 지금 보는 것과는 달리 원만하지 못했다.

담홍예가 어렸을 때 부모가 자살을 한 이후 그녀는 성장하면서 그것이 조부 때문이리고 믿게 되었고, 그로 인해서 조손의 관계는 점점 더 멀어져 갔다.

담혁무는 하나뿐인 혈육 담홍예를 목숨보다 더 귀하게 생각했지만 그녀는 달랐다.

그녀는 언제나 사고만 쳤으며 무엇이든 조부가 원하는 것의 반대로만 행동했다.

그런 담홍예 때문에 괴로워하는 조부를 보면서, 그녀는 그것이 자신이 할 수 있는 유일한 복수라도 되는 듯 통쾌하게 여기며 다음에는 더 심하게 어긋나가기를 반복했다.

총련주인 담혁무조차도 손을 못 쓰는 판국인데 어느 누가 감히 담홍예의 버릇을 고쳐 놓을 수 있었겠는가.

제 때 가지를 쳐주지 못한 정원의 나무는 볼품없이 제멋대로 자라게 마련이다.

바로 담홍예가 그랬다. 그녀는 신분만 천마성종의 손녀인 소련주일 뿐이지 아무짝에도 쓸모없는 거친 한 마리 야생마에 불과했다.

그렇지만 담혁무는 단 한 번도 손녀를 혼낸 적이 없었다. 그렇게 하면 더 반발을 하거나, 심할 경우에는 자살을 한 아들 부부의 전철을 밟게 될까 봐 가슴을 조이면서도 지켜볼 따름이었다.

그런 담홍예가 무슨 연유에선지 십오 세 되던 해부터는 혼자 총련을 떠나 여행을 다니기 시작했다.

그때부터 담혁무는 그녀를 지켜보면서 은근히 기대를 했

다. 손녀가 천하를 다니면서 여러 경험을 쌓다 보면 차츰 철도 들 것이고 가족의 소중함이나 예의범절도 배우게 될 것이라고 생각했던 것이다.

그러나 담홍예는 그의 기대를 보란 듯이 철저하게 짓밟아 버렸다.

그녀가 십여 년 동안 총련에서 벌였던 온갖 사고와 괴행은 장차 천하를 종횡하면서 벌이게 될 일들의 서막에 불과했던 것이다.

담홍예는 일 년 중에서 채 한 달도 총련에 붙어 있지 않고 날개를 단 야생마처럼 마음껏 천하를 주유하고 다녔다.

그러면서 조부의 바람대로 많은 경험을 하며 여러 가지 것들을 새로 배웠다.

그러나 그것은 조부가 원하던 가족의 소중함이나 예의범절, 성숙함 따위와는 거리가 멀었다.

그녀가 제일 먼저 배운 것은 술이었다. 취하면 괴로운 것들을 깡그리 잊을 수 있고 기분이 좋아지기 때문이다. 그녀는 하루도 거르지 않고 술을 퍼마셨다.

그래서 비참하게 자살한 부모와 비정한 조부와 자기 자신을 잊은 채 호리건곤(壺裏乾坤)하며 세월을 보냈다.

그다음에 배운 것이 살인이었다.

그녀는 눈에 거슬린다고 아무나 죽였고, 귀찮게 군다고 죽였으며, 자기를 예쁘다고 감탄하면서 쳐다보는 자들의 눈빛이 싫다고 또 죽였다.

그래서 강호 일각에서는 그녀를 홍살귀녀(紅殺鬼女)라고도 불렀다. 물론 유명하지 않은 별호지만, 달갑지 않은 별호이기도 했다.

그리고 세 번째로 배운 것이 아무도 감당할 수 없는 거친 폭언이었다.

그녀는 일 년에 겨우 한두 번 만나는 조부에게까지도 무림에서 하던 식으로 거침없이 말하고 행동했다.

그래서 오랜만에 그녀를 만날 때마다 담혁무는 충격과 상심의 밑바닥 없는 나락에 빠져야만 했다.

하지만 그 지경에 이르렀는데도 그는 담홍예에게 어떠한 제재도 가하지 않았다.

아들 부부가 자살한 이유가 담혁무 때문이라고 생각하는 것은 담홍예 혼자만이 아니었다. 당사자인 담혁무 자신도 그렇게 믿고 있었다.

그래서 담혁무는 손녀가 아무리 패악한 짓을 저질러도 아들 부부에 대한 죄책감과 부모 없이 자란 손녀가 가여워서 속수무책일 수밖에 없었다.

그런데 기적이 일어났다.

몇 달 전, 하북성을 여행하고 있던 담홍예가 감쪽같이 사라져 버리는 사건이 발생했다.

그녀는 자신이 혼자 천하를 마음대로 주유한다고 생각했

었지만, 사실은 담혁무가 직접 선발한 마련의 정예 마고수 삼십 명이 상시 주위에 머물며 보호하면서 그녀의 일거수일투족을 총련에 보고해 왔다.

그런데 담홍예가 실종된 장소 백여 장 이내에서 제일선(第一線)을 형성하고 있던 열 명의 마고수들 시체가, 오백 장 밖 제이선(第二線)에서 호위하던 이십 명의 마고수들에 의해서 일각 후에 발견되었다.

그 사실은 즉각 마련 총련에 보고됐다.

마련은 발칵 뒤집혔다. 여러 정황으로 미루어볼 때 누군가 제일선의 마고수 열 명을 감쪽같이 죽이고 담홍예를 납치한 것이 분명했다.

무림에는 추호도 알려지지 않은 사실이지만, 그 즉시 담홍예를 찾아내기 위해서 마신삼왕 중 번창왕 형강이 직접 정예 마고수 백 명을 이끌고 하북성에 파견되어 성 전역을 이 잡듯이 뒤졌다.

그러나 담홍예는 원래 이 세상에 없었던 사람처럼, 그녀의 실종에 대한 실낱같은 단서 하나 찾아낼 수 없었다.

그렇게 시일이 속절없이 흘렀으며, 마침내 열흘이 지날 무렵에는 속이 새카맣게 타버린 총련주 담혁무가 직접 나서기에 이르렀다.

그러나 그가 총련을 막 출발하려고 할 때 정말 기적처럼 담홍예가 그의 앞에 모습을 나타냈다.

실종 열하루 만에 돌아온 그녀는 그동안 심경의 큰 변화를 겪었는지 많이 변해 있었다.

그중에서도 담혁무를 가장 놀라게 만든 일은 그녀가 담혁무를 보자마자 나비처럼 그의 품으로 뛰어들며 울음을 터뜨렸다는 사실이다.

그날 담혁무는 아들 부부의 장례식 이후 손녀가 흘리는 눈물을 처음으로 보았다.

그녀의 눈물은 십오륙 년 동안 꽁꽁 얼어붙었던 조손 관계를 일시에 해빙시켜 주었다.

사실, 그 당시에 담홍예를 납치했던 것은 천외무적군 제육투번의 육번주였다.

그녀는 육번주에게 중상을 입은 상태에서 제압되어 육체적으로나 정신적으로 모진 고초를 겪었다.

육번주는 어떠한 수단과 방법을 사용해서라도 담홍예를 납치하여 천외신계의 꼭두각시로 만들라는 명령을 무쌍신 혈도신에게 직접 받았기 때문에 그 일에 목숨을 걸 정도로 집착했다.

천외신계는 삼천계를 일통하는 거사에 마련을 이용하려고 계획했던 것이다.

그러나 결국 경무장을 급습한 화무린에 의해서 육번주는 제압됐고 담홍예는 구출되어 마련 총련으로 돌아올 수 있었던 것이다.

형강은 잠시 멈췄다가 한차례 심호흡을 한 후 똑바로 걸어가 담혁무 옆에서 공손히 허리를 굽혔다.

"총련주, 드릴 말씀이 있습니다."

총련주는 귀찮게 하지 말라는 듯 손을 내저었다. 그는 만면에 환한 미소를 지은 채 담홍예가 하는 얘기에만 귀를 기울이고 있었다.

담홍예는 입에서 침을 튀기면서 손짓 발짓을 해가며 한창 얘기에 열중하고 있었다.

그녀는 천외무적군 제육번에 갇혀 있다가 풀려나 총련으로 돌아온 날 조부 담혁무에게 안겨서 펑펑 울고 난 후에 밤을 꼬박 새워 대화를 나누었다.

아니, 말은 담홍예 혼자 일방적으로 했다.

그리고 말의 내용은 한 젊은 남자에 대해서였다.

담혁무는 마도의 절대자지만 남녀 관계에 관해서는 완전히 젬병이었다.

그래서 손녀가 오랜 방황 끝에 돌아와 매일 눈만 뜨면 한 남자에 대해서 종달새처럼 지저귀는 데에도 그녀가 왜 그러는지 알지 못했다.

만약 담홍예를 젖먹이 때부터 키운 유모가 넌지시 조언을 하지 않았더라면, 담혁무는 죽을 때까지도 손녀가 사랑에 빠졌다는 사실을 깨닫지 못했을 것이다.

그날 이후 담씨 조손은 급속도로 가까워졌다.

담홍예가 하는 얘기의 구 할은 그 남자에 관한 것이었다.

그 남자가 바로 은오검객이었다.

"총련주! 드릴 말씀이 있습니다!"

형강은 언성을 높였다. 그는 오늘 목숨을 걸고 이 문제를 기필코 관철시킬 각오였다.

그의 목소리가 워낙 커서 담혁무 조손의 대화가 뚝 끊어지더니 시선이 동시에 형강에게 향했다.

"무슨 일인가?"

담혁무는 입가에 미소를 잃지 않으며 너그럽게 물었다.

형강은 그가 애써 미소를 잃지 않으려 한다는 사실을 간파했다.

담혁무의 곤두선 눈썹이 그것을 말해주고 있었다. 그는 언짢거나 화가 나면 눈썹이 곤두선다.

그러면서도 지금은 입가에 미소를 띠고 있다. 담홍예가 있기 때문이다.

일껏 되찾은 천금 같은 이 화기애애한 분위기를 웬만하면 깨고 싶지 않다는 기색이 역력했다.

만약 이 자리에 담홍예가 없었다면 벌써 벼락이 떨어졌을 것이다.

아니, 담홍예가 없었다면 형강이 담혁무의 화기애애함을 깰 일도 없었을 것이다.

형강은 방금 전까지 담혁무 조손이 은오검객에 대해서 대화를 하고 있는 것을 옆에서 들었다.

두 사람은 입에서 침을 튀기며 은오검객의 훌륭함에 대해서 칭송하느라 여념이 없었다.

담홍예는 불과 며칠 전에 화무린에게 눈물이 쑥 빠지도록 혼쭐이 났으며 소군을 납치까지 하고서도, 그런 얘기는 일언반구도 하지 않고 그저 그가 얼마나 잘난 사내인지에 대해서만 지저귀고 있었다.

더구나 담혁무는 오히려 한술 더 떠서 은오검객이 벌써 자신의 사위라도 된 듯 시종 그가 대견해서 못 견디겠다는 표정이었다.

"총련주께선 은오검객에게 이미 아내나 다름이 없는 사랑하는 여자가 있다는 사실을 알고 계십니까?"

형강은 공손하지만 냉정한 어조로 말했다. 그리고 그가 말한 내용은 담혁무 조손이 방금까지 말하고 있던 내용의 허리를 단칼에 자르는 효과를 냈다.

그때 형강은 담혁무의 눈썹이 더 빳빳하게 곤두서는 것을 발견했다.

그는 은오검객에게 여자가 있다는 사실을 모르고 있는 것이 분명했다.

잠시 무거운 침묵이 흘렀다.

형강의 말에 담홍예는 크게 당황하는 것 같더니 곧 날카롭게 그를 쏘아보았다.

이윽고 담혁무가 묵직하게 고개를 끄덕였다.

"음! 알고 있었네."

새빨간 거짓말이다. 곤두선 눈썹만이 아니라 눈 깊은 곳에서 이글거리는 은은한 분노가 그 사실을 전혀 모르고 있었음을 말해주고 있었다.

형강이 맡고 있는 무련 휘하 구로(九路) 중에 정보 수집만을 전담하는 탐망로(探網路)라는 곳이 있다.

자타가 공인하는 천하제일의 정보망은 개방인데, 마련의 탐망로가 개방에 버금간다는 말이 나돌 정도로 정보 수집 실력이 탁월했다.

그런데 나흘 전에 탐망로주가 형강을 찾아와서 은밀하게 한 가지 사실을 보고했다.

내용인즉, 소련주 담홍예가 탐망로주를 은밀하게 부르더니, 이후 총련으로 보고되는 정보 중에서 은오정녀에 대한 것은 담홍예 자신에게만 보고하되 형강이나 총련주에게는 절대 발설하지 말라는 주문이었다.

탐망로주는 감히 소련주의 주문 아닌 명령을 거절하지 못하고 일단은 그러겠노라고 대답한 후에 형강에게 이실직고 보고를 한 것이다.

그래서 형강은 탐망로주에게 은오정녀에 관한 정보는 자신과 소련주에게만 보고하라는 새로운 명령을 내렸고, 지금껏 이어져 오고 있는 중이었다.

형강은 기왕 칼을 뽑았으니, 자신의 목적을 관철시키기 위해서라도 담혁무가 은오정녀에 대해서 모르고 있다는 사실을 밝혀내야만 했다.

그는 오늘 정말 각오를 단단히 했다.

"실례입니다만, 총련주께서 은오검객의 여자에 대해서 알고 계시는 것을 아무것이나 한 가지만 말씀해 주시겠습니까?"

담혁무 입가의 애써 짓고 있던 미소가 점차 사라지기 시작하면서 노골적인 언짢음이 나타나기 시작했다.

형강은 담혁무의 그런 표정을 철저히 무시하려고 애썼다. 그러지 않으면 목숨을 걸고까지 이곳에 들이닥친 이유가 무색해지고 만다.

담혁무가 아무런 말도 못하자 형강은 아랫배에 불끈 힘을 주고 나직한 어조로 입을 열었다.

"은오검객이 사랑하는 여자에게 강호에선 은오정녀라는 별호를 헌상했습니다."

은오정녀. 은오검객의 정녀(情女), 즉 연인이라는 뜻이다.

"당금 천하에서 은오검객과 은오정녀의 절절한 사랑 이야기는 코흘리개조차도 알고 있는 사실입니다."

담혁무는 노기 어린 표정으로 형강을 주시했고, 담홍예는 두 눈에서 살기를 뿜어내며 형강을 쏘아보고 있었다.

두 조손의 흉흉한 눈빛을 받으면서도 형강은 굴하지 않고 말을 이어나갔다.

"그런데 그 은오정녀가 얼마 전에 납치됐습니다. 그녀가 지금 어디에 있는지 총련주께선 알고 계십니까?"

챙!

"닥치지 못하겠느냐! 한마디만 더 지껄이면 네놈의 목을 잘라 버리겠다!"

순간 담홍예가 벌떡 일어서며 허리에 차고 있던 두 자 길이의 작은 예도(銳刀)를 뽑아 번개같이 형강의 귀밑에 찌를 듯이 갖다 대며 뾰족하게 외쳤다.

형강은 꿈쩍도 하지 않았다.

그는 담혁무를 진심으로 존경하고 있지만, 그보다는 마도를 더욱 사랑했다.

정파가 협의로서 무림의 안녕과 평화를 추구한다면, 마도는 진정한 마, 즉 초마(超魔)를 통해 무림, 더 나아가서는 천하만민의 태평을 추구하는 것이 진정한 마도의 구현(具顯)이라고 믿고 있는 그였다.

이 상태로 계속 나간다면 마련이 천하를 구하기는커녕 천하로부터 손가락질을 받게 될 것이다.

천외신계가 삼천계를 일통하고 나면 절대 마련을 내버려 둘 리가 없을 것이다.

다행히 생사혈맹이 천외신계를 격퇴시키고 천중인계를 구한다고 해도 손가락 하나 까딱하지 않은 마련을 곱게 봐줄 리가 없을 터이다.

그러니 천하마의 총본산인 마련이 일개 하오문만도 못한 존재가 되는 것은 불을 보듯이 뻔한 일이었다.

형강이 자신의 진정한 마도지심을 열 번 백 번 꺾는다고 해도, 마련이 그런 신세로 전락하는 것은 두 눈 뜨고 볼 수가 없는 일이었다.

"은오정녀는 지금 본 련의 지하 뇌옥 마심갱(魔深坑)에 감금되어 있습니다. 소련주께서 납치해 오셨지요."

형강의 입에서 그런 말이 흘러나오자마자 그의 귀밑을 겨누고 있던 예도가 번개같이 찔러왔다.

형강은 담홍예에 비해서 거의 두 배 이상 강한 고수지만 피하지 않았다.

이런 급박한 상황에서도 그저 슬쩍 손을 떨치기만 하면 그녀를 물리치는 것은 간단했다.

하지만 그것은 담혁무에 대한 불경이다. 후환이 두려워서가 아니라 담혁무에 대한 존경심 때문이었다.

쨍!

그런데 날카로운 음향을 내며 예도가 형강의 목에서 비껴나며 허공을 찔렀다.

"할아버지!"

담홍예는 깜짝 놀라더니 믿을 수 없다는 표정으로 담혁무를 바라보았다.

담혁무는 미동조차 하지 않았지만 그가 무형의 기를 발출하여 담홍예의 예도를 튕겨냈다는 사실을 그녀도, 형강도 잘 알고 있었다.

"예아, 번창왕의 말이 사실이냐?"

그렇지만 담홍예는 대답 대신 원망스럽다는 표정으로 날카롭게 빽 소리쳤다.

"그따위 것이 뭐가 중요해요!"

인정한다는 것이다.

담혁무의 얼굴빛이 흐려졌다. 깨달음은 방기한 젊은이들만의 점유물이 아니다. 노쇠하여 곧 죽을 노인네도 깨달음을 얻을 수 있는 법이다.

그는 깨달았다. 손녀가 변하긴 했지만, 근본적으로 변하지는 않았다는 사실을.

사랑이란 정이 오고 가는 것이다.

그것이 남녀 간의 사랑이든 혈육끼리의 사랑이든 정은 일방적으로 흐를 때 삐걱거리게 되고 균열이 생기며 결국은 무너지고 만다.

담홍예는 천외무적군 제육투번에 갇혀 있는 동안 가족이 몹시도 그리웠다. 그래서 그토록 증오하던 조부마저도 보고 싶어했다.

그랬기에 총련에 돌아오자마자 담혁무에게 안겨서 평평운 것이고, 그것이 두 사람의 경직된 관계를 어느 정도 완화시켜 주었던 것이다.

그러나 단지 그것뿐이었다. 그녀는 그 그리움을 일방적으로 담혁무에게 쏟아 부은 것이고, 담혁무는 그저 묵묵히 받아들였을 뿐이다.

그것이 비록 절름발이라고 해도 예전보다는 훨씬 나아졌고, 또 앞으로 좋아질 것이라는 믿음을 갖고서.

"예아, 그것은 중요하단다."

그렇게 말하는 담혁무의 목소리와 표정에는 손녀를 안쓰러워하는 기색이 역력했다.

"나는 그따위 것 하나도 중요하지 않아요! 내가 화무린을 사랑하고 있으니까 무슨 수를 써서라도 그 남자를 내 것으로 만들려는 것뿐이에요! 그게 잘못인가요?"

"잘못이다."

담혁무는 온화하지만 단호하게 말했다.

순간 담홍예는 몸을 후드득 떨더니 이내 담혁무를 향해 우뚝 서서 그를 쏘아보았다.

"그래요! 내가 화무린이 사랑하는 여자를 납치해 왔어요! 그게 잘못이라는 건가요? 그렇다면 그게 어째서 잘못인지 할아버지가 나를 이해시켜 봐요!"

그녀의 외침에는 많은 의미가 함축되어 있었다. 할아버지는 이날까지 목적을 위해서라면 수단 방법을 가리지 않고 끝끝내 그것을 얻지 않았느냐. 나도 배운 대로 하려는 것인데 어째서 그게 잘못이냐.

그러니 만약 나를 이해시키지 못한다면, 이후에 벌어질 일은 전부 할아버지 책임이다라는 의미의 협박이었다.

"그래, 예전의 나 역시 원하는 것은 온갖 수단과 방법을 다동원해서 끝내 이루고야 말았다. 그래서 지금 이 자리에 있게된 것이지."

담혁무는 조용한 어조로 말문을 열었다.

형강은 그의 얼굴이나 목소리에서 방금 전까지의 분노를찾아볼 수가 없었다. 대신 엷은 회한 같은 것이 그의 눈빛에서 어른거리는 것을 발견했다.

"그런데 그것이 잘못된 방법들이었다는 사실을 십사 년 전에 깨닫게 되었지."

십사 년 전이면 담홍예가 다섯 살 때였다.

그리고 그해 온 산의 나무가 울긋불긋한 단풍으로 물들었을 때 그녀의 부모는 부친이며 시아버지인 담혁무로 인해서자살을 했다.

담혁무는 잠시 침묵을 지켰다. 과거를 회상하는지, 아니면갈등을 하는 것인지 지그시 눈을 감은 채 세상살이의 온갖 신산(辛酸)을 다 겪은 듯한 복잡한 표정을 짓고 있었다.

이윽고 그는 다시 눈을 뜨고 방금 전과는 다른 초연한 표정으로 손녀를 바라보며 입을 열었다.

"그 아이들을, 예아 너의 부모를 마도의 지존으로 만들려고 할아비가 강압을 가했던 것은 정말 잘못한 일이었다."

순간 담홍예의 커다란 눈이 더 커지더니 몸을 거세게 후르륵 떨었다.

형강 역시 자신의 귀를 믿을 수 없다는 듯한 표정으로 담혁무를 주시했다.

그가 알고 있는 마도종사 담혁무는 그 어떤 나약한 모습도 보인 적이 없는 극강, 극마한 인물이다. 그런 그가 지금 자신의 잘못을 인정하고 있다.

담혁무의 얼굴에 속죄의 표정이 가득 떠올랐다.

"너의 아비는 천성이 허약하고 여린 영락없는 학자가 될 재목이었다. 나는 그런 그가 더 못마땅해서 더더욱 악착을 떨었던 것이다."

담혁무는 손을 뻗어 손녀의 두 손을 감싸 잡았다.

"예아, 할아비를 용서해 주련? 내가 잘못했다."

담홍예는 가녀린 몸을 바들바들 떨기만 할 뿐 아무 말도 하지 않았다.

눈에 잔뜩 힘을 주고 입술을 꼭 깨물고 있는 것이 터져 나오려는 울음을 가까스로 참고 있는 것 같았다.

"모든 일은 순리(順理)로 풀어야 하는데 할아비는 오히려 역행을 했단다. 내가 그때 그러지만 않았어도 어린 네가 그처럼 고통을 받으면서 살지는 않았을 텐데……."

담홍예의 눈에서 기어코 후드득 눈물이 떨어져 내렸다. 조부에게서 잘못했다는 말을 듣기까지 꼬박 십사 년이라는 세월이 걸렸다.

그런데 막상 그 말을 듣고 나니 온몸의 기운이 쭉 빠지면서 너무도 허탈했다.

형강은 담혁무를 삼십 년 가까이 섬겼지만, 지금 그가 짓고 있는 저런 표정을 단 한 번도 본 적이 없었다.

그것은 진실한, 너무도 진실하며 순수한 표정이었다.

"예아, 너는 부디 할아비의 전철을 밟지 말아야 하느니라."

담홍예는 눈물을 뚝뚝 흘리면서 중얼거렸다.

"도대체 뭐가 순리죠?"

"흙이 쌓여 산이 되면 풍우는 저절로 일게 마련이고[積土成山風雨興焉], 물이 고여 연못이 되면 교룡은 저절로 생겨나는 법이란다[積水成淵蛟龍生焉]. 그런 것이 바로 순리지."

지난 십사 년 동안의 심적 고통은 담혁무에게 순리의 깨달음을 주었다.

"산이 생겨도 풍우가 일지 않고, 연못을 이루었는데도 교룡이 생겨나지 않으면 어떻게 하죠?"

"그것은 때가 아니고 인연이 아닌 게지."

"포기하라는 건가요, 화무린을?"

"그래야 한단다. 사람의 능력으로는 들판의 한낱 풀 한 포기조차 피워내지 못하지 않더냐? 최선을 다해서도 이루어지지 않는다면 애초에 인연이 아닌 것이야."

담홍예의 손을 잡고 있는 담혁무의 손을 통해서 그녀가 가늘게 떨고 있는 것이 고스란히 전해졌다.

갑자기 담홍예가 담혁무의 손을 뿌리치더니 두 주먹을 움켜쥔 채 악을 썼다.

"나는 그렇게 못해! 절대 무린을 포기할 수 없어!"

그 순간 담혁무의 얼굴에 안쓰러움이 떠올랐다. 손녀의 그런 외곬이 자신 때문이라는 것을 알기 때문이다.

"만약 마심갱에 갇혀 있는 그년을 풀어준다면 난 콱 죽어버릴 거야!"

담홍예는 그 말을 남기고 쏜살같이 방문 쪽으로 달려갔다.

그러더니 방문 앞에서 뚝 멈추고는 뒤돌아보지 않은 채 주먹을 움켜쥐며 힘주어 말했다.

"할아버지가 잘못을 인정한다고 해도 돌아가신 부모님이 살아오는 것은 아냐! 너무 늦었어!"

"예아……."

쾅!

그녀는 방문을 부술 것처럼 거세게 닫고 나가 버렸다.

"휴우……."

담혁무는 닫힌 방문을 쳐다보면서 긴 한숨을 내쉬더니 쓸쓸한 눈길을 창으로 던졌다.

그런 그의 모습은 조금 전보다 훨씬 더 늙어 보였다.

그런 담혁무를 보면서 형강은 뭐가 위로의 말을 해야 하다고 생각했다.

"총련주."

일단 그를 불렀지만 그다음을 이을 적절한 말이 떠오르지
않았다.

"강아."

담혁무가 시선을 창에 고정시킨 채 불쑥 형강의 이름을 불
렀다. 이런 경우는 드물었다.

"네, 사부님."

형강은 공손히 허리를 굽혔다. 그는 담혁무의 수하이기 전
에 제자였다.

형강이 십오 세 어린 나이였을 때 담혁무가 그를 거두어 무
공을 가르치며 오늘에 이른 것이다.

"머지않아서 생사혈맹과 천외신계가 사상 초유의 대혈전
을 벌일 것이라는 사실을 알고 있다."

형강은 공손히 다음 말을 기다렸다.

"너는 즉시 무련의 정예 천 명을 선발하여 생사혈맹의 은
오검객에게 가거라."

"……!"

형강은 담혁무의 느닷없는 결정에 크게 놀라서 허리를 펴
고 그를 쳐다보았다.

담혁무는 손녀의 일을 잊으려는 듯 머리를 가볍게 가로젓
고 나서 형강을 쳐다보았다.

"그곳에서 조영(趙英)을 만나면 그와 협력하여 은오검객의 명령을 받들도록 하라."

"……!"

순간 형강은 크게 깨닫는 바가 있어서 가슴이 꽉 막혔다.

조영이 누군가. 마련의 별동대인 마룡전대(魔龍戰隊)의 대주가 아닌가.

마룡전대는 오직 전투만을 위해서 만들어진 마련 최강의 고수들이며 총련주의 직속이다.

"설마… 사부님께선 이미 마룡전대를 은오검객에게 보내신 것입니까?"

형강은 크게 놀라서 조심스럽게 물었다.

담혁무는 엄숙한 표정을 지었다.

"그럼 네 눈에는 내가 도탄에 빠진 천하를 도외시할 정도로 소인배로 보이느냐?"

"아, 아닙니다! 제자가 어찌 감히…….."

형강은 황급히 두 손을 저었지만 속으로는 가슴이 터질 만큼 기뻤다.

'그럼 그렇지! 사부님이 어떤 분이신데…….'

그는 그것도 모르고 남몰래 담혁무를 원망했던 것이 후회됐고, 자신을 닦달하던 마련구패에게 할 말이 생긴 것이 더없이 즐거웠다.

담혁무가 마지막 정리를 했다.

"나는 곧 본 련의 전 세력을 이끌고 뒤따를 것이다. 그리고 너는 은오검객에게 내 말을 전해라. 은오정녀는 안전하게 보호하고 있다가 적당한 기회에 책임지고 그의 곁으로 보내주겠노라고."

第八十九章

주자운

구중천
九重天

화무린은 그리 크지 않은 동굴 속에서 밤새 운공만 하고 있었다.

동굴 밖에는 윤학과 네 명의 당주가 날카로운 눈빛으로 호법을 서고 있었다.

이들 다섯 명은 '자하악전' 이후 무공이 일취월장하여 이번 산행에서 여러 차례 눈부신 솜씨를 발휘했다.

그래서 언제부터인가 동행하고 있는 삼대의 동료들은 이들 다섯 명을 '경무오룡검(驚武五龍劍)' 이라는 명예로운 별호로 부르고 있었다.

윤학이 경무오룡검의 으뜸으로 창룡검(蒼龍劍)이라는 별호를, 그리고 네 명의 당주가 맹룡검(猛龍劍), 잠룡검(潛龍劍), 번룡검(蟠龍劍), 뇌룡검(雷龍劍)이라는 별호를 각각 얻었다.

동굴 입구를 등진 채 윤학이 우뚝 서 있고, 주변 네 방위에 사룡검이 버티고 서서 경계하고 있었다.

금오와의 싸움에서 엄중한 내상을 입은 화무린은 어제 오후 늦게 동굴로 들어가 동이 뿌옇게 터오고 있는 지금까지도 나오지 않고 있었다.

그때 윤학은 뒤쪽에서 시작된 빛이 자신의 몸을 스치고 앞쪽 향해 뻗어가는 것을 발견하고 가볍게 놀랐다.

그가 급히 뒤돌아보자 동굴 안쪽에서 은은한 금광이 뿜어져 나오고 있었다.

그의 안색이 급변했다. 순간적으로 동굴 안에 있는 화무린에게 무슨 변고가 생긴 것이라고 직감했다.

"장주!"

그가 크게 놀라서 그 즉시 동굴 안으로 뛰어들어 가려는데 갑자기 금광이 더욱 짙어지면서 폭포 줄기처럼 도도히 뿜어져 나왔다.

"우웃!"

금광이 너무 강해서 윤학은 눈이 멀어버릴 것 같아 급히 한 손으로 눈을 가리며 외면했다.

주변을 경계하던 사룡검도 갑자기 뿜어진 금광 때문에 동굴 입구를 쳐다보다가 크게 놀라는 표정을 지었다.

고오오―

야트막한 언덕의 중간쯤에 위치한 동굴에서 뿜어진 찬란한 금광은 멀리 수십 장까지 직선으로 뻗어나갔다.

사룡검은 즉시 분분히 신형을 날려 동굴 입구의 윤학 곁에 내려섰다.

그들 역시 화무린에게 무슨 변고가 생겼는지도 모른다고 생각한 것이다.

그러나 다섯 명은 동굴 안에서 쏟아져 나오는 금광이 너무 강렬해서 눈도 뜨지 못하는 상태라 즉시 동굴 안으로 뛰어들지 못했다.

그러나 그들은 눈부심 때문이 아니더라도 동굴에 들어갈 수가 없었다.

금광이 더욱 강렬해지면서 그들을 점차 밀어내더니 급기야 한순간 그들 모두를 허공으로 날려 버렸다.

파아앗!

"으앗!"

"와앗!"

다섯 명이 삼사 장이나 날려갔다가 땅에 내려섰을 때 그 주변에는 난데없는 금광을 보고 몰려든 철심협개와 무아 선사, 악소, 당쾌를 비롯한 삼대의 고수들 거의 모두가 놀라는 표정으로 동굴 입구를 주시하고 있었다.

동굴에서 금광이 뿜어지고 있는 광경은 마치 전설이나 신화가 탄생하려는 듯한 몽환적인 분위기를 물씬 풍겼다.

그때 갑자기 금광이 씻은 듯이 사라져 버렸다.

그리고 동굴 입구 주변에는 괴괴한 적막이 감돌았다.

"장주!"

"가가!"

가장 먼저 정신을 차리고 동굴 입구로 몸을 날린 사람은 경무오룡검과 악소였다.

그러나 그들이 동굴 안으로 뛰어들기 전에 안쪽에서 화무린이 천천히 걸어나왔다.

"아!"

"오오!"

화무린을 발견한 순간 경무오룡검과 악소뿐만 아니라 모두들 경탄성을 터뜨렸다.

동굴 입구로 나선 화무린은 신선한 공기를 호흡하려는 듯 심호흡을 하는 자세로 우뚝 서서 비스듬히 먼 하늘을 바라보고 있었다.

그런 그의 모습은 뭐라고 필설로 설명하기가 어려웠다.

몸에서 은은한 서기(瑞氣)가 흘러나오고 있었다. 아니, 어쩌면 몸에서 뿜어지는 것이 아니라 몸 주변에 감돌고 있는 것인지도 몰랐다.

또한 그 서기에 무슨 특별한 색깔이 있는 것이 아니었다. 그저 무색투명한 태양빛 같은 것이었다.

이윽고 화무린은 허공에서 시선을 거두어 경무오룡검을 보며 엷은 미소를 지었다.

"수고했네."

경무오룡검은 자신들의 장주가 동굴 안에 있는 동안 무엇인가를 대성했다는 사실을 어렴풋이나마 깨닫고는 그 즉시 바닥에 엎드려 절을 올렸다.

"경하드립니다, 장주!"

화무린은 담담하게 미소를 지었다.

"경하는 무슨, 나는 그저 내상을 치료한 것뿐이라네."

그런데 그가 아무런 행동을 취하지도 않았는데 부복해 있던 경무오룡검 다섯 명의 몸이 저절로 일으켜지면서 마침내 우뚝 선 자세가 되었다.

그것은 너무도 자연스러워서 경무오룡검 뒤편에 모여 있는 중인은 그들 스스로 일어선 것이라고 여겼다.

하지만 사실은 화무린이 부드러운 무형지기를 발출하여 경무오룡검을 일으킨 것이다.

그가 얼마나 자연스럽게 서 있었으면 아무도 그런 행동을 눈치 채지 못했다.

철심협개나 무아 선사, 악소, 당쾌가 보기에도 화무린의 모습은 얼마 전과는 확연히 달라져 있었다.

얼마 전에는 인중지룡이었다면 지금은 우화등선한 신선이나 하늘에서 강림한 천신처럼 보였다.

문득 화무린의 눈길이 경무오룡검 곁에 서서 크게 놀란 표
정을 짓고 있는 악소에게로 향했다.

"아!"

화무린의 눈빛을 접한 악소는 자신도 모르게 낮은 탄성을
터뜨리며 가늘게 부르르 몸을 떨었다.

화무린의 눈빛이 한없이 온화하고 신비롭다는 이유도 있
었지만, 그가 지금처럼 대놓고 똑바로 그녀를 쳐다본 적이 없
었기 때문이다.

문득 화무린은 철심협개 옆에 서 있는 당쾌를 보며 나직이
불렀다.

"쾌야, 이리 와라."

당쾌는 깜짝 놀라 쭈뼛거렸다. 화무린이 왜 갑자기 자기를
오라고 하는지 이유를 알 수 없었다.

지금의 그에게 화무린이라는 존재는, 친구라는 감정은 거
의 들지 않고 위대한 거성(巨星) 정도로만 여겨졌다.

탁!

"화 장주께서 부르지 않느냐? 어서 가지 않고 뭘 하느냐?"

"앗!"

보다 못한 철심협개가 당쾌의 등을 가볍게 밀자 그는 화들
짝 놀라 비척거리면서 화무린에게 다가갔다.

화무린은 나란히 서 있는 악소와 당쾌의 전신을 찬찬히 살
펴보았다.

그러자 두 사람은 적잖이 당황하여 뻘쭘한 모습으로 서서 눈을 내리깔았다.

화무린은 악소의 어린 시절 정혼자였으나 한때의 큰 오해 때문에 버성긴 관계가 되더니, 근래에 이르러서는 말조차 붙이지 못하고 먼발치에서 그저 바라보며 애만 태울 수밖에 없는 존재가 돼버렸다.

그런 그가 무슨 이유에선지 모르지만 자신의 온몸을 찬찬히 살펴보고 있으니 악소는 피가 다 마르는 것 같았고 정신이 몽롱하기까지 했다.

또한 당쾌는 당쾌대로 초조함을 감추지 못했다. 그가 근 일 년여 전에 어느 주루에서 화무린을 처음 만났을 때 친구로 삼으려고 억지를 부렸던 것은 순전히 그가 잘생겼다는 이유 하나 때문이었다.

그런데 그 직후 주루에서 벌어진 투번고수들의 급습에서 화무린의 도움으로 당쾌와 악소가 목숨을 건진 것을 시작으로 하여 오늘에 이르기까지, 화무린은 실로 믿기 어려울 정도의 눈부신 활약과 성장을 거듭했다.

북경의 상명각에서 헤어진 이후 당쾌는 더 이상 화무린을 친구라고 생각할 수가 없게 되었다. 그러기에는 화무린이 너무 거대해져 버린 것이다.

이윽고 화무린은 두 사람에게서 시선을 거두고 철심협개와 무아 선사를 쳐다보며 조용히 말문을 열었다.

"나 때문에 많이 지체하게 되어 미안하오."

두 사람은 황망하게 손을 휘휘 저었다.

"별말씀을! 절대 그렇지 않으니 개의치 마시오!"

사실 이들 삼대는 화무린 없이는 아무것도 할 수가 없고, 아무 데도 가지 못한다. 그러니 그들 모두가 화무린을 기다릴 수밖에 없었던 것이다.

"반 시진 후에 출발할 테니 준비해 주시겠소?"

"그러겠소. 달리 명령하실 일은 없소?"

철심협개는 '명령(命令)'이라는 말을 썼다. 얼마 전까지만 해도 화무린에게 동격의 예우를 갖췄었는데 이제는 자신을 한없이 낮춘 것이다.

평소 대쪽 같은 성품을 지니고 있는 그로서는 파격도 이런 파격이 없었다.

그러나 화무린이 자신보다 고강하다는 이유 하나 때문에 이러는 것은 아니었다.

철심협개는 화무린이 장차 무림, 즉 천중인계의 살아 있는 태양이 될 것이라고 믿어 의심치 않았다.

그는 화무린이 천상성계의 성제 일족이나 천외신계의 여황 일족보다 더 뛰어난 천중인계의 유일한 인물이 될 것이라고 예견했다.

지금 그가 스스로를 낮추는 것은 장차 천중인계의 태양이 될 인물에 대한 깍듯한 예우였다.

그리고 무아 선사 역시 철심협개와 같은 심정이었다.

"명령이시라니, 과하신 말씀이오."

화무린은 그렇게 말한 후 동굴 안으로 걸어 들어가며 악소와 당쾌를 불렀다.

"두 사람은 나를 따라와라."

악소와 당쾌는 깜짝 놀라 서로의 얼굴을 쳐다볼 뿐 선뜻 동굴 안으로 들어가지 못했다.

윤학은 화무린의 의도를 짐작하고 악소와 당쾌에게 부드러운 미소를 지어 보였다.

"나쁜 일은 아닐 테니 어서 들어가 보시오."

악소와 당쾌는 기쁨이 하늘을 찔러 그야말로 환호작약(歡呼雀躍)했다.

두 사람은 삼대의 선두에서 달리고 있는 경무오룡검보다 오륙 장이나 앞서 달리고 있었다.

그렇게 잠시 신나게 달리다 보면 뒤따르는 선두와 십여 장 이상이나 간격이 벌어지기 일쑤여서 급히 속도를 줄이기에 급급했다.

조금만 신경 쓰지 않으면 자꾸 간격이 벌어졌기 때문에 여간 번거로운 일이 아닐 텐데도 두 사람의 얼굴에서는 시종 웃음이 떠나지 않았다.

두 사람은 화무린을 따라서 동굴 안에 들어갔다가 나온 이

후 변했다.

변해도 보통 변한 것이 아니라 아예 새로 태어난 것이나 다름없었다.

화무린이 두 사람의 임독양맥을 소통시켜 주었으니 어찌 새로 태어난 기분이 아니겠는가.

동굴 속에서 화무린은 한 사람에 일각씩 이각 만에 두 사람의 임독양맥을 소통시켜 주었다.

악소와 당쾌의 원래 공력은 육, 칠십 년 남짓이었는데, 임독양맥의 소통으로 졸지에 이 갑자로 급증한 것이다.

그러나 두 사람 모두 임독양맥의 소통보다 더 큰 것을 얻게 되어 더욱 기뻐했다.

악소는 화무린이 이미 오래전에 자신을 용서했다는 것, 그리고 당쾌는 여전히 자신과 화무린이 친구라는 사실을 확인한 것이다.

삼대의 선두에서 달리고 있는 윤학을 비롯한 경무오룡검은 악소와 당쾌를 보면서 빙그레 미소를 지었다.

그들도 임독양맥이 소통되었을 때에 천하를 온통 다 가진 것 같은 기분을 느껴봤기 때문에 지금 두 사람의 기분이 어떨지 짐작할 수 있었다.

화무린은 경무오룡검의 뒤에서 깊은 생각에 잠긴 채 다른 사람들과 비슷한 속도로 달리고 있었다.

그는 금오와 싸우다가 입은 내상을 치료하는 동시에 설영의 공력을 자신의 것으로 융화시키기 위해 동굴 속에서 밤새워 운공을 했던 것이다.

워낙 내상이 극심했기 때문에 설영의 공력을 삼 할 정도 융화시킨 그 당시의 공력으로도 최소한 이틀 정도 집중적으로 치료해야 완치시킬 수 있었다.

당연히 내상 치료보다는 설영의 공력이 더 빨리 융화되었다.

화무린의 이백사십여 년 공력과 설영의 이백육십여 년에 달하는 공력이 완전하게 합일을 이루자 그의 체내외적(體內外的)으로 큰 변화가 일어났다.

화무린으로서는 난생처음 겪어보는 변화였으므로 그것이 무엇인지 선명하게 깨닫지 못했다.

그리고 두 공력이 합일된 이후 단 세 번의 운공만으로 내상이 말끔하게 완치되었다.

현재 그가 지니고 있는 공력을 무림의 공력 단위로 측정하면 오백여 년이지만 그것은 무의미했다.

금오가 그랬듯이, 그 역시 단숨에 반로환동의 경지를 넘어선 정령신계에 발을 들여놓아 정령신으로는 일령, 즉 음양쌍신경에 이른 상태였다.

화무린과 금오는 무림의 단위로는 각각 오백 년과 천 년에 가까운 공력이지만, 정령신으로는 비슷한 수준이라고 할 수 있다.

하나의 거대한 산이 있다.

산은 하나지만 봉우리는 둘이다. 하나는 천 장의 높이고, 다른 하나는 만 장의 높이다.

만 장의 봉우리는 구름을 뚫고 솟아 있어서 꼭대기가 보이지 않는다.

천 장의 봉우리는 인간의 몸으로 오르는 공력의 산이고, 그곳에서부터 올라야 하는 만 장의 봉우리는 정령신의 산이다.

화무린과 금오는 공력의 산을 떠나 정령신의 산에 오르기 시작했다는 점이 같다.

앞으로 남은 높이가 구천 장인데, 금오가 화무린보다 수백 장쯤 앞서 오른다는 것은 별다른 의미가 없는 것이다.

만 장의 봉우리 꼭대기에 올라서면 더 이상 아래를 내려다보지 않는다.

인간의 몸으로 우화등선할 수 있기에 굳이 사바 세계에는 미련이 없는 것이다.

지금 화무린은 굳이 두 발로 경공을 전개하지 않아도 우뚝 선 채 빛과 같은 속도로 행운유수처럼 쏘아갈 수 있지만, 여러 사람들의 관심을 끌기 싫어서 대열 속에서 다른 이들과 같은 속도로 진행하고 있었다.

어제 화무린은 철심협개를 통해서 구중천주에게 전서구를 보냈다.

전서구에는 구중천주 일행이 천녀황의 함정에 빠졌다는 사실을 깨우쳐 주는 내용과 더불어서 함정에서 빠져나올 수 있는 한 가지 방법이 적혀 있었다. 물론 그 방법은 화무린이 궁리해 낸 것이다.

사실 금오가 이끄는 일만을 제외하더라도, 천녀황이 이끌고 있는 전체 천외무적군은 물경 십사만이다. 그들의 추격, 포위에서 구중천주 일행이 빠져나갈 수 있는 방법은 아마도 전무할 터이다.

그런 상황에서 볼 때 화무린이 구중천주에게 알려준 것은 방법이라기보다는 하나의 실낱같은 가능성이라고 할 수 있었다.

만약 구중천주가 화무린이 제시한 방법을 시도한다면, 결과는 둘 중 하나로 나타날 것이다.

전멸, 아니면 전원 무사다.

지금 화무린은 구중천주 일행이 전원 무사할 경우 도달해 있을 지점으로 가고 있는 중이다.

그 방향은 북북동(北北東)이다.

"누구냐?"

창!

출발할 때부터 줄곧 선두보다 오륙 장 앞서 달리고 있던 악소와 당쾌는 전면의 숲 속에서 튀어나온 한 사람을 발견하고 깜짝 놀랐다. 그리고 곧바로 누가 말릴 사이도 없이 악소가 날카롭게 소리치며 어깨의 검을 뽑으면서 곧장 그 사람을 향해 덮쳐 갔다.

이 산중에서 마주칠 사람은 천외무적군뿐이라고 단정했으며, 설령 그렇더라도 조금도 두렵지 않았다.

아니 할 말로, 임독양맥이 소통되고 나서는 눈에 보이는 것이 없는 악소였다.

"멈춰! 그는 우리 편이야!"

우르릉!

당쾌가 숲에서 튀어나온 사람을 즉시 알아보고 급히 외쳤지만 악소는 이미 가문의 성명검법인 낙성만뢰를 전개하여 그 사람을 휘몰아쳐 가고 있는 중이었다.

더구나 검에서 뿜어진 검기와 함께 은은한 벽력성이 터지는 바람에 당쾌의 외침을 듣지 못했다.

설사 들었다고 해도 그녀가 발출한 낙성만뢰는 예상했던 것보다 훨씬 위력적이어서 철회하거나 다른 방향으로 비틀 수가 없는 상황이었다.

악소는 자신의 검에서 뿜어져 나가는 푸른빛의 검기를 보며 기쁨의 희열을 감추지 못했다.

얼마 전까지만 해도 그녀는 검기를 발출하지 못했다. 낙성만뢰를 완벽하게 터득했지만 검기를 발출할 만한 공력이 부족했기 때문이다.

그런 그녀가 지금 자신의 부친과 맞먹는 위력을 전개했으니 제정신이면 그게 더 이상했다.

그녀는 자신이 겨냥한 상대의 머리가 산산이 박살 날 것이라고 믿어 의심치 않았다.

그런데 곧 머리가 박살 날 그 사람은 피하려고도 하지 않은 채 오히려 곧장 악소를 마주쳐 오면서 어깨의 도를 뽑자마자 세로로 그어대는 것이 아닌가.

쫘르르릉!

그러자 낙성만뢰와는 비교도 할 수 없을 만큼 굉렬한 벽력 성이 터지는 것과 동시에 번쩍! 하며 일직선의 붉은 도기가 뿜어졌다.

실로 멋들어진 발도(拔刀)였다.

그 수법이 화산파에서 오래전에 실전됐던 정격도라는 사 실을 알아본 사람은 아무도 없었다.

악소는 숲에서 나타난 사람을 죽이려고 머리를 겨냥했지 만, 그 사람은 오직 방어를 하기 위해서 그녀가 발출한 검기 를 겨냥했다는 점이 달랐다.

그러나 만약 도기가 검기를 정확하게 맞추지 못한다면 그 사람의 머리가 박살 났을 것이고, 또한 맞춘다고 해도 반탄력 에 의해서 둘 중에서 공력이 약한 한 명이 내상을 입을지도 모르는 상황이었다.

그러나 결과는 나타난 사람의 머리가 박살 나지도, 두 기운 이 충돌하지도 않았다.

화무린이 가볍게 슬쩍 손을 저어 두 사람의 검기와 도기를 허공중으로 흩어지게 만들었기 때문이다.

그런 사실을 전혀 모르고 있는 악소가 어리둥절한 얼굴로 지상에 내려서고 있을 때 나타난 사람은 곧장 그녀를 향해 쏘아왔다.

악소가 깜짝 놀라서 급히 두 번째 공격을 시도하려고 했을 때 그 사람은 이미 그녀의 면전 반 장 앞까지 쇄도하고 있는 중이었다.

휘익!

악소는 이제는 꼼짝없이 죽었구나. 하며 망연자실했지만 그 사람은 그녀 곁을 쏜살같이 그냥 스쳐 지나갈 뿐이었다.

당쾌는 그 사람을 예전에 두어 번 본 적이 있었고 기억력이 좋았기에 그를 기억하고 있었다.

"화 공자! 그간 강녕하셨는지요? 마빈이 인사드립니다!"

나타난 사람은 다름 아닌 주자운의 호위무사 마빈이었다. 그는 멈춰 서 있는 화무린 면전에 몸을 던져 무릎을 꿇고 깊숙이 고개를 숙였다.

그의 목소리에는 더없는 반가움이 가득했다.

"어서 일어나게, 마빈."

화무린은 무형지기로 그를 일으킬 수도 있었지만 직접 손을 뻗어 손을 잡고 일으켰다.

"화 공자……."

화무린은 잡고 있는 그의 두 손을 놓지 않은 상태에서 그와 마주 섰다.

비슷한 키와 체구의 두 사내가 바짝 마주 서 있다.

두 사람 사이로 구중천 팔대지옥에서의 여러 추억들이 한꺼번에 몰려와 급류처럼 격탕쳤다.

마빈은 원래 바윗덩이 같은 사내다. 그러나 지금 화무린을 바라보는 그는 결코 바윗덩이 같지 않았다.

뺨과 눈, 입술이 제멋대로 씰룩거렸다. 그리고 눈은 벌겋게 충혈되었다.

도대체 그 무엇이 이 철석간담의 사내를 이처럼 들끓게 만든 것인가.

마빈은 팔대지옥에서 화무린에게 두 차례에 걸쳐서 구명지은을 입었다.

그뿐만이 아니라 그가 목숨을 바쳐서 보필해야 할 주자운마저도 화무린이 생사기로에서 구해주고, 또 두 사람 모두 구중천에 오를 수 있게 해주었다.

더구나 화무린은 자신의 권리 하나를 포기하면서까지 주자운과 마빈이 구중천에 오른 후에 함께 있도록 해달라고 금비라에게 부탁했다.

그러나 마빈이 화무린에게 온몸과 온 마음으로 감복한 이유는 그런 것들 때문만은 아니었다.

그는 진심으로 이 멋진 청년에게 반해 버린 것이다.

그때 화무린이 두 손을 뻗어 마빈의 어깨를 잡고 천천히 자신 쪽으로 끌어당겼다.

"......!"

화무린이 말없이 포옹하자 마빈은 심장이 멈춰 버릴 만큼 놀라고 또 감격했다.

화무린은 아무 말도 하지 않은 채 잠시 마빈을 가만히 안고 있었다.

두 팔을 아래로 늘어뜨린 마빈의 몸이 후득후득 떨리는 것을 사람들은 보았다.

철심협개와 당쾌는 마빈이 주자운의 최측근이며 그림자 같은 존재라는 사실을 잘 알고 있었다.

더구나 당쾌는 주자운이 화무린의 의매라는 사실까지 알고 있었다.

화무린이 경무장을 떠나 북경에 도착하기 전, 주자운은 황실수복(皇室收復)의 공이 컸던 철심협개와 개방 장로들에게 사적으로 술자리를 마련했는데, 그 자리에 당쾌와 악소도 끼게 되었다.

그 당시에 당쾌는 주자운처럼 아름다운 미녀의 짝은 천하에 한 사내밖에 없다는 말을 농담처럼 던졌고, 그 사내가 화무린이며 곧 북경에 올 것이라는 사실을 알게 된 주자운은 눈물을 흘리며 기뻐했다.

이후 당쾌는 단궁천과 화무린, 주자운 세 사람이 의남매를 맺었다는 사실까지 알게 되었다.

당쾌는 곁에 나란히 서 있는 악소에게 마빈에 대해서 소곤 소곤 설명해 주고 있었다.

그러자 악소는 나직이 아! 하는 탄성을 터뜨리며 그제야 마빈이 주자운과 함께 있었던 호위무사라는 사실을 기억해 냈다.

이윽고 화무린은 가슴에서 마빈을 떼어냈다.

마빈은 화무린을 보면서 눈이 부신 듯한 표정을 지었다.

그가 화무린을 마지막으로 본 것은 구중천에 올라가기 전의 광장에서였다.

그 당시 화무린은 십오 세 소년이었지만, 지금 마빈의 눈앞에 우뚝 서서 담담히 미소를 지으며 서 있는 화무린은 그때와는 비교도 되지 않을 만큼 체구가 커져서 당당한 청년으로 변모해 있었다.

거뭇거뭇한 구레나룻과 산에서의 생활 때문에 코밑과 입 주위에 덥수룩하게 수염이 자라서 까칠한 모습이었지만, 그것이 천하에 짝을 찾기 어려울 정도로 헌앙한 장부의 모습을 가리지는 못했다.

마빈은 사 년여 전에 화무린에게 품었던 것보다 더 크게 흠복하는 마음이 생겨나는 것을 느꼈다.

"그래. 여긴 웬일인가?"

화무린이 부드러운 미소를 잃지 않으며 조용히 마빈에게 물었다.

마빈은 화무린을 만났다는 반가움 때문에 잠시 잊고 있었던 것을 기억해 내고 즉시 허리를 굽히며 아뢰었다.

"그분께서 이 근처에 와 계십니다."

그가 '그분'이라고 지칭할 사람은 주자운뿐이다.

그러자 화무린의 만면에 환한 표정이 햇살처럼 피어났다.

"자운이 말인가?"

"그렇습니다."

마빈은 그런 화무린을 보면서 그가 많이 변했다는 사실을 깨달았다.

방금 전에 그가 마빈을 품에 안으면서 반가운 마음을 행동으로 보여준 것이나, 지금 주자운이 근처에 있다는 말을 듣고서 환한 표정을 짓는 것은 예전의 화무린 같았으면 어림도 없는 일이었다.

사 년여 전의 화무린은 차갑고 거칠었으며, 제멋대로의 성격이어서 그를 대하기가 무척 껄끄러웠다.

그런데 지금은 마치 모든 것을 초월한 신선 같은 모습이고 또 언행이지 않은가.

"그분께선 화 공자께서 구중천주를 구하러 오대산으로 향하셨다는 소문을 듣는 즉시 북경을 출발하셨습니다. 그러나 오대산에 도착한 후 화 공자께서 어디에 계신지 몰라 저와 몇몇 수하들이 넓게 흩어져서 찾고 있었습니다. 아마 지금쯤 그분께서는……."

"자운은 저쪽에 있군."

문득 화무린이 조금 전에 마빈이 나타났던 방향과는 전혀 다른 쪽을 쳐다보며 나직이 중얼거렸다.

마빈을 비롯한 사람들은 공력을 끌어올려 화무린이 보고 있는 방향에서 누가 오고 있는지 알아보려고 했으나 한 명도 뜻을 이루지 못했다.

"그분은 이곳에서 꽤 멀리 계십니다."

마빈이 의아한 표정을 지으면서 설명하자 화무린은 고개를 끄덕였다.

"자운은 저 방향 칠십여 리쯤 떨어진 거리에서 서쪽으로 향하고 있군."

"그것을 어떻게……!"

마빈은 무려 칠십여 리 밖에 있는 주자운을 어떻게 알아냈느냐고 물었지만, 화무린은 동문서답을 했다.

"자운이 배운 천황신공의 호흡법은 좀 독특해서 금세 감지할 수 있다네."

"……."

마빈은 할 말을 잃고 말았다.

할 말을 잃은 건 그만이 아니라 이곳에 있는 모든 사람들이었다.

어떻게 인간이 칠십여 리 밖에 있는 사람의 호흡을 감지할 수 있단 말인가. 아연 격절탄상할 일이었다.

모든 사람들과는 전혀 다른 이유 때문에 말을 잃은 한 사람이 있었다.

바로 악소였다. 그녀는 몇 달 전에 주자운이 개방 사람들에게 술자리를 마련했을 때 그 장소에 있었고, 주자운과 어울릴 만한 사내가 다름 아닌 화무린이라는 당쾌의 말을 듣는 순간 혼절을 하고 말았다.

화무린 곁에는 소군이라는 난공불락의 요새가 버티고 있는데, 거기에 더하여 일국의 공주까지 그를 좋아하고 있으니, 악소로서는 점입가경인 셈이었다.

조금 전까지만 해도 임독양맥의 소통 때문에 신바람이 났던 악소는 금세 풀이 죽어서 고개를 숙이고 있었다.

그나마 멀리 있던 화무린이 더욱 멀어지는 느낌을 떨쳐 버릴 수가 없었다.

그녀의 그런 모습을 당쾌가 놓칠 리 없었다. 하지만 화무린의 여자 관계는 그로서도 어찌해 볼 도리가 없는 일이라서 악소를 보며 가슴만 끓이고 있을 뿐이었다.

"가세."

화무린이 가볍게 고개를 끄덕이자 경무오룡검이 방금 화무린이 쳐다본 방향으로 쏜살같이 신형을 날렸고, 모두들 그 뒤를 따랐다.

그쪽은 북북동이었고, 원래 삼대가 가고 있던 방향이었다.

第九十章

구국대장군(救國大將軍)

구중천
九重天

방금 하늘에서 선녀가 하강한 듯 너무도 아름다운 미녀가 다섯 명의 황포인들과 함께 한쪽 방향으로 경공을 전개하여 빠르게 이동하고 있었다.

미녀는 옥색의 비단에 날개를 활짝 펴고 비상하는 한 마리 금봉(金鳳)이 수놓인 날렵한 경장 차림을 하고, 오른쪽 어깨에는 한 자루 눈처럼 흰 백색 검을 메고 있었다.

숨이 막힐 듯한 미모를 지니고 있어서 천상천하를 막론하고 그 누구도 그녀 앞에서는 아름다움에 대해서 논할 수 없을 듯했다.

세라공주 주자운, 바로 그녀였다.

그녀는 천황무록에 수록된 탄영비활의 경공을 발휘하여 마치 그녀의 옷에 수놓인 금봉이 비행하듯 유려하게 숲 사이를 쏘아가고 있었다.

그녀를 중심으로 동서남북 네 방향과 그녀의 바로 뒤를 따르고 있는 다섯 명의 황포인들은 하나같이 비범한 모습에 허리에 금검을 차고 있었다.

무림인들은 보통 어깨에 검을 메는 것에 반해 이들은 검을 허리에 차고 있는 것이 특이했다.

주자운의 얼굴에는 초조함이 가득 떠올라 있었다.

오늘로써 오대산에 들어온 지 이틀째. 수하의 말로는 곧 여량산에 진입할 것이라는데, 도대체 화무린은 어디에 있는지 흔적조차 발견하지 못한 상태였다.

구중천과 무림 군웅들끼리는 활발하게 연락을 취하고 있기 때문에 서로의 위치를 비교적 정확하게 파악하고 있지만, 단독으로 오대산에 뛰어든 주자운이 사방 천여 리에 달하는 산중에서 화무린을 찾는 일은 그야말로 백사장에서 바늘 하나를 찾는 것이나 다를 바 없었다.

'이러다가 그를 만나지 못하는 것은 아닐까?'

어제까지만 해도 곧 화무린을 만날 수 있다는 기대에 부풀었는데, 오늘 아침부터는 기대가 점점 사그라지면서 오히려 어쩌면 그를 만나지 못할지도 모른다는 불안감이 싹트기 시작했다.

'무슨 방정맞은 생각을! 절대 그럴 리가 없어!'

주자운은 여태까지 그랬던 것처럼 혼자 불안해하다가 스스로 꾸짖기를 반복했다.

'그와 나는 한 운명이야! 그러므로 우린 어떻게든 이곳에서 만나게 될 거야!'

그녀는 내심 힘주어 외치고는 한층 속도를 높였다.

바로 그때였다.

"자운아."

어디선가 조용한 목소리가 들려왔다.

그녀는 즉시 신형을 멈추고 급히 주위를 두리번거렸지만 자신을 따르는 다섯 명의 황포인 외에는 아무도 발견할 수가 없었다.

'아아! 분명히 그의 목소리였어! 틀림없어!'

그녀는 자신이 환청을 들은 것이 아니라고 확신했다.

그러나 그녀가 두리번거리면서 무언가 찾고 있는데도 다섯 명의 황포인은 그녀만 쳐다보고 있을 뿐이었다. 그들은 아무 소리도 듣지 못한 듯했다.

그로 미루어 말한 사람이 주자운에게만 전음을 보낸 것이 분명했다.

그때 주자운은 좌측 십여 리 거리에서 한 무리의 사람들이 이쪽으로 달려오는 것을 감지했다.

휘익!

다음 순간 그녀는 더 생각할 것도 없이 그쪽으로 전력을 다해 달리기 시작했다.

주자운은 점점 더 빨리 달렸다. 그녀는 자신이 가고 있는 방향에서 화무린이 오고 있는 것을 느꼈다.

거리가 가까워질수록 그가 더욱 강렬하게 느껴졌다. 이 느낌은 오직 그녀만이 감지할 수 있는 것이다.

그렇다고 몽상적인 막연한 느낌이 아니다. 공기가 눈으로는 보이지 않지만 호흡함으로써 느낄 수 있는 것처럼, 화무린도 그와 같은 것이다.

그 느낌이 너무도 강렬해서 주자운의 가슴이 금방이라도 터져 버릴 것만 같을 때, 그녀는 전면에서 한 무리의 사람들이 몰려오는 것을 발견했다.

"······!"

그리고 그 무리 중에서 한 사람의 모습을 발견하고는 심장의 박동도, 호흡도 딱 정지해 버린 듯한 느낌을 받았다.

그 사내는 백육십여 명의 무리 중에서 가장 돋보였으며, 온몸에서 은은한 서기를 뿜어내고 있었다.

그 사내가 주자운을 알아보고 만면에 환한 미소를 지으면서 손을 흔들어 보이고 있었다.

갑자기 주자운의 시야가 뿌옇게 흐려졌다.

눈물이 쏟아져 나온 것이다.

왜 눈물은 하필 이럴 때 쏟아져서 그토록 보고파 하던 님의 모습을 흐려지게 만드는 것인지…….

주자운은 급히 소매로 눈물을 닦았다.

그러나 소용이 없었다. 계속 쏟아지는 눈물은 그 즉시 그녀의 시야를 흐려놓았다.

"하하! 자운아!"

뿌연 시야 너머에서 반가움이 깃든 화무린의 웃음소리가 들려왔다.

그 순간 주자운은 머릿속이 텅 비며 화무린 외에는 아무것도 생각할 수 없었다.

"무린―!"

그녀는 산천초목이 다 놀랄 정도로 크게 외치며 웃음소리가 들려온 방향을 향해 곧장 쏘아갔다.

환하게 미소 지으면서 두 팔을 활짝 벌리고 있는 화무린의 모습이 점점 가까워졌다.

"무린!"

주자운은 둥지에서 벗어났다가 세상의 온갖 풍파를 겪은 후에 가까스로 다시 둥지에 돌아온 종달새 새끼처럼 화무린의 가슴으로 뛰어들었다.

그녀는 화무린의 가슴에 얼굴을 묻고 두 팔로 있는 힘을 다해 그의 허리를 끌어안았다.

마치 그렇게 해서라도 그를 자신의 몸속에, 마음속에 집어

넣으려는 것처럼.

"흑흑흑!"

주자운이 화무린의 가슴에 얼굴을 묻자 오랫동안 참았던 울음이 터져 나왔다.

만남의 기쁨과 오랜 세월의 그리움이 녹아 있는 울음이었다.

화무린을 만나면 꼭 말하려고 모아두었던 사 년여 동안의 사연들이 태산처럼 많았다.

그런데 말은 한마디도 나오지 않고 그저 눈물과 흐느낌만 흘러나왔다.

그러나 굳이 입을 통해서 말할 필요가 없었다. 그녀는 눈물과 흐느낌으로 화무린의 가슴을 흠뻑 적시면서 하고픈 말들을 남김없이 전하고 있었다.

화무린도 주자운의 가녀린 등을 꼭 안고 잠시 추억을 더듬어보았다.

하오문인 축록방의 허드렛일을 하던 거지나 다름이 없는 행색의 화무린이 구중천에 가기 위해서 현조네 집에 가던 도중에, 거리에서 건달들에게 희롱당하고 있는 지독하게 예쁜 소녀 주자운을 처음 만났다.

그녀는 넘어져서 엉덩이를 다친 상태였고, 화무린은 그녀를 업고 현조네 집으로 가서 허연 엉덩이를 까게 하고 치료를 해주었다.

그것이 두 사람 인연의 시작이었고, 질긴 끈이 되어 오늘에 이르고 있었다.

"어디 우리 자운이 얼마나 예뻐졌는지 좀 볼까?"

이윽고 화무린이 밝은 목소리로 말하며 주자운을 품에서 가볍게 떼어냈다.

"음?"

그녀의 어깨를 잡고 얼굴을 보던 화무린이 눈을 약간 크게 뜨며 가볍게 놀라는 표정을 지었다.

"자운이 너, 많이 예뻐졌구나?"

그녀는 사 년여 전에도 무척이나 아름다웠으나 지금은 그때와는 비교할 수 없을 정도로 더 아름다워져 있었다.

그 당시에는 아직 앳된 소녀에 불과했지만 지금은 무르익은 성숙한 여인으로 변모한 것이다.

주자운은 몸에 달라붙는 옷을 입지 않았는데도 늘씬하고 풍만한 몸의 굴곡이 여실히 드러났다.

어떻게 저토록 가녀린 몸이 저리도 풍만할 수 있을까 의문이 들 정도였다.

화무린은 예전에는 주자운을 예쁘다고 생각해 본 적이 한 번도 없었다.

그런데 사 년이라는 긴 세월이, 그리고 예전에 비해서 많이 변화한 화무린의 안목이 마침내 주자운의 미모를 발견한 것이다.

화무린에게서 처음 듣는 예쁘다는 말에 주자운은 가슴이 터질 것처럼 기뻤고, 또 부끄러워서 얼굴을 빨갛게 물들이며 살짝 고개를 숙였다.

화무린은 두 손을 뻗어 주자운의 양 뺨을 감싸며 부드럽게 미소를 지었다.

"반갑구나, 자운아."

설레는 가슴으로 화무린을 바라본 주자운은 눈을 커다랗게 뜨며 놀란 표정을 지었다.

"무린."

그녀의 기억 속에는 화무린의 십오 세 소년 모습만이 새겨져 있는데, 지금 그녀 앞에 서 있는 사람은 너무도 멋진 미장부가 아닌가.

그녀는 눈이 부신 듯 화무린을 바라보았다. 그의 모습이 사년 동안 어떻게 변했을까 수도 없이 상상했지만, 이렇게 멋진 미장부가 됐을지는 몰랐다.

"뭘 그렇게 보느냐? 내 얼굴에 뭐라도 묻었느냐?"

화무린이 의아한 표정으로 자신의 얼굴을 쓰다듬었다.

"무, 무린… 소녀는……."

주자운은 당황해서 얼굴을 붉히며 어쩔 줄 몰라 했다.

철썩!

"이 녀석! 오빠 이름 자꾸 부를래?"

"악!"

갑자기 화무린이 짐짓 꾸짖으면서 손바닥으로 주자운의 엉덩이를 가볍게 때리자 그녀는 소스라치게 놀라 자신의 엉덩이를 만지며 눈을 동그랗게 떴다.

화무린은 그녀가 비명까지 지르며 예상외로 놀라자 조금 미안한 얼굴로 물었다.

"아프니?"

"몰라요······."

주자운은 그의 품에 얼굴을 묻고 주먹으로 콩콩 가슴을 때리며 목덜미까지 붉혔다.

엉덩이가 아파서 그러는 것이 아니다. 화무린의 손길이 자신의 조금은 은밀한 부위에 닿았기 때문에 부끄러움이 몰려든 것이다.

그때 이제나저제나 눈치만 보고 있던 철심협개와 무아 선사, 당쾌, 악소, 개방 고수들과 소림 고수들이 주자운을 향해 무릎을 꿇으며 깊숙이 부복했다.

다른 사람들은 그들의 돌연한 행동에 어리둥절한 표정을 짓고 있었다.

그때 철심협개가 고개를 들고 서 있는 사람들을 꾸짖었다.

"이 무슨 무례인가? 대명의 공주마마시다!"

순간 커다란 놀라움의 파도가 모두를 휩쓸었다.

그러나 뭐니 뭐니 해도 가장 놀란 사람은 화무린이었다.

그는 주자운을 빤히 바라보면서 의아한 표정으로 물었다.

"공주라고? 자운, 네가?"

주자운은 눈을 내리깔고 가만히 있었다. 그녀는 조마조마한 심정이었다.

공주라는 신분이 자신과 화무린 사이에 혹여 걸림돌이나 되지 않을까 하는 우려에서였다.

부복하지 않은 마빈이 공손히 일러주었다.

"이분은 당금 대명의 세라공주님이십니다."

화무린은 뒤통수를 한 대 얻어맞은 것 같은 표정으로 주자운을 쳐다보면서 한동안 가만히 서 있었다.

그러다가 이윽고 그 자리에 천천히 무릎을 꺾으면서 부복의 예를 취했다.

그 역시 대륙의 땅을 딛고 사는 대명의 백성이니 공주에게 예를 취하는 것은 당연했다.

주자운은 화들짝 놀라서 급히 그를 일으켰다.

"이러지 말아요, 무린!"

주자운과 화무린이 의남매가 되어 함께 보낸 시간은 불과 며칠뿐이었다.

그리고 주자운의 마음속에는 화무린이 '오빠'라기보다는 '사랑하는 남자 무린'으로 더 깊이 각인되어 있었다.

그녀는 지난 사 년여 동안 사랑하는 남자 '무린'을 그리워했던 것이지, '오빠'를 그리워한 것이 아니었다.

그녀는 수없이 화무린을 만나게 될 날을 손꼽아 기다리면서 '무린'이라는 이름을 입에 달고 살았고, 그래서 그를 직접 만난 지금 '오빠'보다는 '무린'이라는 이름이 자연스럽게 흘러나오는 것이었다.

화무린은 주자운이 한사코 만류하는데도 뿌리치면서 기어코 무릎을 꿇고 고개를 조아렸다.

"화무린이 공주마마를 뵈오."

잠시 주자운에게서 아무런 반응이 없자 화무린은 천천히 고개를 들다가 움찔 놀랐다.

앞쪽에서 주자운이 화무린 자신을 향해 무릎을 꿇고 고개를 조아리고 있는 것을 발견했기 때문이다.

"공주!"

그녀가 부복의 자세를 취하자 마빈과 다섯 명의 황포인은 크게 놀라 그 즉시 바닥에 엎드렸다.

공주가 부복하고 있는데 서 있는 것은 불경 중에서도 불경인 것이다.

화무린은 적잖이 놀라 고개를 들고 주자운을 쳐다보았다. 그녀는 아예 이마를 바닥에 대고 있었다.

"공주! 이러면 안 되오! 어서 일어나시오!"

그가 종용하자 주자운은 고개도 들지 않은 채 꼼짝하지 않고 슬픈 어조로 대답했다.

"당신이 일어서지 않는 한 소녀는 일어나지 않겠어요. 소녀는 당신의 절을 받을 수 없어요."

"공주……."

대명의 하늘 아래에 살고 있는 백성이 대명의 공주에게 부복하는 것은 너무도 당연하다.

그러나 주자운에게 화무린은 너무도 특별한 존재라서 그가 자신 앞에 무릎을 꿇고 머리를 조아리는 것을 절대로 두고 볼 수가 없었다.

그녀는 원래 논리적이고 이성적인 사람이지만, 지금은 억지를 부려보기로 했다.

그럴 수밖에 없는 상황이었고, 그 방법만이 화무린을 일으킬 수 있을 것이라고 여겼다.

"공주마마, 내게 불경을 저지르게 할 셈이오?"

"아니에요. 당신의 절을 받고 있는 소녀가 불경을 저지르고 있는 것입니다."

화무린은 그녀의 말뜻을 이해할 수가 없었다.

하지만 주자운은 이미 마음속에 그를 남편으로 여기고 있었기 때문에 어찌 아내가 지아비의 절을 받을 수 있겠느냐는 심정이었다.

"그게 무슨……?"

"아바마마께서 당신에게 이 말을 전하라고 하셨어요. '화무린과 주자운은 동격이다. 화무린은 대륙의 모든 신민들에게 주자운과 똑같은 예우를 받을 것이다'. 이 말을 듣고서도 당신이 예의를 거두지 않는다면 그것이야말로 황명을 거역하는 것이지요."

화무린은 눈을 휘둥그렇게 떴다. 대명의 황제가 자신에게 그런 말을 했다는 사실이 믿어지지 않았다. 아니, 믿어진다면 그게 더 이상했다.

주자운은 여전히 꼼짝도 하지 않았다. 그녀는 화무린이 계속 고집을 부린다면 아예 이대로 돌이 돼버리겠다는 얼토당토않은 각오마저 했다.

화무린은 어이없는 얼굴로 마빈을 쳐다보았다. 마빈은 부복하고 있다가 지금쯤 화무린이 자신을 쳐다볼 것이라 예상하고는 고개를 들어 그를 쳐다보고 있었다.

"정말인가?"

"분명한 사실입니다. 황제 폐하께서 친히 그렇게 말씀하시는 것을 저도 똑똑히 들었습니다."

화무린이 전음으로 묻자 마빈 역시 전음으로 정중하게 대답했다.

주자운은 거짓말을 하지 않았다. 황제는 정말 그리 말했으며, 그 자리에 마빈도 있었다.

'이거야……'

전후 사정이 어찌 됐든, 화무린이 계속 엎드려 있으면 황명을 거역하는 것이 된다.

주자운은 황실수복 이후 부친인 황제에게 그간에 있었던 일들을 자세히 설명했다.

그 과정에서 그녀가 가장 많이 한 말이 화무린에 대한 것이었으며 그의 이름 석 자였다.

그럴 수밖에 없는 것이, 주자운이 황궁을 떠나 구중천에 다녀온 과정에서 화무린을 빼면 도무지 설명이 이루어지지 않았기 때문이다.

황제는 화무린이 주자운의 생명을 여러 차례 구했으며, 그 덕분에 주자운이 황권을 되찾을 수 있었다는 사실을 깨달을 수 있었다.

또한 황제는 주자운이 긴 설명을 하는 동안 그녀가 화무린에게 매우 각별한 애정을 품고 있다는 사실을 감지했으며, 결국 설명이 끝난 후 딸에게 화무린을 사랑하느냐고 단도직입적으로 물었다.

그 물음에 주자운은 망설임없이 단호하게 대답했다.

"그는 소녀의 생명이에요. 그가 없으면 소녀도 없어요."

그녀의 대답을 들은 황제는 마침내 화무린을 부마(駙馬)로 인정했다.

저간의 사정을 알 리 없는 화무린은 황제가 왜 그런 명령을 내렸는지 이해할 수 없었지만, 황명을 거역할 수 없다는 사실은 알고 있었다.

그는 주자운의 손을 잡고 천천히 몸을 일으켰다.

주자운의 얼굴이 기쁨으로 일렁였다. 그래서 그녀는 이참에 욕심을 조금 더 내보기로 했다.

"이제부터는 당신을 무랑(武郎)이라고 부르겠어요."

"너······?"

화무린은 어이없는 표정으로 그녀에게 뭐라고 하려다가 입을 다물었다.

갑자기 사방에서 수많은 사람들이 모여드는 것을 발견했기 때문이다.

나타난 사람들은 언뜻 보기에도 고풍스러운 황의 경장과 홍의 경장을 입었으며, 한결같이 허리에 도와 검을 찬 위풍당당한 모습이었다.

그들 수백 명이 장내에 나타나는 데에도 미약한 파공성만 들릴 뿐 일사불란하기 짝이 없었다.

게다가 불과 다섯 차례 호흡할 정도의 짧은 시간에 그들은 나란히 서 있는 화무린과 주자운 전면에 질서정연하게 도열했다.

그로 미루어 고도로 훈련을 받은 인물들이라는 사실을 유추할 수 있었다.

좌측에는 황의 경장인들이, 우측에는 홍의 경장인들이 도열했는데, 각각 오백 명씩 도합 천 명이었다.

"치경(致敬)!"

그때 마빈이 짧게 외치자 일천 명이 화무린과 주자운을 향해 일제히 무릎을 꿇고 이마를 바닥에 대는 최상의 예의를 갖추었다.

예전에 마빈은 주자운의 일개 호위무사였지만 지금은 황궁호위대와 동창, 서창을 총괄 지휘하는 금위제독(禁衛提督)의 막강한 신분이었다.

그는 목숨이 다할 때까지 주자운의 호위무사로 있고 싶다면서 금위제독의 지위를 고사했으나, 그렇다면 공주의 호위무사와 금위제독을 겸임하라는 황제의 명을 받고서야 지위를 받아들었다.

주자운이 도열해 있는 일천 명을 보면서 화무린에게 조용한 어조로 설명했다.

"황의를 입은 자들은 황궁호위대에서 선발한 고수들이고, 홍의는 동창과 서창의 최고수들이에요. 아바마마께서 무랑의 휘하로 보내셨어요."

"내 휘하로?"

화무린은 적잖이 놀란 표정을 지었다.

주자운은 또 '무랑'이라는 말을 자연스럽게 사용했다. 남자의 이름 첫 자에 사내 '랑'을 붙여 호칭하는 것이 정혼자나 연인, 남편을 뜻한다는 것은 상식이다.

그녀가 은연중에 자꾸 '무랑'이라는 말을 사용하고 있는데도 화무린은 거듭되는 놀라움 때문에 그런 것에 신경을 쓸 여유가 없었다.

"천외신계의 야욕은 결코 무림으로만 그치지 않을 거예요. 천중인계가 무너지고 나면 그다음은 황제 치하의 대륙을 집어삼키려고 들 것이에요. 그렇다면 그것은 황궁에서도 좌시할 수 없는 일이지요."

그녀의 말은 정확했다. 천외신계가 무림을 장악한 후에 온 천하를 발아래 두려 한다는 사실은 누구라도 예상할 수 있는 일이었다.

슥—

주자운이 품속에서 반 자 길이의 짧은 금빛 봉을 꺼내 화무린에게 내밀고 엄숙한 표정으로 입을 열었다.

"대명제국 황제의 이름으로 그대를 구국대장군(救國大將軍)에 임명하노라!"

반 자 길이의 금빛 봉은 황금으로 만들어졌으며, 전체에 쌍용이 휘감고 비상하는 조각이 양각되었고, 손잡이 윗부분에는 큼지막한 묘안석(猫眼石)이 홀(笏)로 장식되어 있어서 일견하기에도 고귀한 기품이 어렸다.

구국대장군은 명나라 건국 이후 백오십여 년 동안 홍희제(洪熙帝) 때 단 한 번 임명됐다.

그 당시 구국대장군의 권한은 일인지하만인지상, 즉 황제 한 사람을 제외하곤 천하 최고였으며 대명의 거의 대부분의 권력을 병권(秉權)했다.

그런 사실을 알고 있는 화무린은 적잖이 놀라면서 주자운이 내민 봉을 선뜻 받지 못했다.

"이것 역시 황명인가?"

화무린이 난감한 표정으로 묻자 주자운은 고개를 살래살래 가로저었다.

"아니에요. 이것은 황명이 아니라 무랑에게 천하를 지켜달라는 아바마마의 간곡한 부탁이에요."

"부탁……."

그녀의 차분한 말에 화무린의 심장은 주먹으로 힘껏 움켜잡은 것처럼 뭉클했다.

대명의 황제가 대명제국의 전 권한을, 아니, 천하의 생사를 화무린에게 맡긴 것이다.

"이 산에 운집한 천외무적군은 무려 십오만인데 겨우 황궁고수 일천을 보내시다니… 황제 폐하께선 현실을 잘 모르시는 것 같군."

그때 삼대의 무리 중에서 누군가 실망한 듯한 어조로 나직이 중얼거렸다.

그는 그저 혼잣말처럼 작은 소리로 중얼거렸지만, 장내가 너무 조용했기 때문에 모두 들을 수 있었다.

주자운이 방긋 미소를 지으면서 화무린을 바라보았다.

"무랑, 당신도 그렇게 생각하나요?"

그녀는 정말 화무린을 세뇌라도 시키려는 듯 틈만 나면 '무랑, 무랑' 하며 앵무새처럼 반복했다.

그리고 화무린은 번번이 그것을 따질 기회를 잡지 못했다.

점점 주자운의 계획대로 돼가고 있었다.

"저들은 정말 최강이로군. 천황무록을 가르쳤나?"

그는 일천 황궁 고수를 보며 중얼거렸다. 그는 주자운의 신분이 공주라는 사실을 알고서도 하대를 했다.

주자운이 그를 무랑이라고 부르는 것이 사 년여 그리움이 낳은 소산이라면, 이 또한 화무린의 입에 밴 습관이었다.

주자운의 미소가 더욱 짙어졌다. 그녀는 화무린이 자신을 예전처럼 대하는 것이 너무도 좋았다.

"무랑의 눈은 정말 날카롭군요. 그래요, 소녀는 저들에게 천황무록 중에 몇 가지를 가르쳤어요."

황궁 고수들은 무림에서 활동하는 경우가 거의 없다. 그러나 예전에 몇몇 황궁 고수가 황명을 받들고 무림에서 짧은 기간 동안 활동한 적이 있었다. 그 당시 그들이 얼마나 신출귀몰하며 막강한 무위를 떨쳤었는지를 기억하고 있는 사람들은 그리 많지가 않다.

그런 그들이 천황무록을 익혔다면, 얼마나 강해졌을지 짐작할 수 있을 것이다.

마빈이 황궁 고수들을 향해 가볍게 고개를 끄덕였다.

휙! 휘익!

그러자 동창과 서창의 고수들 가장 앞쪽에 서 있던 다섯 명이 번쩍 신형을 날리는가 싶더니 어느새 화무린과 주자운 앞에 깊숙이 부복했다.

일천 황궁 고수들이 경장 차림인 데 반해서 주자운을 가까이에서 호위하는 다섯 명은 황포를, 이들 다섯 명은 홍포를 입었으며, 엉덩이를 덮는 견폐(肩蔽:망토)를 걸쳤고 나이도 사오십 대였다.

화무린은 슬쩍 보고서도 이들 다섯 명이 동창, 서창에서 가장 뛰어난 고수라는 사실을 간파했다.

"이들 다섯 명이 이 순간부터 무랑을 호위할 거예요."

주자운이 다정하게 말하자 화무린은 씁쓸한 미소를 지었다.

"나는 호위가 필요하지 않아."

"황명이에요."

주자운은 걸핏하면 황명을 들먹였다. 그러나 그것은 정말 황명이었다.

딸이 목숨처럼 사랑하는 남자를, 그리고 딸의 말만 듣고도 화무린에게 홀딱 반해 버린 황제가 부마도위로 삼은 화무린을 보호하려는 진심이었다.

화무린은 졸지에 구국대장군이라는 엄청난 지위에 올라 일천 황궁 고수들을 거느리게 되었다.

그는 원래도 고강한 일천 명의 황궁 고수들이 천황무록의 절학까지 익혔다면 그 실력이 과연 어느 정도일지 대충 짐작할 수 있었다.

아마도 그들은 이 전쟁에서 제 역할을 톡톡히 해낼 것이다.

"그만 출발합시다. 너무 오래 지체했소."

화무린은 출발을 명한 후 주자운에게 말했다.

"공주는 그만 황궁으로 돌아가도록 해라."

주자운은 희고 긴 검지손가락을 뻗어 화무린의 입을 살며시 눌렀다.

"무랑은 두 가지를 아셔야 해요."

"뭘?"

"첫째, 소녀를 예전처럼 자운이라고 불러주는 것. 그리고 이제부터는 소녀의 목숨이 다하는 날까지 무랑 곁을 떠나지 않을 것이라는 사실이에요."

"그게 무슨……?"

"어서 가요. 한시가 급하지 않은가요?"

화무린이 어이없는 표정을 지으며 반발하려고 하자 주자운이 그의 손을 잡고 이미 움직이기 시작한 대열을 향해 신형을 날렸다.

第九十一章

마룡전대(魔龍戰隊)

九重天

　화무린이 이끄는 삼대와 일천 황궁 고수는 쉬지 않고 북북동 방향으로 내달렸다.

　악소와 당쾌가 삼대의 선두에서 십여 장이나 앞서 달렸고, 그 뒤를 경무오룡검이, 그리고 그 뒤를 화무린과 주자운, 마빈, 철심협개, 무아 선사, 그리고 소림 고수와 개방 고수, 무림 군웅 순으로 이백여 장에 걸쳐서 긴 띠를 이루어 숲 속을 거침없이 쏘아가고 있었다.

　화무린과 주자운은 나란히 달리고 있는데, 오백 명 황궁 고수들의 우두머리 다섯 명, 즉 명황오위(明皇五衛)는 주자운의 왼편 이 장 거리에서 일렬로 하나의 인벽(人壁)을 형성한 채 달리고, 다섯 명의 동창, 서창 우두머리, 즉 동서오쾌(東西五快)는 화무린의 오른편 이 장 거리에서 역시 일렬로 인벽을 형성한 채 달리고 있었다.

그들은 각각 주자운과 화무린을 호위하고 있는 것이었다.

그러나 일천 황궁 고수들의 모습은 보이지 않았다.

그들이 보이지 않는 곳에서 삼대를 포괄적으로 호위하고 있다는 사실은 주자운과 마빈, 그들의 우두머리인 명황오위와 동서오쾌만 알고 있었다.

아니, 화무린도 알고 있었다. 일천 황궁 고수가 삼대의 전후좌우 백여 장 떨어진 거리에서 삼대와 같은 속도로 이동하고 있으며, 경공과 파공음으로 미루어 그들이 예상했던 것보다 훨씬 더 고강하다는 사실을 깨달았다.

주자운의 경공은 무리 중에서도 단연 뛰어나서 철심협개와 무아 선사보다 빨랐으며 공력은 덜 소비했다.

그 이유는 그녀의 공력이 높아서가 아니라 천황무록의 탄영비활을 발휘하고 있었기 때문이다.

주자운은 구중천을 나올 당시 공력이 팔십 년이었으나 지난 일 년 동안 불철주야 노력하고 황궁 보고에 무진장한 영약과 영물들 중에 효능이 뛰어난 것들을 복용한 덕분에 현재는 이 갑자 백이십 년의 공력을 지니게 되었다.

철심협개나 무아 선사는 백오륙십 년의 공력으로 주자운보다 높은 데다, 그들이 전개하는 것 역시 자파가 자랑하는 상승경공이지만 결코 탄영비활을 능가할 수는 없었다.

주자운은 자신이 화무린과 비슷한 속도로 쏘아가고 있다는 사실에 적잖이 기분이 좋았다.

구중천 팔대지옥에 있을 때, 화무린이 보여준 무공 실력은 그녀에겐 선망의 대상이었다. 그런데 이제 자신이 화무린과 비슷한 수준이 됐다는 생각을 하자 내심 뛸 듯이 기뻤다.

그녀는 달리면서 자신이 정말 화무린을 꿈이 아닌 현실에서 만난 것이 틀림없는지 확인하려고 조심스럽게 화무린의 옆얼굴을 바라보았다.

맑은 눈과 우뚝 솟은 콧날, 구릿빛 얼굴과 거뭇거뭇한 구레나룻이며 수염, 너무도 멋진 대장부의 모습에 주자운의 눈길이 고정되어 있었다.

화무린은 얼굴 옆면이 뜨끔거리는 것을 느끼고 그녀가 주시하고 있다는 사실을 눈치 챘으나 쳐다보지는 않았다. 괜히 그녀를 쳐다봤다가 또 무슨 괴이한 술수(?)의 빌미를 제공하게 될지 몰라서였다. 앞으로 달리려면 앞을 봐야지 언제까지나 옆을 보면서 달릴 수는 없는 노릇이다.

잠시 화무린을 응시하던 주자운이 시선을 전면으로 향하고 얼마 지나지 않아 이번에는 슬그머니 화무린이 그녀를 쳐다보았다. 솔직하게 말하자면 아까 봤던 그녀의 너무도 아름다운 미모가 자꾸만 눈앞에서 어른거렸기 때문이다.

그렇다고 여느 호색한들이 음심이 동해서 예쁜 여자를 훔

쳐보는 것 같은 마음은 아니었다.

　예전에는 주자운을 예쁘다고 생각한 적이 없었기 때문에, 조금 전에 봤던 그녀의 모습은 화무린에게 신선한 충격을 던져 주기에 충분했던 것이다.

　아주 잠깐이지만, 화무린은 주자운의 옆얼굴을 보다가 정신이 몽연해졌다.

　길고 섬연한 속눈썹, 단아하게 빛나는 이마와 가벼이 흩날리는 머릿결, 솜털이 보송보송 난 귓바퀴와 귀밑머리, 심혈을 기울여서 옥을 깎아 다듬은 듯 매끄럽고 흰 턱선, 도도하면서도 요염하게 꼭 닫혀 있는 붉디붉은 입술.

　과연 화무린의 정신을 혼미하게 만들 만큼 아름다웠다. 미모로만 따진다면 주자운이 소군보다 한 수 위라고 할 수 있었다.

　'이 녀석이 언제 이렇게 예뻐졌지?'

　화무린은 놀라다 못해 어이가 없었다.

　그러다가 그의 눈길이 자연스럽게 주자운의 얼굴 아래쪽으로 흘러내려 갔다.

　주자운은 화무린의 얼굴만 봤지만 그는 이자를 계산하여 몸까지 보고 있었다.

　가녀리고 동그란 어깨와 풍만하게 솟은 젖가슴, 잘록한 허리와 탄력있는 엉덩이. 옆에서 보니까 몸의 굴곡이 실로 대단했다.

　그때 문득 화무린은 자신의 얼굴 왼편에 따끔거리는 시선을 느꼈다.

그가 힐끗 돌아보니 철심협개와 무아 선사가 흐뭇한 미소를 지으며 쳐다보고 있었다.

그는 두 사람이 왜 의미심장한 미소를 지으면서 자신을 쳐다보고 있는지 이유를 알 것 같았다.

만약 그가 보통 평범한 사내들의 시선으로 주자운을 보고 있었다면 모르겠지만, 여전히 여동생처럼 여기는 순수한 마음으로 쳐다본 것이기에 두 사람이 짓고 있는 미소의 의미를 알아차리지 못할 법도 했다.

그래서 화무린은 철심협개와 무아 선사에게 오히려 빙긋 미소를 지어 보였다. 물론 해맑고 순수한 미소였다.

그제야 두 사람은 자신들이 오해를 했었다는 사실을 깨닫고 머쓱한 표정을 지었다.

"무랑, 적당한 곳에서 좀 쉬어야 하지 않을까요? 사람들이 몹시 지친 것 같아요."

그때 뒤따르는 사람들을 살펴보고 난 주자운이 화무린에게 염려스럽게 말했다.

그런데 지금의 상황하고는 전혀 상관없이 화무린은 주자운의 목소리가 몹시도 영롱하다는 사실을 깨닫고 말았다.

그것은 마치 깊은 산속의 수정처럼 맑은 계류가 작은 돌들과 풀잎을 스치면서 내는 소리 같았다.

주자운은 화무린을 보다가 그가 이상야릇한 표정을 지으면서 자신을 쳐다보고 있는 것을 발견하고 그 표정이 무엇을 뜻하는지 몰라 고개를 갸웃거렸다.

그러나 그녀는 곧 화무린의 시선이 자신의 몸 곳곳을 살피고 있다는 사실을 깨닫고 얼굴이 확 달아올랐다.

처음이었다, 화무린의 그런 눈빛과 시선은.

그리고 주자운은 느낄 수 있었다, 화무린이 자신을 여자로 여기기 시작했다는 사실을.

그의 눈길은 부드러운 손길이 되어 그녀의 몸을 다정하게 애무하는 것 같은 느낌을 주었다.

그래서 두 사람 다 몽롱한 표정으로 서로를 바라보면서 달리는 웃지 못할 광경을 연출하기에 이르렀다.

먼저 정신을 차린 사람은 주자운이었다.

"무랑, 소녀의 말을… 듣지 못했나요?"

코 먹은 비음.

그러나 청명한 하늘 높이 나는 꾀꼬리의 울음소리처럼 심신이 상쾌해지는 옥음이었다.

목소리가 영롱하면 햇살 같은 미소라도 짓지 말던가.

그녀는 동시에 그 두 가지를 화무린에게 보냄으로써 그를 더욱 몽롱함의 늪에 빠져들게 만들었다.

"그, 그러자꾸나."

그는 달리는 것을 멈추면서 처음으로 주자운 앞에서 말을 더듬었다.

'이런… 내가 왜 이러는 것인가?'

그는 속으로 그렇게 중얼거리면서도 이유를 알지 못했다.

자신도 모르는 사이에 주자운을 한 명의 여자로 보기 시작했다는 사실은 까맣게 모르고 있었다.

이윽고 삼대가 이동을 멈추었다.

일행은 무려 이백여 리 이상을 쉬지 않고 달려왔기 때문에 정도의 차이는 있지만, 화무린을 제외한 모든 사람들이 적잖이 지친 상태였다.

화무린이 쳐다보니 주자운과 마빈도 어깨를 들먹이며 그의 곁에 서 있었다.

그가 운공을 시작하면 자신들도 그의 곁에서 운공을 하려는 것이었다.

화무린은 천천히 주위를 둘러보다가 한쪽에 있는 커다란 바위를 발견하고 그쪽으로 걸음을 옮겼다.

"마빈, 자운을 데리고 따라오게."

마빈은 화무린이 주자운과 오붓하게 운공을 하려는 것이려니 여길 뿐 별다르게 생각하지는 않았다.

마빈이 가볍게 허리를 숙이자 주자운은 화무린의 뒷모습을 보면서 얼굴을 살짝 붉혔다.

방금 전까지 그가 자신의 몸을 샅샅이 살폈었고, 이제는 따라오라고 하니 오해를 하기에 충분했다.

"안 가시겠습니까?"

마빈이 허리를 펴고 나서도 주자운이 그 자리에 서 있는 것을 보고 의아한 듯 물었다.

"바보."

주자운은 마빈을 한차례 곱게 흘겨주고는 쏜살같이 화무린에게 쏘아갔다.

화무린은 자신과 주자운, 마빈을 중심으로 이 장 거리에서 둥글게 호위지세를 취하고 있는 윤학을 비롯한 경무오룡검을 가리켰다.

"이들은 내 제자들이다."

경무오룡검이 주자운을 향해 즉시 허리를 굽혔다.

"공주마마를 뵈옵니다."

화무린이 경무장주가 됐다는 소문을 당쾌로부터 들어서 익히 알고 있던 주자운은 그들이 경무장의 제자들이라는 사실을 깨달았다.

그녀는 경무오룡검 한 사람 한 사람에게 온화한 미소를 지으며 치하했다.

"무랑을 잘 보필해 줘서 고마워요."

윤학이 우렁우렁한 어조로 입을 열었다.

"당치 않은 말씀이십니다. 오히려 장주께서 저희를 보호하시느라 고생을 하고 계십니다."

경무오룡검은 대명의 공주가 화무린을 자신의 정랑처럼 대하며 오히려 적극적으로 매달리는 듯한 행동을 보이자 자랑스러움이 하늘을 찌를 정도였다.

장차 화무린이 대명 황제의 부마도위가 된다면…….

상상하는 것만으로도 가슴이 벅차서 터질 것만 같았다.

커다란 바위를 중심으로 경무오룡검이 이 장 거리에서 호위를 하고, 그곳에서 삼 장 거리에는 명황오위와 동서오쾌 열명이 넓게 원을 형성한 채 호위했다.

슥—

화무린은 주자운 앞에 서서 잠시 응시하다가 불쑥 두 손을 뻗어 그녀의 어깨를 천천히 어루만지기 시작했다.

주자운은 화무린이 자신을 만진다는 사실에 놀라 얼굴을 붉힌 채 가만히 서 있었다.

그렇지만 바로 옆에 서 있는 마빈은 움찔, 가볍게 당황하며 급히 외면했다.

화무린이 주자운에게 애정의 표시를 하려는 것으로 오해한 것이다.

주자운의 어깨를 부드럽게 쓰다듬듯이 주무르던 화무린의 손이 쇄골에 이어 젖가슴 사이의 앙가슴을 지그시 누르면서 어루만졌다.

순간 주자운은 얼굴이 확 달아올라 새빨갛게 변했고, 고개를 푹 숙였다.

그녀의 젖가슴이 너무 풍만해서 화무린의 손이 앙가슴을 어루만지자 자연히 두 젖가슴을 쓰다듬을 수밖에 없는 상황이 돼버렸다.

그러나 화무린은 그녀의 근골이 어떤지 알아내려는 것일 뿐 다른 의도는 추호도 없었다.

주자운은 부끄러움에 고개를 숙인 것인데, 그로 인해서 오히려 화무린의 손이 자신의 젖가슴을 쓰다듬듯이 스치면서 앙가슴을 만지며 점차 아래로 미끄러지듯 내려가는 광경을 두 눈으로 똑똑히 목격하는 상황이 되자 적잖이 당황해서 눈을 둘 곳을 찾지 못했다.

사실 근골을 살피는 데 있어서 남녀를 막론하고 앙가슴에 있는 화개혈(華蓋穴)에서 단전까지 이어지는 자궁(紫宮), 옥당(玉堂), 중정(中庭), 구미(鳩尾), 거궐(巨闕) 등의 혈도들은 매우 중요하다.

화무린의 손이, 아니, 검지와 중지 두 손가락이 더듬듯이 주자운의 배꼽을 스치면서 천천히 아랫배로 스르르 미끄러져 내렸다.

"……!"

순간 그녀의 두 눈이 동그랗게 커지며 얼굴에 놀라움이 가득 떠올랐다.

화무린의 손이 멈추지 않고 계속 내려간다면 자신의 몸에서 가장 은밀한 곳에 도달할 것이기 때문이었다.

주자운은 화무린의 손을 빤히 내려다보면서 어쩔 줄을 몰라 하다가 그냥 두 눈을 꼭 감아버렸다.

뚝!

그러나 화무린의 손은 주자운의 배꼽 아래 한 치 닷 푼 되는 지점, 즉 단전에 멈추더니 가만히 손바닥을 댄 상태에서 공력의 정순함과 수위를 감지했다.

그곳은 배꼽과 은밀한 부위의 중간쯤 되는 곳이다.

난생처음 그 위치에 남자의 손길이 닿은 주자운은 마치 은밀한 곳에 손이 닿은 듯 그 부위와 온몸이 동시에 찌릿찌릿해졌다.

그녀는 너무도 당황하고 부끄러워서 화무린의 의도를 조금도 알아차리지 못했다.

슥—

이윽고 화무린의 손이 주자운의 단전에서 떼어졌다.

그런데도 주자운은 얼굴이 노을처럼 붉어져서 고개를 푹 숙인 채 눈을 뜨지 못했다.

그때 들려온 화무린의 말이 그녀의 오해를 여지없이 깨뜨려 버렸다.

"마빈, 자넨 왜 돌아서 있나? 자네의 근골도 살펴봐야 하니까 이리 가까이 오게."

주자운이 깜짝 놀라서 눈을 뜨고 바라보자 화무린이 방금 자신에게 했던 것처럼 마빈에게도 똑같이 행하고 있는 것이 아닌가.

주자운과 마빈은 그제야 자신들이 오해했었다는 사실을 깨닫고 조금 전과는 다른 이유 때문에 얼굴을 붉혔다.

주자운은 화무린이 마빈의 근골을 살피는 것을 끝내기를 기다렸다가 여전히 부끄러움이 남아 있는 얼굴로 조심스럽게 물었다.

"왜 우리 몸을 살핀 건가요?"

화무린의 대답은 간단했다.

"너희 둘의 임독양맥을 소통시켜 주려고 한다."

두 사람은 너무 놀라서 아무 말도 하지 못했다.

화무린은 약 이각에 걸쳐서 주자운과 마빈의 임독양맥을 소통시켜 준 후, 운공을 하고 있는 두 사람을 남겨둔 채 삼대의 무리가 있는 곳으로 걸음을 옮겼다.

그런데 철심협개와 무아 선사 앞에 낯선 한 사람이 서 있는 모습이 눈에 띄었다.

그자는 칠흑 같은 흑삼을 입었으며 왼쪽 어깨에는 특이해 보이는 검은 강궁을 메었는데, 화살을 담은 전통은 보이지 않았으며, 오른쪽 어깨에는 한 자루 날렵한 모양의 도를 멘 사십 세가량의 중년인이었다.

각진 얼굴에 날카로운 눈매와 다부지게 입을 다물고 있는 모습으로 보아 비범한 인물임에 분명했다.

철심협개와 무아 선사는 화무린을 등지고 서 있었지만 그 앞에 입을 꾹 다문 채 서 있던 흑삼인은 다가오는 화무린을 발견하고 그를 쳐다보며 시선을 떼지 않았다.

그때 철심협개와 무아 선사가 화무린을 돌아보다가 그중 철심협개가 흑삼인을 가리키며 입을 열었다.

"이 사람이 화 장주를 만나러 왔다고 하오."

흑삼인은 그 자리에 선 채 화무린이 다가오기를 기다렸다.

이곳은 하나의 진중(陣中)이라고 할 수 있으므로, 낯선 방문자가 함부로 움직이는 것은 결례가 된다. 그는 그런 사실을 잘 알고 있는 듯했다.

화무린은 흑삼인 앞에 우뚝 선 채 묵묵히 그를 응시했다.

흑삼인에게서는 독특한 기운이 흘러나오고 있었다.

화무린은 그와 비슷한 기운을 전에 누군가에게서 느꼈던 적이 있었다.

바로 담홍예였다.

이윽고 화무린이 굳은 표정으로 흑삼인의 얼굴에 시선을 고정시킨 채 메마른 음성을 흘려냈다.

"귀하는 마련에서 왔소?"

그 말에 철심협개와 무아 선사 등 근처에 있던 사람들이 적 잖이 놀라는 표정을 지었다.

"그렇소. 당신이 은오검객이오?"

"무슨 일로 왔소?"

화무린은 대답 대신 가라앉은 목소리로 반문했다. 담홍예가 소군을 마련 총련으로 데려갔을 것이라 짐작하고 있는 그이기에 마련의 인물을 마주 대하고 적의를 느끼는 것은 너무도 당연했다.

"총련주께서 은오검객 휘하에 마룡전대를 보내셨소."

흑삼인의 대답에 화무린의 표정은 변함이 없었지만 중인
은 방금 전보다 더 크게 놀랐다.

마룡전대가 마련의 최정예 마고수들이라는 사실을 잘 알
고 있기 때문이다.

화무린은 마룡전대에는 관심이 없었다. 그의 관심사는 오
직 소군뿐이었다.

흑삼인은 화무린의 얼굴을 똑바로 주시하며 말을 이었다.

"나는 마룡전대 대주인 조영이라고 하오. 천외신계를 상대
하는 동안 나와 마룡전대를 수하로 부려주시오."

철심협개와 무아 선사 등은 크게 놀라는 중에도 기쁨을 감
추지 못했다.

천외신계가 중원을 침공한 후 지금껏 거의 모든 무림인들
과 방, 문파가 정과 사 구분없이 분연히 떨치고 일어나 곳곳
에서 천외무적군과 싸우고 있는데도 마도, 즉 마련 혼자만 꿈
쩍도 하지 않고 있었다.

그런데 그 마련이 드디어 거대한 몸집을 일으킨 것이다.

경륜이 풍부한 철심협개는 벌써 화무린의 심기를 헤아렸다.

그래서 그는 흑삼인 조영에게 정색하며 물었다.

"당신은 대파산 마련 총련을 언제 출발했소?"

"여드레 전 동틀 녘에 출발했소."

철심협개는 고개를 끄덕이며 중얼거렸다.

"대파산에서 이곳까지 이천여 리 길을 마룡전대 일천 명을 이끌고 여드레 만에 도착했으면 빨리 왔군."

화무린더러 들으라고 하는 소리였으며, 과연 그는 철심협개의 말뜻을 알아듣고는 얼굴에 실망하는 기색이 설핏 떠올랐다가 곧 허공으로 시선을 던졌다.

안국현에서 이곳까지의 거리는 약 천여 리. 안국현에서 대파산 마련 총련까지가 다시 천여 리다. 그러니까 이곳에서 총련의 중간쯤에 안국현이 위치해 있는 셈이다.

소군이 납치된 것은 엿새 전. 안국현에서 마련 총련까지 가는 데 나흘이 걸린다고 친다면, 조영이 마룡전대를 이끌고 총련을 떠나고 나흘 후쯤에나 소군이 총련에 당도했을 것이므로 조영은 그 사실을 모른다는 얘기가 된다.

그러니 그를 다그친다고 무에 소용이 있겠는가.

또한 마련 총련주는 소군의 납치를 모르는 상태에서 마룡전대를 보냈으니, 그의 의도가 순수한 중원지혼(中原之魂)이라고 봐야 할 것이다.

그때 운공을 끝낸 주자운과 마빈이 다가와 화무린 양쪽에 나란히 섰다.

화무린은 대파산이 있는 서남쪽 하늘을 묵묵히 바라보고 있었다. 그 하늘 아래에 소군이 있을 것이다.

문득 철심협개가 화무린의 어깨에 한 손을 얹으며 부드럽게 위로했다.

"마련 총련주는 마도종사외다. 그리 염려하지 마시오."

일파지존이라고 해도 지난바 인품과 덕목이 범인과는 다를 터인데, 비록 마도라고 하지만 마도종사쯤 되는 인물이면 거물 중에서도 거물이니 손녀딸 담홍예가 어리석게 저지른 납치극 따위에 동조하지는 않을 것이라는 위로였다.

철심협개는 또 하나의 걱정이 앞섰다. 화무린이 소군의 납치 때문에 마련에 대한 감정이 좋지 않아서 마룡전대를 뿌리칠지도 모른다는 것이다.

하지만 그것은 기우였다. 화무린은 그 정도로 어리석은 사람이 아니었다.

"먼 길을 오느라 애썼소. 우리 힘을 모아 잘해봅시다."

조영은 화무린의 정중한 태도에 새삼스러운 눈으로 그를 쳐다보았다.

약관의 나이임에도 그가 어째서 천하에 이름을 떨치고 있는지 조금은 알 것도 같았다.

화무린의 삼대는 이제 이천백육십여 명이 되었다.

그러나 겉으로 보기에는 주자운과 마빈, 명황오위, 동서오쾌, 조영을 포함하여 백칠십육 명이 산속을 이동하는 것 같았다.

황궁 고수 일천과 마룡전대 일천, 도합 이천 명은 보이지 않는 곳에서 그림자처럼 삼대를 호위하고 있었다.

第九十二章

닭 쫓던 개[狗逐鷄屋只]

九重天
구중천

화무린이 이끄는 삼대 이천백육십여 명은 산중의 은밀한 장소에 모여 있었다.

그곳은 그야말로 천혜의 요지로써 깎아지른 듯한 농단(隴斷)의 봉우리 중간쯤에 위치해 있었다.

이곳이 지니고 있는 몇 가지 천혜적인 조건 중에 가장 특이한 한 가지는, 폭 오십여 장 정도의 광장이 봉우리를 중간에 둔 상태에서 한 바퀴 완전히 빙 둘러서 띠처럼 쳐져 있다는 사실이었다.

그리고 희한하게도 광장 바깥쪽은 일부러 인공적으로 공을 들여 쌓아놓은 것처럼 사람 가슴 높이 정도의 자연적인 석

벽이 둥글게 둘러쳐져 있었다.

광장의 한복판에는 봉우리가 수백 장 높이로 솟아 있어서 기둥 역할을 해주었고, 그 아래 동쪽 방향에 하나의 천연 동굴이 뚫려 있었는데 그곳이 이곳으로 진입할 수 있는 유일한 통로였다.

이곳의 전체적인 모양은 마치 사과의 중간 부분을 좁고 깊숙하게 한 바퀴 빙 둘러서 파놓은 것 같았다.

그런 형상이었으므로 당연히 광장에는 천장도 있었으며, 지상에서의 평균 높이가 삼 장 정도로 아주 적당했다. 그것이 이곳이 지닌 천혜적인 조건 중에 또 다른 한 가지였다.

또한 광장을 빙 둘러 이십여 군데에 커다란 바위들이 솟아서 천장에 맞닿아 기둥 역할을 해주는 것을 제외하고는 전체가 넓고 평평한 초원 지대였다.

봉우리를 한 바퀴 완전히 두른 광장의 바깥쪽 길이는 무려 천여 장에 이르렀으며, 사과의 씨 부분에 해당하는 안쪽 기둥의 둘레는 약 삼백여 장, 바깥쪽과 안쪽의 폭은 오십여 장 정도였다.

마지막으로 꼽을 수 있는 천혜적 조건의 하나는 봉우리를 한 바퀴 빙 둘러서 쳐진 띠, 즉 바닥에서 천장의 폭이 겨우 삼 장 남짓이라서 봉우리 전체 높이인 백오십여 장에 비해 워낙 협소하기 때문에 결코 밖에서는 찾아낼 수 없을 것이라는 사실이었다.

만약 전에 우연한 기회에 이 장소를 발견한 적이 있었던 마룡전대의 마고수의 안내가 아니었더라면 아무도 이런 기막힌 장소를 발견하지 못했을 것이다.

"저 아래가 맞소?"

광장의 북동쪽, 천연적으로 이루어진 석벽을 앞에 두고 선 화무린이 봉우리 아래 멀리 보이는 한 곳을 가리키면서 다시 한 번 확인을 했다.

그의 손가락 끝이 가리키고 있는 지점은 이곳에서 이십여 리 거리에 있는 어느 깊은 계곡이었다.

"맞소. 만약 구중천주 일행이 무사히 포위망을 돌파했다면 지금쯤 저곳 어딘가에 은둔해 있을 것이오."

철심협개가 화무린이 가리킨 방향을 쳐다보면서 대답했다.

화무린 좌우에는 주자운과 마빈이 서 있었고, 뒤에는 경무오룡검과 악소, 당쾌가, 그 뒤쪽에는 명황오위와 동서오쾌 열 명이 부챗살처럼 펼쳐서 그와 주자운을 호위하는 형세로 서 있었다.

그리고 명황오위와 동서오쾌의 뒤쪽에 마룡전대주 조영이 혼자 우두커니 서 있었다.

그는 마도의 인물이라서 이곳에 있는 정파 고수, 황궁 고수들과 어울리지 못하고 있었지만, 조금도 개의치 않고 꿋꿋하게 제 소임을 다하고 있었다.

화무린 오른쪽 마빈 옆에는 철심협개와 무아 선사가 나란히 서서 진중한 표정으로 봉우리 아래를 굽어보았다.

이른 초봄. 아직 나무들이 새순을 틔워 산을 초록색으로 뒤덮지 않은 시기라곤 하지만, 봉우리 아래 산하는 워낙 많은 나무들이 밀생해서 이곳에서는 어느 곳을 막론하고 육안으로 확인할 수가 없었다.

"서둘러야 하오. 만약 구중천주 일행이 포위망을 뚫고 무사히 저곳까지 당도해 있다면, 필시 천외무적군의 추적이 있을 것이오. 그들이 덮치기 전에 구중천주 일행을 안전한 곳으로 탈출시켜야 하오."

철심협개가 서두는 듯한 어조로 화무린의 동의를 구했다.

화무린은 가볍게 고개를 끄덕였다.

"당연히 그래야지요. 그리고 지척이든 아직 먼 곳에 있든 반드시 천외무적군의 추적은 있을 것이오."

그는 산하를 두루 둘러보며 조용히 말을 이었다.

"그러나 섣부른 촉장(趣裝)은 차분한 지구(遲久)만 못하오. 자칫 화를 부를 수도 있소."

촉장은 급히 서두름이고, 지구는 더딘 움직임이다.

화무린의 말인즉, 무작정 서둘러서 구중천주 일행을 데리고 오려다가 자칫 천외무적군 추적자들의 촉각에라도 감지되면 일을 그르칠 뿐만 아니라 모두에게 화가 미칠 것이지만, 반면에 충분한 계획과 만반의 준비를 갖춰서 행동에 옮긴다면 설혹 조금 늦더라도 모두 안전할 것이라는 뜻이었다.

그것을 못 알아들을 리 없는 철심협개와 중인들이었다.

모두들 탄복과 흠모의 표정으로 새삼스럽게 화무린의 얼굴을 바라보았다.

이곳에 있는 사람들 중에서 화무린이 인간의 한계를 벗어나 정령신계 일령, 즉 음양쌍신경에 도달했다는 사실을 알고 있는 사람은 아무도 없었다.

화무린은 신체적으로만 정령신계에 오른 것이 아니라 정신 또한 진일보한 상태였다.

그것은 마치 눈앞에 잔뜩 끼어 있던 짙은 안개가 걷혀서 예전에는 보지 못하던 것들을 선명하게 보는 것과 같았다.

원래도 철심협개와 무아 선사는 화무린에게 여러 면으로 압도되어 할 말을 제대로 하지 못했었는데, 이쯤 되니 아예 입도 떼지 못할 지경이 되었다.

그러나 철심협개는 화무린에 대한 감탄이 너무 크다 보니 부끄러움이나 의기소침은 전혀 느끼지 못했다.

"과연 화 장주의 말씀이 백번 지당하오. 노부의 생각이 짧았소이다."

철심협개는 진심 어린 표정으로 고개를 끄덕이고는 다시 말을 이었다.

"여하튼 한시바삐 구중천주 일행과 함께 천외무적군 수중에서 탈출해야 하지 않겠소? 좋은 계획이 있으면 서슴없이 말

쏨해 주시오. 세이경청(洗耳敬聽)하리다."

그는 정말 귀를 씻는 듯 손가락으로 귀를 후비는 시늉까지 해 보였다.

화무린은 잠시 침묵을 지키며 뭔가 생각하다가 이윽고 담담한 어조로 말문을 열었다.

"내 의견을 들어보겠소?"

모두들 긴장한 표정으로 잔뜩 귀를 기울였다.

"천녀황은 이번 기회를 절대 놓치려고 하지 않을 것이오. 그 이유가 무엇인 것 같소?"

"천녀황은 구중천주 일행을 함정에 빠뜨려서 그를 구하러 온 구중천과 천중인계의 모든 세력을 한곳에 모아놓고 일거에 일망타진하려는 것이 아니오?"

철심협개는 말을 꺼낼 때마다 번번이 본전도 건지지 못하면서도 말을 하는 것을 꺼려하지 않았다.

화무린 앞에서 말을 하게 되면 반드시 넘치는 보답을 받기 때문이다.

깨우침. 그리고 배움이라는 보답을.

화무린은 고개를 끄덕였다.

"맞소. 그렇다면 이 상황에서 천녀황의 계획을 분쇄하려면 어떻게 해야 할 것 같소?"

맞다는 말에 철심협개는 칭찬받은 아이마냥 신이 났다.

"헛헛! 그거야 우리가 구중천주 일행을 감쪽같이 탈출시킨

다면 천녀황은 말 그대로 구축계옥지(狗逐鷄屋只) 신세가 아니겠소?"

화무린은 담담히 미소 지으며 고개를 끄덕였다.

"천녀황을 닭 쫓던 개 지붕 쳐다보게 만드는 것은 과연 통쾌한 일이오."

문득 철심협개는 화무린이 신비로운 미소를 짓는 것을 보면서 뭔가 개운치 않은 느낌이 들었다. 여태껏 이런 느낌은 한 번도 틀린 적이 없었다.

"방주."

"말씀하시오, 화 장주."

화무린의 조용한 부름에 철심협개는 자신의 느낌이 맞았음을 깨달았다.

화무린은 더 좋은 의견을 말하기 위해서 철심협개의 의견을 물었던 것이다.

"만약 지붕에 올라갔던 닭이 개를 혼내준다면 더 통쾌하지 않겠소?"

"……."

철심협개는 자신도 모르게 입을 벌리며 크게 놀랐다.

놀란 사람은 그뿐이 아니라 화무린의 말을 들은 사람은 모두 아연실색했다.

닭은 이곳에 있는 삼대와 구중천주 일행이고, 개는 천녀황과 십오만 천외무적군을 말함이다.

그런데 도주하기에도 급급한 처지인 닭이 오히려 개를 공격하겠다는 것이다.

화무린은 중인의 놀라움은 아랑곳하지 않은 채 뒷짐을 지고 봉우리 아래를 굽어보며 조용하게 물었다.

"방주, 지금 이 지점에서 완전히 산을 벗어나려면 얼마나 가야 하오?"

철심협개는 잠시 생각하다가 대답했다.

"가장 가까운 거리가 팔백여 리 이상 될 것이오."

"우리와 구중천주 일행이 함께 이동한다면 대략 얼마나 걸릴 것 같소?"

"산행이라는 점을 감안한다면 아무리 빨라도 닷새에서 엿새는 걸릴 게요."

"만약 천외무적군에게 발각되어 추격을 당한다면?"

"그렇게 되면……."

철심협개는 말을 잇지 못했다. 그 결과를 상상하는 것이 너무 끔찍했던 것이다.

그렇게 되면 산을 탈출하는 팔백여 리의 길고 긴 거리를 구중천과 무림 군웅의 시체가 뒤덮게 될 것이다.

슥—

화무린은 돌아서서 모두를 한차례 쓸어본 후에 차분한 어조로 입을 열었다.

"나는 천녀황과 천외무적군을 공격하고 싶소. 그래서 그들의 뼈를 이 산중에 모조리 묻어버리고 싶소."

아무도 입을 열지 못했다.

현재로서는 구중천주 일행이 무사히 천외무적군의 포위망을 뚫고 저 아래에 당도하여 은둔해 있는지 여부도 확실하게 모르고 있는 상황이다.

화무린은 더 이상 말하지 않았다. 모두에게 생각할 시간을 준 것이다.

과연 모두들 심각한 표정으로 깊은 생각에 잠겼다.

그리고 섣불리 입을 여는 사람이 없었다.

약 일 다경의 시간이 흐른 후 화무린이 다시 입을 열었다.

"나는 이 문제를 다수결에 붙이고 싶소."

독단으로 결정하지 않고 중론에 맡기겠다는 뜻이다.

그는 저만치 떨어져 혼자 우뚝 서 있는 조영을 불렀다.

"조 대주, 이리 오시오."

조영이 성큼성큼 걸어오자 철심협개와 무아 선사가 길을 터주었다.

그는 화무린 앞에 서서 정중하면서도 당당하게 말했다.

"내게도 선택권이 있는 것이오?"

"물론이오."

화무린은 조영이 마도의 인물이라서 이곳 사람들과 섞이지 못하는 것을 알고 친히 그를 인도한 것이다.

조영은 생각할 것도 없다는 듯 늠연히 대답했다.

"나는 공격하는 것에 찬성하오."

철심협개가 진중한 표정으로 조영을 쳐다보았다.

"이유를 물어도 되겠소?"

"나와 마룡전대는 천외신계와 싸워서 이기려고 온 것이지, 도주하려고 온 것이 아니오."

훌륭한 대답.

모두들 조영의 말에 크게 공감했다.

"아미타불, 노납도 공격에 찬성하오."

그때 무아 선사가 나직이 불호를 외웠다. 그 역시 찬성하는 이유를 댔다.

"만약 구중천주 일행이 무사히 이곳에 도착해 있다면 천외무적군에게 발각되지 않았다는 뜻일 테니, 추측하건대 그 수가 족히 이삼만 명은 될 것이오. 그러나 그 많은 수가 일단 이동하게 되면 십중팔구 발각될 것이오. 그리고 그들을 이끌고 장장 팔백여 리의 먼 거리를 도주하는 것은 성패가 각각 일 대 구 정도일 것이오."

그의 지적은 이치에 합당했다. 또한 성패가 일 대 구라는 분석에 모두들 수긍했다. 천외무적군의 추적술과 무서움을 익히 경험해 보았기 때문이다.

"탈출 가능성이 일 할뿐이라면 차라리 싸우는 쪽이 낫지 않겠소?"

무아 선사가 중인을 둘러보며 자신의 결론을 내렸다.

"저도 찬성이에요."

이어서 악소가 용기를 내어 당돌한 표정으로 말했다.

"만약 천운이 따라주어서 우리가 이 산중에서 탈출에 성공한다고 해도 그것이 끝이 아니에요. 장소만 산중에서 다른 곳으로 바뀔 뿐이지, 우린 여전히 천외무적군에게 쫓기면서 주살당하는 신세가 될 거예요."

당쾌도 용기를 내어 거들고 나섰다.

"그렇습니다. 여기서 탈출하여 무림으로 나간다고 해도 별다른 뾰족한 수가 나는 것이 아닙니다. 만약 구중천주 일행이 무사히 이곳에 당도해 있다면, 이곳에는 천하에서 모일 수 있는 무림 군웅의 거의 대부분이 운집한 셈입니다."

그의 말은 정확했다. 구중천주를 중심으로 모여든 무림 군웅이 천외무적군의 마수에서 살아남은 무림인들 전부라고 할 수 있었다.

그러므로 이 산중을 벗어난다고 해도 더 모일 무림 군웅은 그리 많지 않다는 것이다.

이윽고 철심협개가 진중한 어조로 입을 열었다.

"노부는 한 가지 이유 때문에 공격하는 것에 찬성하오. 결전의 장소가 이곳 산중이라는 것이 마음에 드오. 만약 이 산을 벗어나 싸우게 된다면, 무고한 사람들이 많이 죽거나 다치게 될 것이오."

그의 말 역시 좋은 지적이었다.

악소는 화무린 곁에 찰싹 붙어 있는 주자운을 힐끔거리면서 입술을 잘근잘근 깨물었다. 무언가 할 말을 참고 있는 듯한 모습이었다.

그러다 악소는 드디어 용기를 내어 최대한 자신의 감정을 드러내지 않으려고 애쓰면서 주자운에게 물었다.

"그런데 왜 공주님께선 아무 말씀도 하지 않으시는 건가요? 설마 무린 오라버니의 의견에 반대하시는 건가요?"

그녀는 말을 하는 중에 애써 유지하고 있던 평온한 표정이 점차 차갑게 변했으며, 목소리에는 날카로움이 뚝뚝 묻어났다.

그러나 주자운은 악소의 표정과 말투를 무시했다. 지금은 너무나 행복해서 웬만한 것은 모두 용서할 수 있었다.

그녀는 화무린 곁에 바짝 붙어 있는 것으로도 모자란 듯 아예 두 팔로 그의 팔을 잡고 가슴에 안으면서 더 이상 우아할 수 없는 표정과 목소리로 입을 열었다.

"내가 찬성한다는 것을 굳이 말로 하지 않아도 무랑은 이미 알고 있어요."

그녀는 크고 서늘한 눈을 들어 화무린을 보며 물었다.

"그렇지 않은가요, 무랑?"

화무린은 그녀의 얼굴을 보다가 또다시 깜빡 정신이 몽롱해졌다.

처음 주자운에게서 '여성'을 느낀 이후 그 증세는 점차 심해졌고 또 빈번해지고 있었다.

"물론이지."

몽롱해진 화무린의 시선이 슬쩍 자신의 팔을 안고 있는 주자운의 가슴으로 향했다.

그녀의 터질 듯 풍만한 가슴이 그의 팔과 어깨에 눌려 묘하게 일그러진 모습으로 거기에 있었다.

그리고 그는 부드러운 젖가슴의 감촉을 고스란히 팔과 어깨로 느꼈다.

그래서 조금 더 몽롱해지고 말았다.

그 순간 어이해 백학서원에서 소군과 뜨겁게 정사를 나누었던 기억이 퍼뜩 떠올랐다가 사라졌는지는 그 자신도 이유를 알지 못했다.

주자운의 밀착, 억지작전이 먹혀들어 가고 있었다.

그녀는 한바탕 소나기가 쏟아진 직후에 온 천하에 고루 내리쬐는 햇빛처럼 그윽하고 영롱한 목소리로 중인을 둘러보며 말을 이었다.

"그리고 우리가 기필코 최후의 승리자가 될 것이라고 확신하는 이유는, 당금 천하의 대영웅인 은오검객 화무린, 무랑이 우리를 지휘하고 있기 때문이에요."

모두들 그 말에 크게 공감하여 고개를 끄덕였다.

그러나 여기 단 한 사람, 악소만은 달랐다.

그녀는 약간은 정신이 나간 듯 헤벌쭉한 표정으로 주자운의 얼굴과 젖가슴을 힐끔거리고 있는 화무린을 있는 힘껏 흘기면서 속으로 싸늘하게 외쳤다.

'흥! 한낱 계집에게 넋이 빠져 버린 호색한 따위가 대영웅은 무슨 얼어죽을!'

주자운의 칭찬에 화무린은 머쓱한 표정을 지었다.

"자운아, 대영웅이니 내가 지휘자니 하는 말은 가당치도 않다. 나는 그저……."

그때 조영이 예의 강직하면서도 쇠를 자르는 듯한 어조로 입을 열었다.

"천하에서는 생사혈맹의 맹주가 은오검객이라고 알고 있소. 그래서 은오검객의 명성을 듣고 무림 군웅들이 생사혈맹에 운집하고 있는 것이오."

화무린은 의아한 표정을 지었다.

"생사혈맹이 무엇이오?"

마빈이 공손히 대답했다.

"자하악전 이후 안국현에 운집한 무림 군웅과 구중천주를 중심으로 모인 무림 군웅을 통틀어 그렇게 부르고 있습니다. 그리고 천하에서는 화 공자께서 구중천주와 함께 있는 줄 알고 있습니다."

그런 소문들이 메마른 초원에 붙은 거센 불길처럼 천하 곳곳으로 퍼진 것은 불과 보름여에 불과해서 화무린을 비롯한 일행들은 전혀 듣지 못했다.

화무린은 쓸쓸히 중얼거렸다.

"소문이란……."

이윽고 철심협개가 중인을 한차례 둘러보고 나서 화무린에게 진중한 표정으로 선언하듯 말했다.

"모두의 의견은 화 장주의 뜻을 따르는 것으로 결론이 났소. 이제 화 장주의 고견을 말씀해 주시오."

그의 말에 중인 모두는 긴장된 표정으로 화무린을 주시했다.

『구중천 제8권 끝』

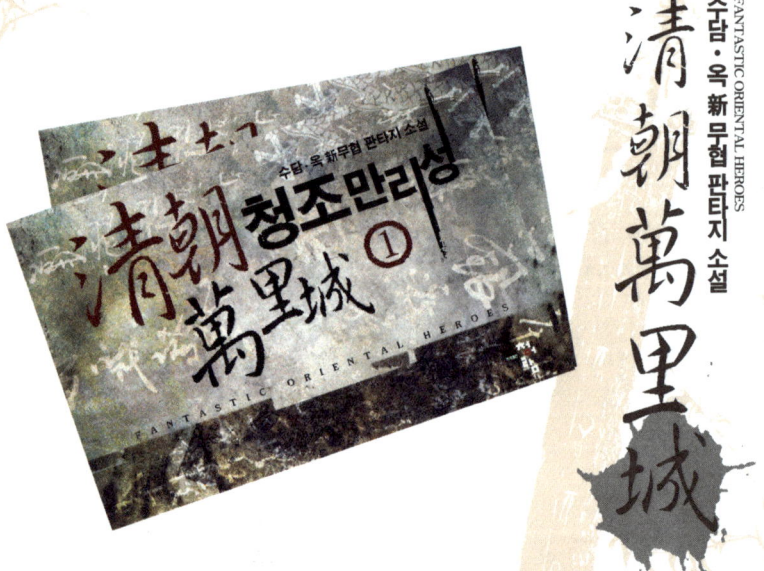

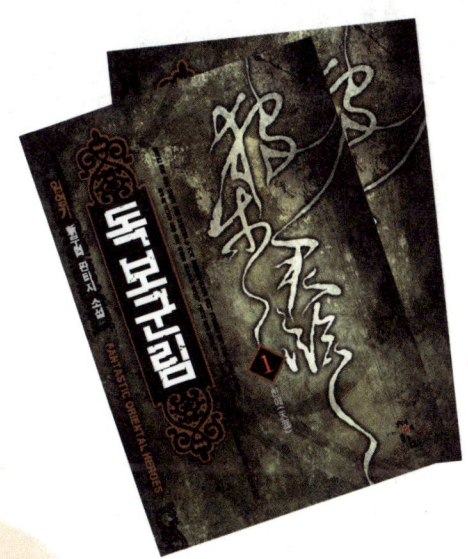